dtv

Mit ›Wassererzählungen‹ kehrt John von Düffel zu seinem Lebensthema zurück: zu Teichen und Seen, Schwimmbädern und dem Meer. Er erzählt vom Wasser in allen erdenklichen Formen, vor allem aber von den Menschen, die sich darin spiegeln: Ein Vater muss lernen, dass seine Tochter ihm entwächst, eine Mutter, dass ihr Kind niemals geboren wird. Ein Lehrer erkennt, dass man anderen Menschen nie das vermitteln kann, was man möchte, sondern nur das Unfreiwillige. Wie ein stummer Fisch im Aquarium dekoriert eine Frau den Pool eines Stararchitekten. Ein junger Mann schwimmt durch die winterkalte Ostsee und stirbt – doch nicht.

In elf Geschichten blickt John von Düffel auf Eltern und Kinder, Menschen und Tiere – in einer Welt, in der vieles, was früher galt, fortgespült wurde.

John von Düffel, geboren 1966 in Göttingen, ist Schriftsteller, Dramatiker, Übersetzer und passionierter Schwimmer. Er arbeitet als Dramaturg am Deutschen Theater Berlin und ist Professor für Szenisches Schreiben an der Berliner Universität der Künste. 1998 veröffentlichte er seinen Debütroman ›Vom Wasser‹. Weiterhin erschienen u.a. die Romane ›Zeit des Verschwindens‹, ›Ego‹, ›Houwelandt‹, ›Beste Jahre‹, ›Goethe ruft an‹, die Erzählung ›Hotel Angst‹, der Essay ›Wovon ich schreibe. Eine kleine Poetik des Lebens‹ und ein Buch über das ›Schwimmen‹. Für seine Bücher wurde John von Düffel vielfach ausgezeichnet, u.a. mit dem aspekte-Literaturpreis und dem Nicolas-Born-Preis.

John von Düffel

Wassererzählungen

dtv

Von John von Düffel sind bei <u>dtv</u> außerdem erschienen:
Vom Wasser (12799)
Zeit des Verschwindens (12939)
Ego (13111)
Schwimmen (13205)
Houwelandt (13465)
Hotel Angst (13571)
Beste Jahre (13907)
Goethe ruft an (14218)

Eine frühe Fassung von ›Ostsee‹ ist in der Anthologie
›Ein extraherrlicher Meersommerabend‹ 2013 im mare Verlag
erschienen; eine Kurzversion von ›Der schwarze Pool‹ wurde
im Rahmen des MDR-Kurzgeschichtenwettbewerbs 2013
ausgewählt und in dem Erzählband ›Risikoanalyse‹ abgedruckt.

**Ausführliche Informationen über
unsere Autoren und Bücher
<u>www.dtv.de</u>**

2017 dtv Verlagsgesellschaft mbH & Co. KG, München
© 2014 DuMont Buchverlag, Köln
Umschlaggestaltung: dtv nach einem Entwurf von Lübbeke Naumann Thoben,
Köln unter Verwendung eines Motivs von Rüdiger Trebels
Gesamtherstellung: Druckerei C.H.Beck, Nördlingen
(Satz nach einer Vorlage des DuMont Buchverlags)
Gedruckt auf säurefreiem, chlorfrei gebleichtem Papier
Printed in Germany · ISBN 978-3-423-14554-1

Für Katja und Greta

Inhalt

Ostsee

Die meisten Menschen haben ein falsches Bild von der Kälte. Sie meiden sie, ohne sie jemals kennengelernt zu haben. Sie schrecken vor ihr zurück bei der ersten Berührung und verbringen den Rest ihres Lebens mit einem Kälte-Vorurteil, dessen Lächerlichkeit ihnen nie bewusst wird. Sie sterben und haben die Kälte nicht einmal singen hören, dabei singt sie nicht nur für sich an ihren ausgelassenen Tagen. Doch das werden sie nie erfahren. Sie werden nicht mit ihr lachen und nicht mit ihr weinen, bis zu ihrem Tod.

Wie kann ein Mensch sterben, ohne zu wissen, wie gnädig die Kälte ist.

Sie ist auch nicht starr, ganz und gar nicht. In ihr herrscht die größte Bewegung. Man muss sich ihr nur überlassen und durch den ersten Schrei und Schrecken hindurchgehen, hindurchtauchen. Dann.

Die Kälte hat ein Gedächtnis und eine Gegenwart. Und sie ist vollkommen klar.

Das Wasser an einem Wintertag. Der Himmel über der See ist hauchblau. Eine Bläue, die allen Dunst und Nebel, die Wolken und Schwaden in sich aufgesogen und verwandelt hat in einen Reifatem, der die Sonne blass macht, eine gefrorene Scheibe aus Licht. Der strohige Bewuchs der Dünen ist frosttrocken und knistert, wenn er unter Schritten zerbricht, der Sand hart wie Stein, eine Mondkruste, und wenn man tief Luft holt, ist es, als hätte man die ganze Nacht mit offenem Mund geschlafen.

Ich stehe am Strand und schaue auf das winterglatte Wasser. Da, wo es ruht, da, wo es sich regt. Das Eis ist ganz zart und verletzlich, wie die Haut über einer erkalteten Milch, auch dort, wo die See am stillsten ist. Man kann es streicheln, mit dem Strich der Wellen oder dagegen, ein Fell oder Flaum aus Kristall, weicher Eiswasserflaum. Ich sage, hallo, See, wir kennen uns. Ich bin durch das Frühjahr mit dir gegangen, jeden Tag, während dein Wasser immer heller, leuchtender wurde und geschmeidig unter den Händen wie Gras. Ich war bei dir unzählige Stunden im Sommer, als die Sonne steil im Wasser stand und man abends beim Kraulen die Mücken erschlagen konnte, eingehüllt in die Sommergerüche von heißem Sand und Kiefernharz wie für immer. Und dann weht doch wieder der Herbst herein, lässt die Küstenlinie noch einmal aufleuchten und löscht sie dann, weißgrau, farblos, bis auf ein paar spärliche Striche unter dem Wind, die Segel eingeholt, Sturm gehisst, bis das Eis kommt, das undurchdringliche, und alles endet.

Es riecht nach Schnee, stellst du fest, Ostwind, sagst du laut vor dich hin, so als würdest du dich wundern. Über die eisfreien Priele läuft ein Schauder. Sämtliche Härchen an deinen Armen stellen sich auf. Aber du kannst die See nicht lassen.

Es ist ganz einfach: Wenn du jedes Kleidungsstück genau so ausziehst, wie du es immer ausziehst, wenn du alles genau an die Stelle legst, wo du es immer hinlegst, wenn du genau den Weg ins Wasser gehst, den du immer gegangen bist, Schritt für Schritt, dann kannst du den Körper über die Kälte hinwegtäuschen, über ihre Zumutungen, ihre Ungeheuerlichkeit. So als wäre alles wie immer, jeder Handgriff vertraut, und du kannst in die Kälte gehen wie ins Bett.

Der Trick ist, den Selbsterhaltungstrieb auszuschalten, dieses sehr mächtige Kommando im Gehirn, da nicht reinzugehen, das nicht zu tun, niemals!

Aber darauf darfst du nicht hören, während du durch die Uferwellen watest. Du musst besser wissen, was du tust, besser als dein Körper. Hör nicht auf ihn, aber beobachte ihn ganz genau, wie eine interessante Maschine in einem sehr gewagten Experiment. Es ist wichtig, dass du ihn von oben, von außerhalb siehst. Du musst auf jedes Zeichen achten, jedes Warnsignal, die Sirenen, die losschrillen werden, überall, alle zur selben Zeit. Nimm das zur Kenntnis, schätze es ein, aber hör nicht darauf, sonst verlierst du die Kontrolle, sonst wird die Panik deines Körpers total. In dem Moment, in dem sie dein Denken erfasst, bist du verloren. Doch denk nicht daran.

Das Schwierigste ist der erste Schock. Du weißt, du musst atmen, aber du kannst nicht. Du weißt, du musst jetzt den nächsten Gedanken fassen, aber du bist starr vor Entsetzen, gefangen in Todesangst. Du sagst dir, dass du das kennst, dass du schon oft an diesem Punkt gewesen bist. Es ist nicht das Ende, sondern nur eine Grenze, die du verschiebst, sagst du dir. Aber es ergibt keinen Sinn, du verstehst nicht, was du da sagst, dein Körper versteht es nicht. Du bist eingeschlossen in ein System im Alarmzustand, eine brutale Krise, die alles blockiert. Dein Körper nimmt keine Befehle mehr an. Du kannst nichts tun. Du kannst nur warten, kannst diesen Moment nur überstehen – falls du ihn überstehst –, indem er vorbeigeht.

Und dabei liebe ich mein Leben.

Dann gelingt dir der erste Atemzug. Nur ein kurzer, ein kleiner Schluck Luft, noch einer und noch einer. Du wagst es, schaffst es, tiefer zu atmen und immer mehr Luft einzuziehen, auch wenn mit ihr die Kälte einströmt über deine Lippen, durch deine Haut, die nicht länger ein Panzer ist, keine Front, sondern bloß eine dünne Membran, auf der sich der Schock in Schmerz verwandelt und die Kälte zu einer Empfindung wird, während sie durchzieht. Aber das muss sein, das weißt du, das Unerträgliche ist eine Illusion, die nachlässt, irgendwann. Du darfst nur nicht auf deine Haut vertrauen. Haut ist dumm. Haut denkt nicht voraus. Sie spürt heiß und kalt, hart und weich, die Wucht und den Aufprall der Kälte und die Schärfe der tausend Wasserklingen, ihre fleißigen Schnitte überall, aber sie sieht nicht, dass auch das vorbeigeht, sie sieht nicht voraus. Haut kennt immer nur den Moment und hält ihn für eine Ewigkeit. Sie kann die Uhr nicht vorstellen bis zu dem Punkt, an dem sie nichts mehr spüren wird, gleich schon, in zwei, drei Minuten, fast nichts, nur einen leichten Nesselbrand von Kälte, Nadelstiche, Salzkristalle mit feinen, filigranen Spitzen und Bahnen von kühler Seide, die vorübergleiten, weil sich die Kälte längst nicht mehr auf deiner Haut abspielt, sondern ein Teil von dir geworden ist. Du stößt dich vom Grund ab und schwimmst.

Jedes Mal denke ich, ich könnte die See wärmen. Wenn ich nur oft genug schwimme, wenn ich nur lange genug durchhalte. Ich könnte die See wärmen, und dann wäre es morgen nicht mehr so schlimm. Ich heize das Meer auf mit jedem Zug, und das Eis weicht. Ich glaube das jedes Mal für einen Moment und muss mir dann eingestehen, dass ich nicht einmal imstande wäre, das Wasser in einer Badewanne auf Körpertemperatur zu halten. Sogar in einer Wanne stirbt man irgendwann an Unterkühlung. Und trotzdem gibt es etwas in mir, das an die Macht des Schwimmers glaubt, auch wenn das Meer, der kleinste Teil dieses Meeres, so unendlich viel mächtiger ist.

Ich drehe mich auf den Rücken, trete mit dem Beinschlag eine hohe, schaumweiße Fontäne los und schaue zurück zum Ufer. Wie verwaist und winterlich es daliegt, wie versunken unter dem gefrorenen Himmel, ein Bild, in dem ich der Fehler bin, der Einzige, der das Kältesiegel über der See und dem Sand aufbricht und die Stille zerschlägt. Ein Hochgefühl überkommt mich, so als hätte ich die Zeit besiegt, so als könnte ich weiter und immer weiter schwimmen, über den Rand der Zeit hinaus.

Ich will mich zum Kraulen umwenden, da sehe ich ihn wieder, etwas weiter strandabwärts: den alten Mann, der immer da ist, jeden Tag, und den Sand entlang der Wasserlinie umgräbt. Gott weiß, was er sucht. Aber er sucht unermüdlich, bei Wind und Wetter. Manchmal gräbt er mit einem Stock, einem Stück Treibholz, manchmal mit bloßen Händen, in der Hocke oder auf den Knien – obwohl er Tag für Tag gräbt, hat er nie Werkzeug dabei, Schaufel, Spaten, nicht einmal Handschuhe. Er gräbt, aber behilft sich nicht. Dann richtet er sich wieder auf, steht da und starrt auf die Stelle, das hereinströmende Wasser, die Wunde im Sand, bis das Meer sie verwäscht und der gewölbte Rücken des Ufers sich schließt, als wäre nie etwas gewesen. Der Mann steht einfach da und sieht dem Verschwinden zu.

Anfangs habe ich ihn für einen pensionierten Wissenschaftler gehalten, einen Naturschützer oder Meeresbiologen, der nach Würmern oder einer seltenen Muschelart forscht. Seine Kleidung ist unauffällig, keine Spur von Verunreinigung oder Verwahrlosung, graue Windjacke, blaue Jeans, festes Schuhwerk. Er wechselt seine Sachen nicht oft, aber sie sind immer tadellos, ordentlicher sogar und weniger leger als die der meisten Strandgänger. Seine Gesundheit scheint robust, sein Lebenswandel regelmäßig. Er fehlt nie. Aber er ist verrückt, davon bin ich überzeugt, völlig verrückt, es kann gar nicht anders sein. Nicht, weil er immer allein ist und mit niemandem spricht. Es ist die Art seiner Einsamkeit. Er hat so etwas an sich, um sich, dass man ihm lieber aus dem Weg geht. Noch nie habe ich gesehen, dass ihm jemand die Hand gibt zum Gruß oder ihm auf die Schulter klopft, und wenn, dann würde er vermutlich durch ihn hindurchfassen.

Es ist so weit. Ich senke den Kopf ins Wasser und kraule los, das Stechen an den Schläfen geht von Ohr zu Ohr. Die Kälte schließt sich um meine Stirn, hält sie fest umklammert und drückt zu, drückt sie zusammen, aber die Angst kommt nicht zurück. Ich atme, keuche, muss den Kopf noch zwei, drei Mal über die Wasseroberfläche recken, weil der Kältedruck auf die Stirnhöhlen zu groß wird. Dann nicke ich ins Wasser zurück, brauche mich nicht einmal hinunter zu zwingen, sondern tauche ein in Salz und Eiswasser wie in Schlaf.

Es tut gut, etwas zu haben, woran man denken kann, wie an den alten Mann am Strand, den ich »den Graber« nenne. Jeder Gedanke schlägt die Kälte, bahnt einen Pfad durch sie hindurch. Für einen Moment bin ich dem Alten geradezu dankbar, ich könnte ihm um den Hals fallen, weil er mir über die Eisschwelle hilft, die sonst so viel Willen und Überwindung kostet und über die ich in Gedanken an ihn hinweggleite, als wäre es das Folgerichtigste überhaupt. Ich frage mich, was für ein Leben er hat jenseits der See, ob es eine unsichtbare Frau gibt, die ihm seine Sachen wäscht, ob ihm jemand vorm Verlassen der Wohnung die Schuppen von den Schultern streicht oder ob er sich in einem fleckigen Spiegel selbst korrigiert und so unauffällig macht, als wäre er gar nicht da. Er sieht wirklich jeden Tag gleich aus, nicht einmal die grauen Haare werden länger. Sein Erscheinungsbild hat die Unverwüstlichkeit der Erdkundelehrer oder Hausmeister meiner Schulzeit. Ich sehe über einen sanften Wellenhügel hinweg, wie er in die Knie geht, auf die

Knie fällt und einen Stock in den Sand stößt. Heute ist also wieder einer dieser Tage. Dann greife ich nach dem graublauen, graugrauen Wasser in äußerster Reichweite, und vor meinen Augen ist nur noch das Meer.

Jeder Kraulschwimmer hat ein seltsames Verhältnis zur Überwasserwelt. Er nimmt nicht an ihr teil. Für ihn zählen nur die See, sein Atem und die Kälte, nicht auf der Haut – seine Haut bildet längst keine Grenze mehr zwischen ihm und dem Meer –, sondern im Körper. Auf die Kerntemperatur kommt es an, auf den Griff der Kälte nach den Knochen und Eingeweiden, um die sich sämtliche Muskeln und Sehnen zusammenziehen wie ein Netz um ein Kilo Orangen.

Was über Wasser geschieht, ist wie entrückt: flüchtige, dahintreibende Bilder beim Schulterblick, Momentaufnahmen, Schnappschüsse, die vom Kampf mit der Kälte nichts wissen und die ich mir zusammenreime, zusammenträume zu einer Welt ohne Bedeutung. Im Sommer, natürlich, ist es wichtig abzuschätzen, ob und wie schnell ein Boot sich bewegt, ob ein anderer Schwimmer meine Bahn kreuzt oder ob es nur Bojen sind, die zwischen den Wellen herumdümpeln. Doch jetzt ist das Meer ausgestorben, die Boote liegen winterfest in ihren Docks, die meisten Bojen sind eingeholt, und ich bin mit dem Wasser allein. Eine Brise kommt auf, wirft sich in die Wellen und facht die Kälte an, die Jagd macht auf jeden Flecken nackter Haut, mein nasses Haar. Doch so sehr der Wind auch anzieht und die Lufttemperatur fällt, das Wasser bleibt sich gleich. Es wird nie kälter sein als jetzt, es schützt mich und umhüllt mich ganz.

Das Einzige, was ich im Blick behalten muss, ist der Strand. Ich zwinge mich, an den Rückweg zu denken und daran, dass er mindestens doppelt so lang werden wird und jeder Zug um ein Vielfaches schwerer, ich sage mir das, denn in der Kälte ist die Entfernung launisch und ohne Maß. Wer zu lange wartet, zu sehr auskühlt, für den können schon hundert Meter zu weit sein.

Ich schwimme einen leichten Bogen, drehe den Kopf in den Nacken und entwinde mich dem Sog ins Offene. Der Graber kehrt in mein Blickfeld zurück. Der dürre Stock, mit dem er im Sand gestochert hat, ist nicht mehr da, weggeworfen oder zerbrochen, nehme ich an, vielleicht hat er auch nie existiert. Jetzt schaufelt der Alte mit bloßen Händen und häuft einen Sandberg auf vor seinen Knien. Ich kann das alles noch erkennen, aber kleiner, denke ich, winziger darf er nicht werden und auch nicht der Strand, den er umgräbt. Dann wende ich mich wieder dem Wasser zu. Beim nächsten Atemzug sehe ich nur noch eine gefurchte, schaumgeäderte Schräge. Die See gerät unter dem Wind in Bewegung, Wellen heben mich, langsame, gemächliche, mit weit auseinandergezogenen Schaumkappen. Die Schneeluft in meinen Lungen schmeckt nach Blut. Ich muss zurück, ich muss umkehren, höchste Zeit, sage ich mir und denke: jetzt schon? Und: endlich!

Bereits nach wenigen Metern mit Kurs auf den Strand merke ich, dass es die richtige Entscheidung war. Ich brenne herunter, so rasend schnell und erbarmungslos, dass die Kälte kein Zustand mehr ist, sondern freier Fall. Ich schlingere, statt vorwärtszugleiten, keine Bewegung läuft mehr rund. Die Entfernung zum Ufer scheint immer größer zu werden, unüberwindlich, doch das kann nicht sein, sage ich mir, nein, nein, ich bin es, der kleiner wird, immer kleiner, mein Körper schnurrt zusammen auf den eines Kindes, hilflos und verloren, ich kenne dieses Kind, es hat Angst, große Angst.

Es kann nicht mehr, schwimmt nicht mehr, auch das kenne ich von ihm, das Kind hat alles verlernt, stöhnt und krümmt sich, will sich hinsetzen, hinlegen, seiner Not überlassen, aber ich weiß, dass das falsch ist, und treibe es an, immerzu, es muss sein. Der Mann am Strand darf nicht in noch weitere Ferne rücken, nicht noch mehr schrumpfen, auf keinen Fall. Versuch, den Kopf zu heben, die Richtung zu halten, nur keine Umwege jetzt, beschwöre ich es – das Kind gehorcht nicht. Ich schreie es an, aus Leibeskräften, ich höre mich im Wasser brüllen, vergebens. Doch ich weiß genau, wo der Mann ist, weiß es instinktiv und kraule drauflos, unbeirrbar, durch Kältescherben und Schaum, ohne nach links oder rechts zu blicken, ich brülle noch immer, es ist die einzige Art, zu atmen, vorwärtszukommen. Endlich wird die See dünner, durchsichtiger, gläsern fast. Dann ist da Meeresgrund, mit Händen zu greifen, Muschelstückchen und Sand. Ich kann stehen, zwar spüre ich meine Beine nicht mehr, aber ich stehe und stolpere weiter durch seichte Wellenausläufer ans Ufer, ducke mich unter dem Wind und torkle an dem Mann vorbei, der kurz aufschaut und durch mich hindurchsieht. Er hat mich gerettet, mir das Leben gerettet, aber wir grüßen uns nicht.

Handtuch, Hose, Jacke, Kapuze, ich brauche mir keine Befehle zu geben. Die Ankleideroutine ist eingespielt, fast dieselben Handgriffe wie vorhin, nur in umgekehrter Reihenfolge. Meine größte Anstrengung ist, das Zittern im Griff zu behalten. Socken lasse ich weg, Schuhebinden sowieso, es wird Stunden dauern, bis meine Finger das wieder können. Ich muss nach Hause, mich aufwärmen, schnell.

Als ich an der geschlossenen Würstchenbude am Hauptsteg vorbeihusche, mit hochgezogenen Schultern, den Blick gesenkt, steht die Besitzerin da, eine wasserstoffblonde, immergebräunte Endfünfzigerin in einem blau-weiß geringelten Kapuzenpulli. Sie nennt sich Rosi oder Babsi, trinkt gern einen Korn mit ihren Gästen und manchmal auch allein. Ein, zwei totgedrehte Locken ihres spröden, strohigen Haars flattern im Wind, als gehörten sie nicht zu ihr. Wir kennen uns ohne Worte, doch ausgerechnet heute spricht sie mich an mit einem leicht hängenden, leicht verhangenen Lächeln.

»Sagen Sie, haben Sie eine Wette verloren, oder machen Sie das freiwillig?«

»Ich wette nicht«, bringe ich hervor und versuche zu grinsen, trotz eingefrorener Gesichtsmuskeln.

»Sie holen sich noch den Tod«, sagt sie.

»Man gewöhnt sich daran«, winke ich ab, überdeutlich, damit sie nicht auf die Idee kommt, mir etwas zu trinken anzubieten. Doch sie sagt nur: »Also ein büschen verrückt sind Sie schon, junger Mann!«

»Da bin ich hier nicht der Einzige«, sage ich, noch immer grinsend, und deute mit einer Kopfbewegung strandwärts Richtung Graber, schließlich ist er um einiges verrückter als ich. Aber was, wenn er gar nicht mehr da ist, durchzuckt es mich plötzlich, wenn ich ihn mir nur eingebildet habe? Ich drehe mich um und entdecke den Alten erst auf den zweiten Blick. Er hat sich weit nach vorne in seine Grube gebeugt und holt mit beiden Unterarmen den Sand ein.

Die Kioskbesitzerin folgt meinem Blick, langsam, beinahe widerwillig. »Ja«, sagt sie und lässt ihr Lächeln fallen, »so hat jeder sein Päckchen zu tragen.«

»Sagen Sie bloß, Sie wissen, wonach er gräbt!« Ich will auf keinen Fall länger hier stehen bleiben und einen Plausch halten, stutze aber doch.

»Na, wegen seinem Sohn«, sagt sie und schaut auf meine offenen Schuhe. Für einen Moment bin ich wie vor den Kopf gestoßen, ein Sohn kam in den Geschichten, die ich mir vom Graber erzählt habe, nie vor. Aber ich frage nicht nach, sondern denke nur, gut, dann werde ich mir eben morgen eine andere Geschichte von ihm erzählen. Ich bin in Gedanken schon an Rosi vorbei, als sie kaum hörbar hinzufügt: »Der Junge wollte rüberschwimmen, in den Westen. Seine Leiche wurde nie gefunden.«

Das Spiel ohne auf die Erde zu kommen

Als sie den schmalen, geschlängelten Weg hügelan fuhren, erhob sich der Wald vor ihnen wie eine Wand. Die Dämmerung stand zwischen den schwarzen Tannen, während der Himmel noch licht war, hell und stufenlos grau. Die ungemähte Wiese zum Wald hin sah aus, als hätte sich eine Herde von Nebeltieren darin gewälzt. Bleiches, verblühtes Gras lag nass und regenschwer in Wellen danieder.

Sie hielten sich so weit rechts wie möglich auf der engen, an den Rändern bröckelnden Fahrbahn, obwohl mit keinerlei Gegenverkehr zu rechnen war. Die wenigen Anlieger, die ihre Ferienhäuser und Jagdhütten am Waldrand hatten, kamen im Sommer. Mitte November war hier kein Mensch. In einer Kurve stand ein bemooster Gartenzwerg mit Schubkarre. Daneben lag ein umgekipptes Dreirad, das einmal leuchtend rot gewesen sein musste, weiter unten im Graben ein gehörnter Hüpfball. All das hatte im Sommer schon so dagelegen als Warnung an die seltenen Autofahrer, dass hier Kinder spielten. Doch danach sah es nicht mehr aus. Die Kinder des Sommers waren längst wieder abgereist und zurück im wirklichen Leben.

Sie fuhren langsamer. Michael saß leicht vornübergebeugt am Steuer und starrte angestrengt in die ausfüllende Dunkelheit. Sie sah ihn von der Seite an und fragte sich, ob er der Kinder wegen vom Gas gegangen war oder nur, um die Einfahrt nicht zu verpassen. Doch sie vergaß, sich darauf zu antworten. Zwei-, dreihundert Meter weiter bog Michael ein und hielt vor dem vollkommen dunklen Haus.

Als es still wurde im Auto, in dem kurzen Moment des Verharrens nach der Fahrt, machte der Wald einen Schritt auf sie zu. Mit der Nacht kam er näher, und die Stille ging ihm voraus. Das Haus war das letzte auf dem Hügel, nur wenige Meter hinter dem Grundstück endete der Asphalt, und die kleine Straße ging in einen unbefestigten Feldweg über, der nur für land- und forstwirtschaftliche Nutzfahrzeuge freigegeben war. Im Sommer konnte man manchmal schon morgens die Motorsägen hören, wie sie in Chören über den Wald herfielen. Trotzdem wurde er immer dichter.

Die Stille war bodenlos.

Mit einem Ruck kletterte Michael aus dem Wagen und fing an, den Kofferraum zu entladen. Sie tat es ihm mit kurzer Verzögerung gleich. Die Novemberluft war feucht und schwer. Vom Nadelboden ringsum stieg eine würzige Kühle auf, die sie dankbar einsog, hungrig nach Gerüchen und frischer Luft. Michael nahm die Koffer, er hatte es eilig, ins Haus zu kommen, hantierte mit einem Schlüsselbund und fluchte über irgendetwas. Ein Keil von Helligkeit riss den verlassenen Garten auf bis hin zur Birke an der Grundstücksgrenze, die wie aufgeschreckt nach ihren eigenen Schatten fasste.

Als sie sich nach ihrem Rucksack bückte, war Michael schon wieder neben ihr und nahm ihn ihr aus der Hand. Er hatte ihr verboten, schwer zu tragen. Sie folgte ihm mit ein paar Jacken und Mänteln. Im Flur blieb sie stehen und staunte über die stille, verschwiegene Ordnung in der Küche, im Wohnzimmer, diese aufgeräumte Einsamkeit überall. Und das sollte dasselbe Haus sein, das sonst so voller Leben war, wenn sie zu Besuch kam.

Im Sommer, vom ersten Ferientag bis zum letzten, gehörte es den Zwillingen, Jakob und dem kleinen Konstantin, der aus unerfindlichen Gründen einen halben Kopf kleiner war als sein Zwillingsbruder. Mitsamt ihren Freunden aus dem im Tal gelegenen Dorf verwandelten sie das Haus jeden Tag aufs Neue in ein riesiges Spielzimmer voller Gelächter, Getrampel und Geschrei. Als Michael ihr vorgeschlagen hatte, die Übergangszeit hier zu verbringen, bis ihre Wohnung renoviert und nach den kleinen baulichen Veränderungen wieder beziehbar sein würde, war ihr nicht klar gewesen, was für eine Leere Kinder zurückließen, wenn sie auf einmal nicht mehr da waren.

Als Michael die Treppe wieder herunterkam und sich an ihr vorbeischob, wollte sie irgendetwas einwenden, etwas Schwerwiegendes. Aber der Gedanke entglitt ihr gleich wieder, und es war ja nicht für lang.

Sie hängte die Mäntel in die Garderobe und stieg mit den Strickjacken hinauf zu den Schlafräumen unterm Dach. Es roch muffig, nach altem Zwieback. Hier oben war seit Monaten kein Mensch mehr gewesen. Dennoch hatte Michael ihr Gepäck ganz selbstverständlich in das Kinderzimmer gebracht, wo sie im Sommer immer schliefen, weil sein älterer Bruder Robert mit seiner Frau das Elternschlafzimmer belegte. Die Zwillinge und ihre Freunde übernachteten meist in Zelten im Garten. Einmal hatte sie den kleinen Konstantin in ihrem Bett gefunden – kein halbes Jahr war das her. Sie hatte sich an dem Abend frühzeitig aus der Runde der Erwachsenen verabschiedet und war nach oben gegangen, weil sie sich nicht wohlfühlte. Als sie sich hinlegen wollte, sah sie seinen kleinen, gekrümmten Körper, halb bedeckt, den biegsamen Rücken, die perfekte Perlenschnur der Wirbel unter seiner Haut. Lange hatte sie neben dem Jungen gesessen und seinem Atem gelauscht. Sie brachte es nicht über sich, ihn zu wecken oder umzubetten. Irgendwann hatte sie einen Weg gefunden, wie sie sich um Konstantin herumlegen und an ihn schmiegen konnte, als wäre er in ihren Armen eingeschlafen, ganz genau so. Es kam ihr vor, als hätte sie kein Auge zugetan, sondern die ganze Nacht nur den Schlaf dieses Kindes beschirmt. Doch am nächsten Morgen fühlte sie sich frisch und munter wie lange nicht mehr.

Beim Aufwachen hatte Konstantin sie mit großen, traumweiten Augen angesehen und gelächelt wie im Vertrauen. Aber er war nie wieder gekommen, in all den Nächten nicht.

Sie öffnete den Wäschekoffer und bezog die Betten mit frischen Laken. Wollmäuse huschten über den Fußboden, eine Motte flog auf und dengelte gegen die Nachttischlampe. Der Geruch von Weichspüler breitete sich aus, ein Zuhause-Geruch, der ihr irgendwie unangemessen vorkam. Wenn sie die Augen schloss, war sie am falschen Ort.

Mit einigem Kraftaufwand öffnete sie das Schlafzimmerfenster, das sich leicht verzogen hatte. Die Nachtluft strömte herein wie unerschöpflich tiefer Atem und mit ihr die Stille des Waldes. Von irgendeinem Hof aus dem Tal hörte sie einen Hund bellen, doch es klang unendlich weit weg und wie aus einer anderen Welt. Die Stille hatte sich verwandelt. Sie war nicht mehr bodenlos, auf ihrem Grund war ein Rauschen, so undeutlich und murmelnd wie ein Bach, viele Bäche. Vermutlich wurde das Haus im Winter von den verschiedensten Arten der Stille bewohnt.

Die Dielen knarrten, Michael stand in der Tür. Sein Gesicht wirkte wie erloschen von der Eintönigkeit der Fahrt, aber er lächelte.

»Wie geht es dir? Hast du Hunger?«, stellte er zwei Fragen auf einmal, so als hätte er Angst, keine Antwort zu bekommen. Sie hielt inne, wie um zu überlegen, doch sie wusste bereits, dass sie gleich den Kopf schütteln würde, und tat es auch. »Ich will noch ein bisschen arbeiten«, sagte sie.

»Wir sind hier in einem Ferienhaus ...«, wandte er lächelnd ein und legte ihr eine Hand auf die Schulter.

»Aber es sind keine Ferien.« Sie merkte, dass sie noch immer leicht den Kopf schüttelte, und ließ es.

»Komm, nur eine Kleinigkeit«, entschied Michael für sie und verschwand nach unten in die Küche. Sie zog das Fenster zu, wie um zu verhindern, dass der Wald sie weiter belauschte. Dann schloss sie den Koffer und strich die Betten noch einmal glatt. Für einen Moment war ihr, als würde sie den kleinen Konstantin spüren, seinen warmen Körper, seinen tiefen, bewusstlosen Schlaf. Sie lächelte bei der Erinnerung. Die Stille war schon wieder anders, ein Pfeifen wie mit gespitzten Lippen, tonlos.

Am liebsten wäre sie hier oben geblieben und hätte sich eingegraben in die warme Wäschewolke von zuhause, ein wenig gelesen, ein wenig geschlafen. Stattdessen nahm sie ihren Bücherrucksack und trug ihn hinunter ins Wohnzimmer. Das Feuer im Kachelofen brannte bereits, verbrannte die abgestandene Luft und summte dabei. Doch die Kacheln waren noch kalt. Sie zog die Rouleaus vor den Fenstern hoch, nur um festzustellen, dass es keinen Unterschied machte. Draußen war kein Licht zu sehen, nichts. Jedes Mal, wenn sie aufs Land fuhren, wunderte sie sich darüber, dass in der Nacht der Himmel das Hellste war und die Erde ein schwarzer Planet.

Sie ließ sich, eine Hand über dem Bauch, auf das ausgebeulte Kunstledersofa fallen, legte die Beine hoch und schob sich ein Kissen in den Nacken. Ohne hinzusehen, zog sie ihren Rucksack zu sich heran und griff nach dem nächstbesten Buch, fest entschlossen, in diesem Zwangsurlaub ihre gesamten Lektüreversäumnisse nachzuholen. Doch schon mit den ersten Sätzen tat sie sich schwer. Ihre Gedanken wanderten, sie war zerstreut und abgelenkt, ganz ohne Grund. Michael klapperte in der Küche vor sich hin, der Kachelofen schnurrte, und die weiche Holzfeuerwärme sickerte langsam in die Sofapolster. Wenn man irgendwo in Ruhe lesen konnte, dann hier.

Ihr Blick fiel auf die Kinderfotos von Michael und Robert, die an den weiß verputzten Seiten des Rauchabzugs über dem Kachelofen hingen. Schon oft hatte sie davorgestanden und gestaunt, wie ähnlich sich die Brüder als Kinder gesehen hatten – insofern erschien es ihr nur folgerichtig, dass Robert Vater von Zwillingen geworden war, etwas Zwillingsartiges lag in der Familie. Doch die Ähnlichkeit zwischen ihm und Michael hatte sich mit den Jahren verlebt und verloren. Inzwischen erkannte man nicht einmal, dass sie Brüder waren, sondern entdeckte nur, wenn man es wusste und wollte, eine gewisse Verwandtschaft der Augenpartie, der Züge um Nase und Mund. Sie waren andere geworden, hätte man meinen können. Doch das täuschte. Ihre Ähnlichkeit hatte sich nur verlagert, von außen nach innen. Sie glichen sich nicht mehr, aber sie verhielten sich gleich, dieselben Gesten, dieselbe Mimik in veränderter Gestalt. Sogar ihre Vorlieben und Überzeugungen hatten sich mit der Zeit angenähert, obwohl sie ganz verschiedene Leben lebten und einander bis auf ein paar Wochen im Sommer kaum sahen. Vielleicht fiel es deshalb niemandem auf. Doch wenn sie mit Michael beim Abendessen saß und auf ihrem Teller etwas übrig ließ, verzog er das Gesicht genau wie Robert – beide konnten nichts »verkommen lassen«. Wenn Michael mit unbeirrbarer Geduld ein paar desinteressierten Handwerkern den Sinn und Zweck dieser oder jener Baumaßnahme erklärte, glaubte sie, Robert über Ökosysteme und Nachhaltigkeit reden zu hören. Und wenn Michael verstummte, schwieg er Roberts Schweigen – sein Mund wurde auf genau dieselbe Weise hart. Manchmal erinnerte er sie so sehr an seinen großen Bruder, dass sie es wie einen Verrat empfand, weil sie sich zuerst in Robert und dann in Michael verliebt hatte, dem sie ohne ihre Affäre mit seinem älteren Bruder nie begegnet wäre. Manchmal fühlte es sich an wie zwei verschiedene Beziehungen mit ein und demselben Mann.

Er brachte ihr Spiegeleier, gewendet, mit gestocktem Eigelb. Die letzten Wochen hatte sie regelrecht Heißhunger darauf gehabt, jetzt ekelte sie sich auf einmal davor. Doch das konnte sie Michael unmöglich sagen, auch wenn sie nun vor der Schwierigkeit stand, diese Spiegeleier irgendwie hinunterbekommen zu müssen. Es waren drei, noch dazu recht große Spiegeleier, an denen kein Weg vorbeiführte, nicht nur weil in dieser Familie niemand etwas »verkommen ließ«, sondern vor allem weil Michael so aufmerksam gewesen war, sie nach einer langen Autofahrt mit ihrem vermeintlichen Leibgericht zu überraschen.

»Lass uns am Tisch essen«, sagte sie in der Hoffnung, dass es ihr leichterfallen würde, diese Mahlzeit niederzuringen, wenn sie nicht auf dem Sofa lag wie eine Kranke, sondern Form und Haltung annahm.

Michael stellte ihren Teller auf den Eichentisch in der Essecke, die durch eine Viertelwand vom Wohnzimmer abgeteilt war und sehr rustikal wirkte mit ihrer dunklen Holztäfelung, dem mit Schnitzwerk versehenen Geschirrschrank und den bestickten Gardinen. In dieser zünftigen Umgebung schienen die Eier noch unüberwindlicher.

»Guten Appetit«, wünschte ihr Michael, und ein bisschen hasste sie ihn dafür. Teilnahmslos sah sie zu, wie er sein Schinkenbrot mit Messer und Gabel so sorgfältig zerteilte, als müsste er ein Kleinkind damit füttern. Dann spießte er die einzelnen Happen auf und verzehrte sie mit knappen, knabbernden Kaubewegungen. Beide, Robert und Michael, drehten beim Essen die Gabel im Mund.

Dass die Spiegeleier langsam kalt wurden, erfüllte sie mit einem Gefühl der Hilflosigkeit.

»Was liest du denn gerade?«, erkundigte er sich zwischen zwei Schinkenhappen. Nach einer so langen Fahrt gab es keine Themen mehr.

»Was Biogenetisches«, sagte sie zu ihrer eigenen Überraschung, »etwas über Meme.«

»Meme?«, fragte Michael. Dass er so reagieren würde, hatte sie gewusst.

Um Meme ging es gar nicht in dem Buch, doch das Wort war ihr vor einigen Wochen in einer Zeitschrift begegnet und nicht mehr aus dem Kopf gegangen. »Wenn ich es richtig verstanden habe, sind Meme so etwas wie Gene, nur eben im Bereich des Mimetischen, also all dem, was bisher als eine Frage von Nachahmung und Lernen galt. Meme übertragen Mimik, Gestik, Verhaltensweisen oder auch Wissen, das heißt, falls es sie wirklich gibt ...«

Sie sah ihn herausfordernd an. Michael schien ihr der lebendige Beweis zu sein für die Übertragung von Gedanken und Verhaltensweisen, er und sein Bruder. Doch die beiden waren nicht die Einzigen. Seit sie den Artikel gelesen hatte, entdeckte sie überall Meme.

Michaels Hände, um Messer und Gabel zur Faust geballt, ruhten links und rechts des Schinkenbretts. Bauernhände, dachte sie, nur ohne Schwielen.

»Ist das erwiesen?«, fragte er.

»Erwiesen? Nein. Aber mit welchem Recht gehen wir eigentlich davon aus, dass unsere Körpersprache, unsere Gesten und Gesichtsausdrücke uns ganz allein gehören? Die Wörter, mit denen wir uns verständigen, gehören uns ja auch nicht, sondern sind gewissermaßen ein Erbe und das Resultat von Übertragung.«

»Aber es ist nicht erwiesen.« Michael blieb dabei.

»Nur weil wir keine Erklärung haben für die seltsamen Wege der Gedanken- und Verhaltensübertragung, heißt das noch lange nicht, dass es das Phänomen nicht gibt«, sagte sie und fühlte sich dabei im Einklang mit dem Schluss des Artikels.

»Bist du sicher, dass es eine gute Idee ist, sich jetzt mit so etwas zu beschäftigen?« Michael legte das Besteck beiseite und rieb sich die Schläfen. »Ich meine, willst du nicht lieber mal ausruhen?«

»Ich muss wirklich was tun, glaub mir. Im Moment vergesse ich schneller, als ich lernen kann.« Sie machte eine ins Vage schweifende Handbewegung und fragte sich im selben Moment, von wem sie diese Geste wohl hatte. Welche Unterhaltung fand da zwischen ihren Körpern statt, nahezu unbeachtet und unabhängig von ihnen?

»Wenn du gerade so vergesslich bist, wie du sagst, dann ist das vielleicht auch ein Zeichen …«

»Ach, und wofür?«

»Ich will ja nur nicht, dass du dich zu sehr unter Druck setzt«, sagte Michael sanft wie immer, wenn sie einen gereizten Ton anschlug. Doch sie wusste auch um die Hartnäckigkeit dieser Sanftheit und wollte sich nicht ein weiteres Mal darüber streiten, ob dies der richtige Zeitpunkt war, ihr abgebrochenes Studium wieder aufzunehmen.

»Ich sage das wirklich nicht gern, aber …«, seine Stimme klang noch sanfter als sonst, »du wirkst ziemlich erschöpft.«

Ihr Blick landete auf den Spiegeleiern, die immer mehr nach kalter Bratpfanne rochen. Längst waren die glasig goldenen Butterfettaugen auf ihrem Teller fest und trüb geworden wie Pocken.

»Und außerdem glaube ich auch nicht, dass es gut ist für das Kind.« Michael wurde mit jedem Wort leiser, flüsterte fast.

Sie wollte etwas erwidern, Einspruch dagegen erheben, dass er schon wieder davon anfing, doch sie legte nur vorsichtig die Hände auf ihren Bauch, schob sie über die gewölbte Kugel unter sich – ob zum Schutz oder aus Verlegenheit, wusste sie selbst nicht.

»Schläft es?«, fragte Michael unhörbar, sie las nur die Bewegung seiner Lippen. Immer wenn er von dem Kind sprach, wurde er so still, als wüsste er schon im Reden, dass seine Worte sie nicht erreichten. »Sag, hast du wirklich keinen Hunger? Ist dir nicht gut?«

Drei Fragen, zählte sie. Seine Angst, ohne Antwort zu bleiben, wurde offenbar immer größer. Sie starrte weiter auf den Teller und versuchte, die Säule aus Magensäften und Säuren, die ihre Speiseröhre hochstieg, wieder hinunterzudrücken.

»Magst du die Spiegeleier nicht?« Noch eine Frage, wie konnte er so viel fragen? Sie kämpfte mit dem Würgereiz, unter dem sich ihr gesamtes Sonnengeflecht zusammenzog. »Soll ich sie für dich essen?«

Es gelang ihr zu nicken, obwohl sie schon ganz starr war vor Erbrechensangst. Michael griff nach ihrem Teller und zog ihn zu sich, natürlich ließ er nichts verkommen. Die unmittelbare Bedrohung war vorüber. Der Krampf in ihrer Magengrube löste sich ein wenig, sie bekam wieder Luft. Dass er jetzt dasaß und aß, versuchte sie zu ignorieren.

»Sei mir nicht böse, aber ich gehe schon mal nach oben«, sagte sie dann mit fester Stimme, schob ihren Stuhl zurück und schaffte es in den Stand. Michael sprang sofort auf, um ihr seinen Arm zu leihen, doch sie brachte ein Lächeln zustande und verabschiedete sich freihändig.

Einen Moment lang überlegte sie, ob sie das Buch, das sie angefangen hatte, mit nach oben nehmen sollte, und wog es in der Hand, legte es dann aber doch zurück auf den Couchtisch. Es war ein Schwedenkrimi, der sehr brutal begann.

»Schlaft gut«, rief Michael ihr nach, ihnen. Sie sagte nichts gegen den Plural.

Oben im Schlafzimmer war es noch immer klamm. Sie zog sich nur halb aus, behielt T-Shirt und Socken an. Fröstelnd schlüpfte sie unter die Decke zum kleinen Konstantin, der sich in einem Bausch aus Bettwäsche an sie schmiegte. Allmählich wärmten sich ihre Körper aneinander. Sie zog einen Arm unter der Bettdecke hervor und legte ihn schützend über das Knäuel, das sich in sie hineinkrümmte wie ein Löffel in den anderen. Ihr nackter Arm kühlte schnell aus, doch es war eine Kälte, die sie nichts mehr anging.

Am nächsten Morgen erwachte sie aus einem brunnentiefen Schlaf. Sie brauchte lange, bis sie begriff, dass Michael schon aufgestanden war und das Klappern unten in der Küche Frühstück bedeutete. Offenbar hatte er nicht neben ihr, sondern auf einer Matratze am Boden geschlafen, unter einer schlichten Wolldecke. Das Kinderzimmer-Bett war recht schmal für zwei, besonders in ihrem Zustand, doch bisher hatte es immer gereicht, und es wäre wohl noch immer Platz genug gewesen, hätte sie das zweite Federbett nicht zu einem Klumpen gewalkt und umklammert. Vermutlich hatte Michael sie nicht wecken wollen und ihr sein Bettzeug deswegen nicht entrissen, vielleicht hatte sie es sich auch nicht entreißen lassen.

Auf einmal fiel ihr der kleine Konstantin wieder ein, der sie die ganze Nacht lang beschäftigt hatte, nicht im Traum, so klar war kein Traum, es war eine Erkenntnis, die wie ein Traum begonnen hatte, um dann immer klarer zu werden und bilderlos. Plötzlich kannte sie den Grund, warum der kleine Konstantin so klein war, sie wusste es einfach, so wie man seinen eigenen Namen weiß: Er wartete. Deswegen wuchs er nicht. Er musste warten, weil er nicht der Zwilling seines großen Bruders war, sondern des Kindes, das sie in sich trug. Alles, was sie an ihm liebte, das Zarte, Scheue, Schützenswerte, liebte sie, weil sie es inwendig kannte, weil sie es wiedererkannte. In gewisser Weise – auf die gewisseste Weise – war Konstantin ihr Kind, das Ebenbild ihres Kindes, Zwilling eines Ungeborenen. Er würde erst wieder größer werden, wenn sein Bruder auf der Welt war.

In der ersten Aufregung hatte sie sofort Michael rufen wollen, um es ihm zu erzählen. Jetzt fand sie ihr Traumwissen zu kostbar und beschloss, es für sich zu behalten. Lächelnd warf sie ihren Morgenmantel über und ging hinunter in die Küche. Sie hatte Lust auf einen Becher starken schwarzen Kaffee. Doch natürlich hatte Michael den Kräutertee aufgebrüht, den sie zu Hause seit Monaten tranken, mit Rücksicht auf das Kind in ihrem Bauch.

»Gut geschlafen?«, fragte er.

Sie nickte, lächelte und schwieg.

»Ich war noch nicht Einkaufen, leider.« Er schwenkte einen Brotkorb, in dem nur Zwieback und Knäckebrot lagen. »Ich wollte nicht, dass du hier aufwachst und das Haus ist leer.«

Sie nickte noch einmal, gab Michael einen Guten-Morgen-Kuss und folgte ihm ins Wohnzimmer. Vor den Fenstern zum Tal blieb sie stehen. Der Himmel war weit und ungewöhnlich blau, gar nicht wie November. Hingebreitet über die Hügel lag ein Flickenteppich aus Wiesen, Feldern und Gehöften um das im Morgendunst schwimmende Dorf. Ihr Blick wanderte weiter, folgte Bahnen von immer kleiner werdenden Windrädern bis hin zu der Burgruine auf dem kegelförmigen, wie künstlich aufgeschütteten Berg am Horizont, den zu besteigen sich die Kinder jeden Sommer vornahmen, ohne es je zu tun.

»Schön draußen«, hörte sie sich sagen, ihre Stimme klang belegt, »und viel heller als im Sommer ...« Sie deutete auf die Buchen zu beiden Seiten, deren ausgreifende Kronen sonst die Aussicht überschatteten. Jetzt hatten sie alles Laub verloren und wirkten mit ihren kahlen grauen Ästen unter dem Blau des Himmels wie entmachtet.

Michael stellte sich neben sie und legte einen Arm um ihre Schultern. »Den Hang hinunter gibt's noch eine ganze Menge zu tun. Der Garten ist alles andere als winterfest«, sagte er mit Blick auf den von Gestrüpp überwucherten Zaun und das rostige Klettergerüst, an dem eine halb abgerissene Schaukel hing. »Hast du heute wenigstens ein bisschen Appetit?«

»Appetit?«, fragte sie wie überrascht. »Ich habe einen Riesenhunger!«

Sie setzten sich in die Essecke. Michael goss ihr Tee ein. Sie nahm sich zwei Scheiben Knäckebrot aus dem Korb und bestrich sie geduldig mit harter Butter.

»Fürs zweite Frühstück bringe ich uns frische Brötchen mit«, versprach er, »vorausgesetzt, es sind noch welche übrig. Der Bäcker hier kennt seine Kundschaft seit Generationen und backt praktisch abgezählt. Auf Fremde ist man unten im Dorf nicht eingestellt, schon gar nicht zu dieser Jahreszeit. Aber ein Graubrot oder irgendeinen Kuchenrest wird er für uns schon übrig haben. Willst du mitkommen?«

»Nein, nein, fahr du ruhig.« Die Vorstellung, sich in ihrem Zustand beim Einkaufen sehen zu lassen, behagte ihr nicht. »Ich mache so lange einen Spaziergang im Wald.«

»Im Wald?«, fragte er.

»Warum nicht im Wald?«, fragte sie.

»Ich meine ja nur …«, sagte er, ohne zu sagen, was er meinte.

Sie wandten beide die Köpfe zum Fenster längs der Essecke und schauten hinaus auf die Tannenfront, die sich bei Tageslicht weit zurückgezogen hatte und weniger dicht zusammenstand. Einzelne Laubbäume rissen Lücken. Hier und da zeigten sich Schneisen und Pfade durchs Unterholz.

»Kannst du mir einen Weg empfehlen?« Sie sah Michael ins Gesicht und wunderte sich im selben Moment, wie nah es ihr war.

»Ich glaube nicht, dass die Wege noch dieselben sind. Aber wenn ich dir einen guten Rat geben darf: Verlass dich nicht auf deinen Orientierungssinn! Sobald du zwei, drei Bäumen ausgewichen bist, verlierst du jedes Gefühl für Richtung und fängst an, im Kreis zu laufen. Wir haben früher immer Markierungen hinterlassen, Robert und ich, um dann genau denselben Weg wieder zurückzugehen.«

»Wie Hänsel und Gretel.«

Michael sah sie verständnislos an. »Nimm lieber dein Handy mit, und schalte die Ortungsfunktion ein.«

Einen Moment aßen sie wortlos, er einen mit reichlich Frischkäse bestrichenen Zwieback, sie ihr Knäckebrot. Es schmeckte gut, war aber sehr laut inmitten der Stille um sie herum.

»Hast du eigentlich was von dem Anruf mitbekommen? Robert hat heute Morgen angerufen, völlig aus dem Häuschen«, sagte Michael und nahm sich noch einen Zwieback. »Ines hatte gestern plötzlich so starke Wehen, dass sie die Zwillinge schnell zu Freunden gebracht haben und sofort ins Krankenhaus gefahren sind – zehn Tage vor dem Termin!«

»Geht es ihr gut?«, fragte sie wie erstarrt.

»Um kurz nach sieben waren sie im Kreißsaal, und kurz nach der Tagesschau war das Kind schon auf der Welt, gewaschen und gewickelt, Originalton Robert. Beide, Mutter und Kind, sind wohlauf.«

Sie schluckte – versuchte zu schlucken, ihr Mund war plötzlich staubtrocken.

»Ich soll dich ganz herzlich grüßen, hat er gesagt, sogar mehrmals, und wenn du zufällig einen Namen weißt …«

»Einen Namen?«

»Sie wollten das Geschlecht nicht vorher wissen, waren aber beide davon überzeugt, dass es ein Junge wird, noch einer, und der Mädchenname, den sie sich für den Fall der Fälle zurechtgelegt hatten, passt überhaupt nicht.«

»Es ist ein Mädchen?«

»Und was für eins, ein ziemlicher Brocken! Sie hatten sich mal ›Lilli‹ überlegt, aber ein Mädchen, das größer ist als ihre großen Brüder und fast das Anderthalbfache wiegt, kann irgendwie nicht ›Lilli‹ heißen, meint Robert. Naja, er wird dir die Geschichte sicher noch erzählen.«

»Wie …«, sagte sie zögernd, »wie viel wiegt sie denn?«

»Über viertausend Gramm, ich hab's aufgeschrieben.« Robert deutete auf den Notizblock neben dem Telefon, »viertausendzweihundert, glaube ich, und zweiundfünfzig Zentimeter, warte!«

Michael stand auf und ging zu dem altertümlichen Telefon, von dem sie nie gedacht hätte, dass es noch funktioniert, dieser bürograue, leicht vergilbte Apparat mit gerundeten Ecken und Wählscheibe.

»Viertausenddreihundertzwanzig Gramm sogar und dreiundfünfzig Zentimeter«, rief Robert nach einem Blick auf den Notizblock. Dann kam er zu ihr an den Tisch zurück, ohne sich zu setzen. »Freust du dich gar nicht?«, fragte er.

Sie sah ihn an, als wüsste sie nicht, wovon er sprach.

»Es kommt natürlich ein bisschen plötzlich, für alle«, schränkte er sofort ein, »für unsere namenlose neue Erdenbürgerin wohl am meisten. Wahrscheinlich wäre sie gerne noch eine Weile im Mutterleib geblieben …«

»Ja.« Sie senkte den Blick, bemerkte, dass sie die ganze Zeit mit der Hand über ihren Bauch strich, und ließ es sein.

»Robert würde uns übrigens gern besuchen, in zwei, drei Wochen, sobald bei ihnen ein bisschen Routine eingekehrt ist, das heißt, falls wir dann noch hier sind.«

»Ja«, sagte sie noch einmal. Was sollte sie sonst sagen?

»Du wirst sehen, Liebling, alles wird sich fügen. Wir nehmen es einfach als gutes Omen.« Er gab ihr einen Kuss auf den Scheitel und ging in den Flur.

»Du willst schon los?« Ihr Staunen war nicht gespielt.

»›Schon‹ ist gut«, rief er und schaute kurz darauf im Mantel um die Ecke, »es ist nach zwölf, und zwischen eins und drei schließen die Geschäfte, wir sind hier auf dem Land.«

»Habe ich so lange geschlafen?«

»Tief und fest, ich war mehrmals oben, um dich zu wecken, keine Chance«, sagte er lächelnd.

»Aber dann waren das ja über vierzehn Stunden!«

»Sechzehn, ziemlich genau. Offenbar habt ihr die Ruhe und Erholung dringend gebraucht.« Schon wieder sprach er von ihr im Plural.

»Es kam mir gar nicht so lang vor«, flüsterte sie.

Michael grinste. »Die Uhren gehen hier anders. Insofern, überleg's dir: In einer Dreiviertelstunde bin ich wieder da, ein Fingerschnipsen für hiesige Verhältnisse. Wenn du kurz wartest, machen wir den Spaziergang zusammen …«

»Ich geh mir ja nur mal die Beine vertreten«, sagte sie schnell. Sie wollte in diesem Haus nicht allein bleiben, auch keine Dreiviertelstunde.

»Na gut, aber nimm den Pfad außen rum, am Waldrand entlang, ja? Und bloß nicht vom rechten Weg abkommen!« Er fuchtelte scherzhaft mit dem Zeigefinger durch die Luft und winkte dann flüchtig zum Abschied.

»Fahr vorsichtig«, rief sie ihm nach, stand aber nicht auf, sondern lauschte mit aufgestützten Ellbogen dem Haustürknarren, den Schritten über die Auffahrt, deren Geräusch sie sich vielleicht auch nur einbildete, dem Zuschlagen der Fahrertür und dem Starten des Motors. Als sie schon nicht mehr damit rechnete, ließ Michael doch noch ein gedämpftes Hupen hören, das ihr galt. Dann fiel die Stille wie Schnee.

Ihr wurde leichter, nachdem sie das Haus hinter sich gelassen hatte. Ihre Schritte waren so leise, dass sie ihnen nachlauschen musste, um sich zu hören. Nur ab und zu, wenn sie auf einen Zweig trat oder gegen eine Wurzel stieß und ins Stolpern kam, gab der von einem dichten braunen Nadelpelz bedeckte Boden einen dumpfen Laut von sich. Doch es klang mehr wie ein Schlag. Sie hatte sich für den Pfad am Waldrand entschieden, nicht Michael zuliebe, sondern weil der Wald sie beobachtete und es sie beruhigte zu wissen, dass sie jederzeit ins Freie treten konnte, wenn es zu viele Augen wurden.

Obwohl man sich auf dieser Strecke kaum verlaufen konnte, merkte sie sich den alten Hochstand ohne Sprossen, die mit Tannennadeln vollgerieselte Futterkrippe und den beschilderten Eingang zu einem Waldlehrpfad, auf dessen Tafeln das Moos wuchs. Sie kam sich vor wie der erste Mensch, der seinen Fuß in diese Stille setzte, nicht der allererste, aber der erste seit Langem. Die wenigen menschlichen Spuren, auf die sie stieß, zeugten nicht von Leben, sondern von einer großen Verlassenheit.

Nach einer Biegung, einem Schwung des Hügelkamms lag das Tal offen vor ihr: Brachen und Wiesen voller Nebelgras, Felder in verschiedensten Erdtönen. Die Sonne färbte sich ein, orangerot und rund, wie für ein frühes Abendrot. Doch das Blau des Himmels war noch immer kräftig und hielt das Licht.

Es tat gut, in den Tag zu gehen. Die Nachricht von Ines' Niederkunft hatte sie aufgewühlt und erschüttert, ohne dass sie hätte sagen können, warum. Sie wusste nur, dass Ines ihr einmal mehr zuvorgekommen war. Und jetzt wollte sie von ihr auch noch einen Namen für ihr Kind.

Sie erschrak kurz, als das Handy in ihrer Manteltasche vibrierte. Ihr erster Gedanke war Robert. Sie traute ihm zu, dass er sie hier und jetzt anrief, um ihr die Geschichte in allen Einzelheiten zu erzählen. Reflexartig umfasste sie das Telefon mit der Hand, wie um es zum Schweigen zu bringen. Sie wollte niemanden sprechen, sondern weiter ihren Gedanken nachgehen. Doch als der Vibrationsalarm endlich aufhörte, fand sie die Ruhe nicht mehr. Sie hoffte bloß, dass die Handwerker bei ihnen zu Hause fertig werden würden, bevor Robert und Ines mit ihrem Riesenbaby zu Besuch kommen konnten. Nur den kleinen Konstantin hätte sie gerne wiedergesehen.

Der Weg stieg jetzt stärker an. Bis zum höchsten Punkt der Hügelkuppe waren es fünf-, sechshundert Meter, von dort versprach sie sich die beste Aussicht. Doch der Pfad wurde immer schmaler und holpriger, überwachsen von vielfingerigen, knotigen Wurzeln. Sie musste aufpassen, wo sie hintrat. Als sie kurz hochschaute, bemerkte sie im Augenwinkel irgendetwas Rotes. Ruckartig drehte sie sich zur Seite und spähte in den Wald, der mit dem Anstieg etwas lichter wurde. Zwischen hochgeschürzten Tannen und ineinander verschlungenen Kiefern zeigten sich Nester von Blau. Tageslicht fiel in dunstigen Bahnen hinab bis ins Unterholz und rührte an Nadelfriedhöfe, auf denen nichts mehr wuchs. Doch etwas Rotes oder auch nur Buntes war nirgends zu entdecken.

Ihr Handy meldete sich erneut, diesmal mit dem Signal für eine SMS. Jetzt zog sie es fast dankbar aus der Tasche. Auf dem Display erschien eine Nachricht von Michael: *Schon wieder zurück. Geschäfte schließen hier bereits um 12 – unglaublich, Mittag von 12 bis 15 h! Wenn du in der Nähe bist, kehr um, dann gehen wir zusammen. Kuss. M.*

Sie schaute über die Schulter zurück auf den Weg, den sie gekommen war, um sich zu vergewissern, dass Michael ihr nicht folgte. Sie wollte noch ein wenig allein sein. Dann sah sie das Kind zwischen zwei dürren Wacholderbüschen mehrere Meter vom Wegesrand. Es stand einfach da und starrte sie an, ein rundes Gesicht ohne Regung.

»Wer bist du? Was machst du hier?«, stieß sie atemlos hervor. »Du hast mich ganz schön erschreckt!« Sie versuchte, nachträglich eine freundliche Miene zu machen, doch auch darauf reagierte das Mädchen nicht. Es war sehr klein.

»Bist du allein hier? Wo sind deine Eltern?«, hörte sie sich sagen und dachte im selben Moment: zwei Fragen auf einmal, das Michael-Mem! Doch endlich schien etwas Leben in das Kindergesicht zu kommen. Das Mädchen zog einen Mundwinkel hoch, es lächelte halb.

»Entschuldige, wenn ich so viel frage«, lächelte sie zurück, »aber ich bin eine echte Vielfragerin, ich frage jedem, den ich treffe, ein Loch in den Bauch.«

»Auch Tieren?«, fragte das Mädchen so plötzlich, dass sie es kaum fassen konnte. Seine Stimme war glockenhell und klar.

»Ja, natürlich frage ich auch Tiere«, erwiderte sie augenzwinkernd, »wenn sie hübsch stehen bleiben und die Ohren spitzen …«

»Und wenn sie nicht stehen bleiben?«, wollte das Mädchen wissen. Aus irgendeinem Grund schien es sehr wichtig zu sein. Das Lächeln in dem runden Gesicht war erloschen.

Sie verstand nicht ganz, woher auf einmal dieser Ernst kam,

doch sie ließ sich augenblicklich davon anstecken: »Und was machst du hier im Wald? Seit wann beobachtest du mich schon?«

Keine Antwort. Das Mädchen musterte sie stumm, als würde es sie dasselbe fragen.

»Komm, ich bringe dich nach Hause!« Sie streckte die Hand nach dem Kind aus und nickte ihm aufmunternd zu. »Na, komm her zu mir, lass uns gehen.«

Doch das Kind kam nicht. Vielmehr schien es zurückzuweichen, als sie einen Schritt auf es zu machte. Es wich tatsächlich vor ihr zurück! Sie wollte es festhalten, blieb aber mit dem Fuß an einer Wurzel hängen und verlor kurz das Gleichgewicht. Als sie sich wieder gefangen hatte, stand das Mädchen in demselben Abstand einige Meter tiefer im Wald, noch weiter ab vom Weg, neben einer einsamen Lärche, die fast alle ihre Nadeln abgeworfen hatte, bis auf einen schimmernden goldgelben Flaum.

»Was ist denn? Du hast doch nicht etwa Angst vor mir?« Dass sie nun wirklich zu viele Fragen stellte, war ihr inzwischen egal. »Oder sehe ich zum Fürchten aus?«

Das Mädchen schüttelte langsam den Kopf, starrte sie aber weiter an, unverwandt und ohne die Augen zu bewegen. Es blinzelte nicht einmal – oder blinzelte immer zur selben Zeit wie sie, sodass sie seinen Lidschlag nie zu sehen bekam. Erst jetzt fiel ihr auf, dass dieses Mädchen nichts Rotes trug, überhaupt keine Farben. Es war grau, nicht nur seine Kleidung, auch seine Haut, nebelgrau, ein Nebelmädchen, dachte sie und tastete nach ihrem Handy.

»Soll ich jemanden anrufen? Ich kann Hilfe rufen, soll ich?« Doch das war nicht die Frage, sie log offensichtlich und wunderte sich zugleich, dass man beim Fragen lügen konnte, aber so war es, sie log schon die ganze Zeit, denn die eigentliche Frage lautete: Gibt es dich? Bist du wirklich? Und sie überlegte kurz, ob es sich dabei um zwei Fragen handelte oder nur um eine, ein und dieselbe, um die entscheidende Frage, ob dieses Kind auf der Welt war.

»Warum machst du dir solche Sorgen?«, fragte das Mädchen mit einer Stimme, so zart, so lieb, dass es wie eine Antwort war.

Sie wollte widersprechen, aber dieser Stimme konnte man nicht widersprechen.

»Warum machst du dir solche Sorgen?«, wiederholte das Kind. Es war wie ein Gesang, und sie wünschte sich nichts mehr, als ihn wieder und wieder zu hören.

»Ja, du hast recht«, sagte sie und senkte den Blick, senkte die Arme. »Ich mache mir Sorgen ... um dich.«

Das Gefühl der Scham war überwältigend, genau wie die Erleichterung, es sich eingestehen zu können. Sie hätte weinen mögen, um das Nebelmädchen und um sich. Es war, als wollte sich etwas in ihr lösen, etwas Ungeheuerliches, ungeheuer Tiefes, an das sie noch nie zu rühren gewagt hatte.

»Mach dir um mich keine Sorgen«, sagte das Kind. »Bitte, es geht mir gut.« Und sie glaubte ihm, seinem Gesang und der lieben Melodie seiner Stimme. Sie hätte ihm alles geglaubt.

»Nein«, sagte sie, ihr Blick verschleierte sich, »ich mache mir keine Sorgen.«

Es war wie ein großes Versprechen, und für einen Moment fielen tatsächlich alle Sorgen von ihr ab.

»Geh jetzt«, hörte sie das Mädchen sagen, so unwiderstehlich und klar. Doch sie sah nichts mehr. Vor ihren Augen verschwamm alles, schwamm einfach davon.

Als Michael kam, stand sie allein neben der Lärche und strich über die Zweige, deren Nadeln so weich waren und goldgelb wie seltene Früchte. Schon vom Weg aus rief er nach ihr und fragte, was sie dort mache, mitten im Wald. Das gute alte Sorge-Mem, es war ihr so vertraut. Widerstandslos folgte sie seinem Ruf und kehrte zurück auf den Weg in Erwartung all der Fragen, auf die sie keine Antwort wusste.

Doch Michael sagte nichts, sondern starrte auf etwas am Boden, drei, vier Meter weiter den Pfad hinauf. Als sie es bemerkte, versuchte er, ihr die Sicht zu versperren, aber zu spät: Zwischen zwei Wurzelhöckern lag ein Huhn mit durchgebissener Kehle und aufgerissener Brust, zerfleischt und ausgeweidet. Die weißen Federn waren unnatürlich rosa, rot.

»Du solltest wirklich nicht allein in den Wald gehen, es ist zu gefährlich. Im Dorf haben mich gleich mehrere Leute gewarnt, dass hier oben wieder die Tollwut grassiert. Hast du die Schilder nicht gesehen?«

Sie konnte den Blick nicht von dem toten Tier lösen. Ihr ging der Gedanke nicht aus dem Kopf, dass sie nun doch etwas Rotes gefunden hatte.

»Sieht aus, als wäre der Fuchs noch nicht weit, irgendetwas muss ihn verscheucht haben – Gott sei Dank! Wenn er dich angefallen hätte, wäre das fatal gewesen für dich und das Kind.« Mit einer heftigen Bewegung schüttelte er die Vorstellung ab und streckte ihr seine Hand entgegen. »Na, komm, lass uns gehen.«

Selbst im Schrecken erschien ihr alles wie eine Wiederholung.

»Ich hätte nicht gedacht, dass es so rot ist, so hellrot«, sagte sie.

»Komm jetzt«, drängelte Michael, »was sollen wir dem Tier jetzt noch ein Loch in den Bauch starren.«

Ungläubig wandte sie den Kopf. Hatte er das wirklich gesagt?

»Stimmt was nicht, Liebling? Hey, was ist denn?«, erwiderte er ihren Blick.

»Nichts, nichts«, sagte sie und schloss einen Moment lang die Augen. »Mach dir keine Sorgen, bitte, es geht mir gut.« Sie formte denselben Satz noch einmal tonlos mit den Lippen, weil sie spürte, welche Zauberkraft er besaß, wenn sie dabei an das Nebelmädchen dachte. Sie sah es vor sich, sein rundes Gesicht, sein Lächeln, und lauschte der Stimme, die in ihr sang.

Auf dem Rückweg hielt sie heimlich immer wieder Ausschau nach dem Kind, seinem grauen Mantel im dichten Tannengrün, zwischen tief hängenden Zweigen und Buschwerk. Natürlich zeigte es sich nicht. Dennoch hatte sie das untrügliche Gefühl, von ihm beobachtet und begleitet zu werden, nur war es jetzt nicht mehr unheimlich, sondern gut so, gut zu wissen. Wohin sie auch ging, das Nebelmädchen war an ihrer Seite.

Über dem Dach des Ferienhauses stieg eine weißgraue Rauchsäule in den sonnenlos blauen Himmel. Es roch nach Holzfeuer und Behaglichkeit, als sie die Einfahrt hinunterkamen. Im Haus war es so warm, als sei schon jemand dort.

Wie selbstverständlich setzten sie sich an den Esstisch, auf dem ihr provisorisches erstes Frühstück noch genauso stand, wie sie es verlassen hatten. Michael verfluchte einmal mehr murmelnd die Ladenöffnungszeiten auf dem Land. Doch sie störten sich nicht weiter daran, sondern aßen mit dem größten Appetit Knäckebrot und Zwieback. Die Butter war inzwischen weich.

»Es soll übrigens kalt werden morgen«, sagte Michael nach einer Zeit. »Wintereinbruch, hieß es im Autoradio, und der alte Heine, der immer mit seinen Sittichen auf der Schulter aus dem Fenster guckt, meinte sogar, dass es Schnee gibt, bis zu zwei Meter.«

Sie legte den Kopf schief. Es kam ihr so unwirklich vor.

»Zieh anderthalb Meter Übertreibung ab, bleiben immer noch fünfzig Zentimeter Neuschnee. Da kommt man von hier oben nicht mehr weg. Am besten mache ich heute Nachmittag gleich einen Großeinkauf, um unsere Vorräte aufzustocken, falls wir hier länger festsitzen.«

»Heute Nachmittag …«, wiederholte sie, es widersprach ihrem Zeitgefühl. Für sie ging der Tag schon zu Ende. Über dem Wald im Fenster dunkelte es, es dunkelte aus dem Wald heraus. Doch sie machte sich um das Kind keine Sorgen. Ihr war schon lange nicht mehr so leicht ums Herz gewesen. Sie wusste, es ging ihm gut.

»Wir können auch zusammen zum Einkaufszentrum in die Stadt fahren, da kriegen wir alles, und es ist durchgehend auf.«

»Ach, lass doch«, sagte sie, »wir verhungern hier schon nicht.«

Er setzte zu einem Einwand an, doch auch ihm schien es ganz recht zu sein, sich heute nicht mehr aufraffen zu müssen. Die Kachelofenwärme hüllte sie in eine unwiderstehliche Schläfrigkeit.

»Dann machen wir also nichts?«, seufzte er und ließ sich in seinen Stuhl zurücksinken.

»Ich dachte, deswegen sind wir hier …« Lächelnd strich sie mit den Fingerspitzen über seinen Unterarm, der seitlich vor ihr auf dem Tisch lag, tatenlos.

Er seufzte noch einmal. »Wenigstens eine Kleinigkeit will ich eben noch erledigen, Moment nur, geht schnell …«

Michael entzog ihr seinen Arm und stapfte aus dem Haus. Kurz darauf hörte sie das Garagentor und sah ihn draußen vor dem Fenster ohne Mantel mit einer großen Plexiglasglocke unterm Arm, die er an einer Kette direkt vor dem Esszimmerfenster befestigte. Zunächst hatte sie das Ding für einen kugelförmigen Lampenschirm gehalten, dann erst kam ihr der Gedanke, es könnte eine Art Vogelhäuschen sein. Die Plexiglaswände waren hohl und bis obenhin mit Körnern gefüllt. Michael zog ein paar Mal an der Aufhängung, um zu prüfen, ob der Haken an der Dachrinne hielt, dann setzte er einen kleinen waagerechten Holm unterhalb der Kugelöffnung ein und verschwand wieder. Über dem Wiesenstück zwischen Straße und Wald stiegen erste Nebelschleier auf und bedeckten das Gras für die Nacht.

»Na, was sagst du?«, rief Michael vom Flur aus, während er mit seinen Schuhen auf die Fußmatte einstampfte. Dann kam er an den Esstisch zurück, Wirbel von frischer Luft im Gefolge und tatsächlich den Geruch von Schnee. »Der alte Heine hätte jedenfalls seine Freude daran …«

»Ein Vogelhäuschen?«, fragte sie.

»Nicht irgendein Vogelhäuschen«, stellte er klar, »Robert hat es letztes Jahr mitgebracht, weil es bei ihm zu Hause auf dem Balkon nicht funktioniert hat. Dabei ist es ganz einfach: Die Vögel müssen sich nur auf die Stange unter die Kugelöffnung setzen und die Körner vom Innenrand picken. Die Idee ist, dass auf diese Weise vor allem die kleineren Tiere ihr Futter bekommen und die Großen ihnen nicht alles wegfressen. Nur waren die Stadtvögel in Roberts Nachbarschaft entweder zu dumm oder nicht hungrig genug.«

Erwartungsvoll schaute Michael zum Fenster hinaus, doch weit und breit war kein Vogel zu sehen. »Natürlich dauert es eine Weile, bis sie sich damit anfreunden«, beeilte er sich hinzuzufügen, »aber ich habe mit Robert gewettet, dass die Vögel hier auf dem Land wesentlich intelligenter sind als ihre degenerierten Artgenossen aus der Großstadt. Du wirst sehen, morgen oder spätestens übermorgen haben sie den Trick raus.«

»Vielleicht solltest du es ihnen mal vormachen.«

Er warf ihr einen kurzen Seitenblick zu, wie um sich zu vergewissern, dass es nicht ihr Ernst war. Dann sank auch er wieder auf seinen Stuhl zurück. »Zumindest ist für die Vögel gesorgt, der Winter kann kommen!«

Eine Weile saßen sie stumm am Tisch und sahen hinaus auf die dämmernde, schneegraue Wolkenfront, die sich langsam über den Wald schob. Dem Wetter hier zuzuschauen, war, wie auf das Meer zu sehen, auch wenn die Wolken beinahe stillstanden und nur ihre Färbung immer tiefer ins Dunkle fiel.

Irgendwann knipsten sie das Licht an und räumten den Tisch ab. Michael kochte noch einen Tee für sie beide und setzte sich an die Bauzeichnungen, während sie sich mit ihrem Rucksack aufs Sofa zurückzog. Sie streckte die Beine aus und spürte der wohligen Entkräftung nach, die sich kribbelnd bis in die Zehenspitzen verbreitete. Diesmal hatte sie sich ein anderes Buch vorgenommen, doch wieder verträumte sie den Text und kam über die erste Seite nicht hinaus. Fast schien es, als wollte dieses Haus sie mit aller Macht am Lesen hindern.

Erst spät am Abend erwachte sie vom Klingeln des Telefons, das sich wie das Rasseln und Ringen eines Kinderspielzeugs anhörte. Michael nahm ab und telefonierte in ruppigem Ton mit dem Bauleiter. Dabei strapazierte er das stellenweise verknotete Spiralkabel bis zum Zerreißen, um weitere Baupläne aus seiner Aktentasche zu fischen und auf dem Sofatisch auszubreiten. Natürlich gab es Schwierigkeiten.

Unterdessen ging sie ins Badezimmer, wusch sich, vermied es aber, in den Spiegel zu schauen. Sie war zu müde, um sich zu sehen. Benommen stieg sie die Treppe hinauf und sank ins Bett. Doch obwohl sie kein größeres Bedürfnis verspürte, als zu liegen, flach zu liegen, schlief sie nicht gleich ein. Die Waldgeräusche, die durch das gekippte Fenster drangen, hielten sie wach. Mal glaubte sie, ein Flügelschlagen auf dem Fensterbrett zu hören, dann wieder rauschten die Tannen wie Regen.

Sie knautschte das Federbett neben sich zusammen, umschlang es und versuchte ganz fest, an den kleinen Konstantin zu denken. Doch er hatte aufgehört, einen Körper zu haben. Die Schnur seiner Rückenwirbel, der blonde Flaum in seinem Nacken, seine Geschmeidigkeit und Wärme, all diese Einzelheiten ergaben kein Ganzes, es blieben Eigenschaften ohne Kind. Etwas in ihr wollte das für ein schlechtes Omen halten, und sie hoffte sehr, dass Konstantin nichts zugestoßen war. Doch sie hatte versprochen, sich keine Sorgen zu machen, also drehte sie sich auf die andere Seite und wartete mit geschlossenen Augen darauf, dass es wieder still wurde in ihr. Als sie dann hörte, wie Michael unten in regelmäßigen Abständen am Rost des Kachelofens rüttelte, damit die Asche durchfiel und er die Briketts für die Nacht auflegen konnte, war es seltsamerweise dieses Geräusch, das sie ruhig werden ließ und davontrug.

Am nächsten Morgen war sie in aller Frühe hellwach, vom ersten Augenaufschlag an. Ohne zu überlegen, wusste sie genau, was zu tun war. Dass Michael auf der Matratze vor ihrem Bett schlief, wunderte sie kein bisschen. Sie durfte ihn nur nicht wecken. Lautlos stieg sie über seinen reglosen Körper hinweg und schlich die Treppe hinunter, ohne Licht zu machen. Das ganze Haus war still wie ein Schlafender vor dem Ausatmen.

Mit wenigen Handgriffen schnappte sie sich ihre Kleidung aus dem Bad und ging weiter ins Wohnzimmer, um sich dort fertig anzuziehen. Der Kachelofen war noch warm. Auf dem Esstisch lagen die Baupläne und Zeichnungen, mit Korrekturen übersät. Offenbar hatte Michael noch bis spät in die Nacht gearbeitet, während sie in Schlaf und Schläfrigkeit verloren gegangen war. Doch sie hatte das bestimmte Gefühl, dass es genau so sein sollte, dass es Teil eines Plans war, der ihr jetzt diesen unschätzbaren Vorsprung verschaffte. Im Flur hielt sie noch einmal inne und horchte hinauf – kein Geräusch, keine Bewegung. Nur das Aufschnappen des Schlosses war zu hören, ein leises Knarzen der Scharniere, dann zog sie die Haustür hinter sich zu. Sie hatte es geschafft.

Die Dunkelheit war massiv. Dass es Morgen wurde, werden könnte, sah man nur an den Bäumen, die allmählich in gezackten Schattenrissen aus der Nacht herauswuchsen. Noch hatte es nicht geschneit, doch die Luft war schneemild und weich. Beim Hinausgehen hatte sie ihren Schal umgelegt, weil sie wusste, wie wichtig es war, dass sie etwas Rotes trug.

Das Nebelmädchen wartete schon auf sie. Stillschweigend nahm es sie bei der Hand, übernahm die Führung, sacht, aber zielstrebig, im Takt ihrer Schritte, gar nicht wie ein Kind, sondern wie eine Freundin. Fraglos verließen sie den Weg und tauchten ein in den

Schattenwald, unter tief hängenden Ästen hindurch, die schwer waren von Schwärze. Das Mädchen wollte ihr etwas zeigen, ein Versteck, ein Geheimnis, und sie kam mit.

Nach einer Weile erst registrierte sie, dass sie die ganze Zeit in der Hocke lief. Ihre Oberschenkel fingen an wehzutun, ohne dass sie der Schmerz mehr bedrängte als eine Erinnerung an etwas Unangenehmes, die sie ebenso gut außer Acht lassen konnte. Ihr wurde heiß. Es herrschte ein anderes Wetter unter den Tannen, gar nicht wie im Freien, sondern trocken und staubig wie in einer Dachkammer. Die ausgeschnittenen Himmelsmuster zwischen den Zweigen wurden immer seltener, immer blasser. Doch sie hatte keine Angst im Dunkeln, im Dickicht, im Unten. Sie war nur froh, dass es dem Mädchen gut ging und es mit ihr spielte.

Dann auf einmal standen sie im Licht. Es war nicht die Morgensonne, sondern ein Sturz von Grau, von Wolkenhelle. Einen Moment musste sie die Augen zusammenkneifen, die sich an das Dunkel gewöhnt hatten, ermahnte sich aber zugleich, die Hand des Mädchens nicht loszulassen, ohne dass sie hätte sagen können, wer hier wen hielt. Als sie die Augen wieder öffnete, sah sie den See, eine unsagbar glatte Fläche, in der sich der Morgen spiegelte. Alle Helligkeit war hier versammelt.

Der See füllte fast die gesamte Lichtung aus. Das Ufer war nur ein kleiner moosiger Kranz, mit eingesunkenen Baumstümpfen und kahlen, modernden Stämmen, die sich mal zum Wald hin, mal ins Wasser neigten, ohne seinen Silberfilm zu stören. Es war nicht nur das Licht, das hier zusammenfloss, sondern auch die Stille.

Als sie dem Mädchen danken wollte, dass es sie hierhergeführt hatte, war es weg. Es hatte sich losgemacht, seine kleine Hand der ihren entwunden – unfassbar, wie das passieren konnte.

»Wo bist du?« Sie flüsterte aus Respekt vor der Stille, die hier herrschte. »Komm zurück!« Doch nichts geschah. Das Nebelmädchen schien sich in Dunst und Leuchten aufgelöst zu haben. Warum wusste sie nicht, wie es hieß? Jetzt hatte sie keinen Namen, mit dem sie es rufen konnte, nichts, worauf es hörte. »Komm zurück, komm zurück«, rief sie wieder, sie schrie jetzt fast. Das Wasser lag da, glatt und unverwandt.

Immer wieder suchte sie den Ufersaum ab. Die Arme schützend gegen Äste und Zweige erhoben, lief sie ein paar Schritte um eine tote Fichte herum, deren erloschener Nadelkranz ihr die Sicht versperrte, sank aber tief in Moos und Kresse ein. Der Boden hier war sumpfig, der ganze See erwies sich als Sumpf, sodass sie plötzlich von der Angst gepackt wurde, das Mädchen könnte darin versunken sein. Erst dann fiel ihr auf, dass es gar keine Fußabdrücke gab neben den ihren. Sie stapfte einige Meter des Wegs zurück, den sie gekommen war, nichts. Vom Wald hierher führte, soweit sie sehen konnte, nur ihre einsame Spur. Sie war allein, ganz allein.

»Du wolltest dir doch keine Sorgen machen«, hörte sie auf einmal die Stimme des Mädchens wie aus nächster Nähe. Irritiert sah sie sich um. Das Kind balancierte tatsächlich nicht weit entfernt auf einem Baumstamm über dem Wasser.

»Was soll das? Was machst du da? Komm sofort da runter!«, sagte sie streng. Doch das Mädchen beachtete sie gar nicht, sondern streckte seine Arme wie eine Seiltänzerin waagerecht in die Luft und schlug Engelsflügel mit seinem Nebelcape.

»Wieso hast du mich losgelassen? Komm sofort her zu mir, und lass mich nie wieder los, hast du verstanden?« Sie schimpfte fast.

»Aber das ist doch das Spiel«, sagte das Mädchen mit seiner klaren Stimme.

»Ein Spiel? Was für ein Spiel?«, ging sie gleich darauf ein. Sie schaffte es nicht, ihm böse zu sein, nicht einmal jetzt, trat aber näher an den Baumstamm heran und versuchte, das Kind herunterzuholen.

»Nicht! Ich darf doch nicht auf die Erde kommen!« Lachend machte es einen kleinen Sprung, kaum mehr als einen Hopser, geriet dabei jedoch gefährlich ins Wanken. Mit ausgebreiteten Armen lief sie neben dem Baumstamm her, bereit, das Mädchen jederzeit aufzufangen. Als es in Reichweite kam, streckte sie noch einmal die Hand nach ihm aus, um es zu stützen, ihm Halt zu geben. Doch wieder balancierte es ein, zwei wacklige Schritte von ihr weg. »Nein, du darfst mich nicht festhalten, sonst gilt es nicht.«

»Aber warum denn nicht?«, fragte sie hinauf zu dem Kind und wusste im selben Moment, dass es falsch war, sie hätte zu ihm hinab sprechen sollen und einfach befehlen.

»Weil du den Boden berührst.«

Bestürzt blickte sie unter sich. Ihre Füße versanken immer tiefer im Matsch, das Sumpfwasser stand ihr schon bis zu den Waden und lief langsam in ihre Schuhe. Wie ertappt blieb sie stehen, während das Kind immer weitertänzelte.

»Sei nicht traurig«, sagte die Stimme.

»Ich bin nicht traurig«, protestierte sie. Sie war alles andere, besorgt, ärgerlich und auch ein wenig verwirrt, aber traurig?

»Vor mir brauchst du es nicht zu verstecken.« Die Stimme des Mädchens klang auf einmal wieder sehr ernst.

»Ich bin wirklich nicht traurig.« Sie senkte den Blick und sah zu, wie das Wasser in aller Ruhe weiter ihre Waden hochkletterte. Sie hatte tatsächlich nichts von ihrer Traurigkeit gewusst, bis zu diesem Moment.

»Siehst du? Und dabei solltest du dich lieber freuen.«

»Freuen?«, fragte sie nur.

»Für mich! Weil ich es geschafft habe«, sagte das Kind. Es hatte jetzt das Ende des Baumstamms erreicht und hüpfte wagemutig auf einem Bein, ausgerechnet dort, wo sie es nicht mehr auffangen konnte, weil das Wasser zu tief war. Vergeblich versuchte sie, wenigstens in seine Nähe zu gelangen. Doch sie konnte ihre Füße nicht aus dem Sumpf ziehen und kam nicht vom Fleck. Nur eine wulstige kleine Welle wanderte über den See und wölbte den öligen Glanz.

»Komm jetzt bitte, komm wieder zu mir!«, rief sie, doch es war kein Befehl mehr, sondern reine Hilflosigkeit. Mit letzter Kraft konnte sie ihr rechtes Bein befreien, ihr Schuh blieb im Sumpf stecken. Schnell bückte sie sich und schnürte mit den Händen unter Wasser den zweiten Schuh auf. Er machte ein schmatzendes Geräusch, als sie ihre Ferse herauszog, und lief voller Matsch. Barfuß kletterte sie auf den Baumstamm, ihre schlammigen Zehen krallten sich in die Rinde. Sie hatte jetzt Halt und konnte sich sogar aufrichten, aber zu spät. Als sie aufsah, war das Mädchen schon fort.

Fast ohne zu schwanken, schaffte sie es in den Stand und balancierte mit nackten Füßen stammaufwärts. Die Rinde war rau, griffig. Hier und da stachen die Stummel abgebrochener Zweige und dornartige Auswüchse in ihre Sohlen. Doch sie setzte behutsam einen Fuß vor den anderen und arbeitete sich bis weit über den Wasserspiegel vor. Drei Viertel des Stamms hatte sie schon gemeistert, ohne Festhalten, als er anfing, sich durchzubiegen und zu neigen. Es ging nicht weiter. Sie musste sich eingestehen, was sie vom ersten Augenblick an gewusst hatte: Das Kind war fort für immer.

Ob sie die Erde berührte, spielte jetzt keine Rolle mehr. Schnell schritt sie zu ihrem Ausgangspunkt zurück und benutzte dabei die größeren Äste als Stützen. Noch vor Erreichen des Ufers sprang sie in den soßigen, schwarzbraunen Schlamm. Auch das war egal. Sie musste nach Hause, musste es ohne Not, ohne Wunsch, ihr blieb nichts anderes übrig. Der Gedanke, dass sie in diesem Wald allein war und sonst keine Menschenseele, erfüllte sie nicht mit Angst, sondern mit einer unsagbaren Ernüchterung. Sie machte sich tatsächlich keine Sorgen, um gar nichts mehr.

Am sumpfigen Ufer war es leicht, den Weg wiederzufinden. Sie brauchte nur ihren Fußspuren zu folgen. Doch je tiefer der Wald, je trockener der Nadelboden, desto unkenntlicher wurden die Abdrücke. Hier und da entdeckte sie noch vereinzelte Kerbungen ihrer Absätze an Stellen, wo sie besonders tief in die Hocke gegangen war. Dann verlor sich auch diese Spur.

Ratlos blieb sie stehen und schaute sich um. Die Bäume und Büsche kamen ihr bekannt vor, sahen aber auch nicht anders aus als überall. Möglich, dass sie hier schon einmal gewesen war, möglich, dass sie sich längst verirrt hatte und die ganze Zeit im Kreis gelaufen war. Gerade wollte sie auf Verdacht eine neue Richtung einschlagen, als sie am Rand eines Wacholderbuschs kleinere Erdverwerfungen entdeckte. Doch bei näherem Hinsehen handelte es sich nicht um von Schuhsohlen aufgeschobenes Erdreich, sondern um schwarze, nacktschneckenähnliche Kotspuren. Der Fuchs fiel ihr ein. Vermutlich hatte er ihren Weg längst gekreuzt und Witterung aufgenommen. Sie tastete nach ihrem Telefon, doch noch bevor sie es finden konnte, sah sie, halb verdeckt zwischen Zweigen, etwas Rotes in der Ferne schimmern, roter als ein Fuchsfell, leuchtend rot.

Im ersten Moment war sie starr vor Schreck, fühlte sich aber magisch angezogen von diesem leuchtenden Farbtupfer. Sie musste wissen, was es war. Im Schutz der Bäume pirschte sie sich heran, jederzeit bereit, in Deckung zu gehen, falls der Fuchs noch da sein sollte oder sie den Anblick nicht ertrug. Sie hatte sich schon bis auf einen Baum genähert, als sie das Rot endlich erkannte. Es war ihr Schal, ihr eigener roter Schal, den sie dem Nebelmädchen zuliebe umgelegt hatte. Er musste beim Durchstreifen des Walds an einem Ast hängen geblieben sein. Sie berührte ihn vorsichtig, wie etwas Fremdes, so als könnte er sich in der Zwischenzeit verwandelt haben. Doch es war die vertraute rote Wolle, der vertraute Geruch, kein totes Tier, kein Blut. Schnell steckte sie ihn in ihre Manteltasche und rannte los, rannte zwischen Ästen und Zweigen hindurch, dahin, wo sich am Ende einer Baumschneise freies Feld abzeichnete, die Nebelwiese vor ihrem Haus. Als sie die letzten Tannen hinter sich ließ und ins Offene trat, keuchend und außer Atem, traf sie der Wind mit dem ersten Schnee.

Über die im nassen Gras zerschmelzenden Flocken ging sie zurück zum Haus. Die Kälte tat ihren nackten, geschundenen Füßen gut, und die durchweichten Halme und Gräser schnitten nicht sonderlich tief. Der metallische Geschmack von Blut in ihrem Mund kam aus der Lunge. Sie war das Laufen nicht mehr gewöhnt.

Vor der Einfahrt blieb sie stehen. Michael schlief offenbar noch. Zumindest brannte kein Licht, obwohl der Schneehimmel dämmerig und dunkellila über dem Haus hing. Von irgendwoher hörte sie ein Hämmern und horchte auf. Es waren mehrere aufeinanderfolgende Klopfgeräusche, nicht so regelmäßig wie von einem Specht, sondern kurze, wütende Einschläge. Dann sah sie im vorbeitreibenden Schnee, wie mehrere Vögel um die Plexiglasglocke schwirrten und immer wieder vergeblich nach den Körnern im Innern pickten. Sie schienen es auch nicht besser zu wissen als die Stadtvögel von Roberts Balkon. Michael, dachte sie, würde seine Wette verlieren. Dann ging sie über die Steinplatten der Einfahrt ins Haus.

Im Badezimmer fand sie eine Wund- und Heilsalbe, die sie großzügig auf ihre Fußsohlen auftrug. Dann streifte sie Michaels dicke Wollsocken über, die er meist statt Hausschuhen trug. Der Kachelofen war kalt, das Feuer heruntergebrannt, aber sie glühte, ihre Stirn, ihre Wangen. Sie trank ein Glas Wasser noch über der Spüle, füllte es wieder und setzte sich damit ans Esszimmerfenster, um zuzusehen, wie der Schnee den Wald zum Verschwinden brachte. Die Bauzeichnungen, die ausgebreitet vor ihr lagen, drehte sie mit dem Gesicht nach unten. So waren auch sie weiß. Sie bedeckten den ganzen Tisch.

Auf den Büschen und Bäumen im Garten bildeten sich bereits erste kleine Schneehauben, Flockenhäufchen, die schnell wuchsen. Als das Handy in ihrer Manteltasche zu summen anfing, stand sie nicht auf, um es zu holen. Aus irgendeinem Grund wusste sie, dass es Robert war, und sie wusste auch, dass er es wieder versuchen würde. Eine Weile dachte sie nach, dies und das, während sie darauf wartete, dass die Stille um sie wieder die alte war. Dann nahm sie das Wählscheibentelefon, setzte es auf ihren Schoß und probierte ein paar Ziffern. Nachdenklich ließ sie die gestanzten Löcher immer wieder unter ihren Fingerkuppen hindurchgleiten. Schließlich wählte sie Roberts Nummer, um ihm zu sagen, dass sich das Kind in ihrem Bauch seit drei Tagen nicht mehr bewegte und sie jetzt endgültig wisse, dass es tot war.

Als er sich meldete, legte sie auf. Der Aufprall des Hörers verursachte ein leises Klingelgeräusch, einen feinen, hellen Glockenton, der lange anhielt. Sie umklammerte das Telefon ganz fest und sah hinaus. Vor dem Fenster hatte sich ein Vogel auf die Stange gesetzt und ein paar Körner vom Innenrand der Plexiglasglocke gepickt. Als ihre Blicke sich trafen, schlug er mit den Flügeln und flog schnell davon. Doch sofort kam ein zweiter auf die Stange geflattert, schaute und pickte. Und noch einer. Und noch einer.

Der schwarze Pool

Ich nehme dich auf meinen Rücken,
vermähle dich dem Ozean …

J. W. Goethe, »Faust II«

In der Nacht hatte ich noch geträumt, dass du ertrinkst. Mir ertrinkst. Ertrunken warst. Es gab keine Geschichte zu diesem Traum. Es gab nur dieses Bild, dein Körper unter Wasser, gekrümmt wie zum Sprung, aber ohne jede innere Spannung, gelöst und gesichtslos, Kopf zwischen den Schultern, die Arme weit voraus – nicht gestreckt, sondern schwebend, mit schaukelnden Handflächen. Und dein Haar, viel Haar, wie Seegras, eine Weide, schwappend und schwerelos in den Wellen. Es war wirklich nur dieses Bild, und der ganze Traum bestand darin, dass ich es anstarrte. Anstarren musste. Dass ich das Auge war, es anzustarren. Sonst geschah nichts. Am nächsten Tag hast du schwimmen gelernt. Da warst du gerade fünf.

Ich bin lange nicht mehr hier gewesen, im Stadtzentrum, länger, als ich dachte. Für einen Moment versuche ich nachzurechnen, wie viele Wochen und Monate vergangen sind seitdem, lasse es dann aber. Es hat sich nicht viel verändert, doch alles ist anders. Alte Baustellen wurden geschlossen, neue aufgerissen, der Verkehr ist noch lauter, als ich ihn in Erinnerung habe, die wenigen Bäume sehen aus wie mit einem Grauschleier überzogen, farblos in der Sommersonne, die ganze Straße ist mir so fremd, wie es nur etwas sein kann, das einem früher einmal sehr vertraut gewesen ist. Diesen Weg bin ich ins Büro gegangen, all die Jahre. Ich wechsle Blicke mit den Gebäuden und schaue dann auf den Gehsteig.

In meinem Traum war es der schwarze Pool. Das Wasser fühlte sich an wie das Meer, doch es war der schwarze Pool im grünen Gras. Ich hatte dir noch sagen wollen, am nächsten Morgen, lass uns heute nicht ins Wasser gehen! Ich wollte dich warnen. Aber du bist ins Becken hineingestiegen, bis dir das Wasser über die Schultern reichte, hast die Kinnspitze vorgereckt, Kopf in den Nacken, und einfach vier, fünf Züge gemacht. Ich war sofort bei dir, um dich herauszuziehen. Doch ich höre noch heute deine Stimme, keuchend und zwischen den Zähnen hindurch: »Du kannst loslassen, Papa!«

Es war der schwarze Hotelpool. Und der fünfte gemeinsame Sommer unseres Lebens.

Später beim Abendessen sagte deine Mutter, du hättest in einem Hotel Laufen gelernt und Schwimmen in einem anderen Hotel. Ich fügte hinzu, dass sich immerhin die Qualität des Hotels verbessert habe. Wenig später bekam ich die feste Stelle, das Büro im Zentrum, und wir wurden sesshaft. Bis du aus dem Haus gingst.

Sie steht auf einmal vor mir, an der Ampel, ich bin mir sofort sicher, dass sie es ist, auch wenn ich nur ihren Rücken sehe und ihr dünnes, dauergewelltes Haar – dunkel und ganz anders als deins. Sie war als Schulpraktikantin zu uns gekommen, wurde bald darauf Assistentin und kletterte dann die Karriereleiter schnell nach oben. Keine Ahnung, was sie jetzt macht, ich verfolge das Geschehen nicht mehr, aber sie wird es sicher noch weit bringen. Als es grün wird, gehe ich mit leichter Verzögerung los und halte einige Meter Abstand zu ihr. Ich will nicht, dass sie mich sieht. Nicht, dass wir eine Geschichte miteinander hätten. Vielleicht habe ich mir es einmal gewünscht, doch das ist lange her. Und es ist gut, dass keine Geschichte daraus geworden ist.

Nach deinen ersten Zügen wolltest du nicht mehr aus dem Wasser. Du fingst an, dir den gesamten Pool zu erschwimmen, kreuz und quer, rauf und runter, begleitet vom Lob und Beifall der anderen Hotelgäste, die auf den Liegestühlen am Beckenrand in der Sonne lagen. »Wasserratte« nannten sie dich, und ich lächelte etwas brüchig dazu. Wir verließen den Pool für den Rest unseres Hotelaufenthaltes nur noch zum Essen und Schlafen. Manchmal gesellten sich andere Kinder zu dir, schlossen flüchtige Wasser-Bekanntschaften für einen Vormittag oder zwei. Doch sie alle gingen irgendwann wieder an Land und brachen auf zu anderen Ausflügen und Spielen. Du bliebst im Wasser, und ich blieb bei dir. Nach den ersten Tagen war ich davon überzeugt, dass Laufenlernen für dich nur eine Vorstufe war, nur ein Übergang und Behelf, um ins Wasser zurückzukehren. Es war die beschwerlichere Form der Bewegung in einer Welt voller Ecken und Kanten, Schwellen und Stolperfallen. Im Wasser gab es keine Hindernisse mehr.

Ich hatte eine liegen gelassene Taucherbrille für dich ergattert, etwas zu groß für dein kleines Gesicht, aber sie hielt dicht, wenn man sie nur richtig festzog. Ihr wurdet unzertrennlich, und selbst wenn du sie für kurze Zeit abnahmst, blieben die Abdrücke auf deiner Stirn. Ohne dass ich hätte sagen können, wann und wie, hattest du Tauchen gelernt, vielleicht konntest du es auch schon immer. Unter Wasser rissen wir die Augen weit auf, schnitten Grimassen, gestikulierten mit Händen und Füßen. Wir stießen Laute aus, Luftblasen, schrille Töne und Triller und verständigten uns in einer Fischsprache, auch wenn es nicht viel zu sagen gab. Meist wolltest du nur auf meinen Rücken genommen werden und mit mir auf den Grund tauchen. Allein kamst du kaum tiefer als einen halben Meter, du warst zu leicht, viel zu leicht. Aber du liebtest es, dich an meinen Schultern festzuklammern und huckepack mit mir in die Tiefe zu tauchen, um so lange wie möglich in dieser Unterwasserwelt zu verweilen, in der es nichts zu bestaunen gab außer der

Entfernung von der Realität. Nur widerwillig gabst du mir das vereinbarte Zeichen zum Wiederauftauchen, manchmal auch gar nicht. Deine sich immer fester einkrallenden Fingernägel verrieten mir dann, dass es an der Zeit war, mich abzustoßen vom schwarzen Grund. Am Ende konntest du die Luft länger anhalten als jedes andere Kind im Hotel, auch als die größeren Jungs, die sich dir für ein paar Tauchmanöver anschlossen, mit uns unter Wasser herumalberten, aber sehr bald das Interesse verloren. Dir wurde nie langweilig. Deine Beharrlichkeit übertraf alles, was ich von mir selber kannte. Es schien, als hättest du Schwimmen gelernt, um unter Wasser zu sein. Immer wieder wolltest du mit mir um die Wette tauchen, und an der Art, wie du den Kiefer vorschobst, wenn du das sagtest, konnte ich sehen, dass du entschlossen warst, mich zu besiegen. Früher oder später. Aber möglichst jetzt.

Sie geht zum Glück zügig, schreitet trotz halbhoher Schuhe weit aus. Ich muss nicht einmal künstlich zurückbleiben, sie ist schneller als ich, und ich denke, dass »zielstrebig« wohl das erste und letzte Wort sein wird, das mir zu ihr einfällt. Doch gerade dieses Strebsame, das bei den meisten Menschen etwas Verbissenes, Getriebenes hat, ist bei ihr von einer unglaublichen Leichtigkeit und Frische. Sie ist schön in ihrem Ehrgeiz, sogar wenn er sich gegen mich kehrt.

Die nächste Ampel wird grün, extra für sie. Es scheint, als müsste sie nie lange warten, als würden ihr alle Hindernisse aus dem Weg geräumt wie von unsichtbarer Hand, und wenn ich etwas bedaure, dann nur, dass ich nicht diese Hand bin. Ich muss mich beeilen, um den Anschluss nicht zu verlieren.

Zielstrebig wie immer steuert sie auf die nächste Kreuzung zu und biegt dann rechts ein. Sie geht ins Büro, denke ich, meine alte Strecke, genau derselbe Weg. Doch es ist sicher nicht mein Büro, das sie jetzt ihres nennt, sondern eins weit darüber. Ich zögere kurz, doch ich kann nicht anders, ich muss ihr nach. Ich muss sehen, in welches Stockwerk sie fährt.

Ob wir eigentlich schon Kiemen hätten, fragte uns der Hotelangestellte, der den Pool für die Nacht abdecken wollte – er hatte es uns zuliebe schon so lange wie möglich herausgezögert, zuerst die Sonnenschirme zusammengekurbelt und die Liegen wieder in eine Reihe an den Beckenrand gestellt.

»Nein, Kiemen haben wir noch nicht, aber das ist nur eine Frage der Zeit«, rief ich aus dem Wasser zurück, geschmeichelt, aber auch leicht beschämt. Der Mann hatte wirklich lange gewartet, und wir beeilten uns, aus dem Wasser zu kommen.

In Wirklichkeit wollten wir gar keine Kiemen. Wir waren Meeressäuger, Wale, Delfine, die Arme in Vorderflossen zurückverwandelt, die Beine zu einer Schwanzflosse verschmolzen, mit Lungen, die weit mehr als menschliche Lungen die Fähigkeit besaßen, sich leer zu pumpen und wieder mit Luft zu füllen. Wir wünschten uns Wal-Lungen und Delfinblut in unseren Adern, um große Mengen Sauerstoff zu binden. Und es schien, als würde dieser Wunsch in Erfüllung gehen. Man konnte fast zusehen, wie deine Ausdauer im Luftanhalten sich steigerte – wir zählten, anfangs bis dreißig, vierzig, dann bald über hundert. Und jedes Mal wolltest du wissen, ob du jetzt länger unter Wasser bleiben konntest als ich. Irgendwann, um deinen Eifer zu belohnen, gab ich mich bei einem unserer Tauchgänge geschlagen, schnappte nach Luft und tat, als könnte ich nicht mehr. Doch deine Reaktion war nicht Stolz oder Befriedigung, sondern Enttäuschung.

»Du hast mich gewinnen lassen«, sagtest du vorwurfsvoll, im leicht nasalen Ton der Taucherbrillenträger. Und zum Zeichen dafür, dass ich es nicht wieder tun würde, war ich bereit, mit dir um etwas zu wetten, das mich im Falle einer Niederlage einiges kosten würde. Ich dachte an ein neues Fahrrad. Aber du sagtest: »Ein Tier.«

»Was für ein Tier?«, fragte ich unbehaglich.

»Wenn ich länger unter Wasser bleibe als du, kann ich mir eins aussuchen«, sagtest du und strahltest mich an. Mir war klar, dass ich diese Wettschuld womöglich nicht begleichen konnte – ein Pferd oder auch nur ein Pony wären unerschwinglich für mich –, aber ich willigte ein, weil ich dachte, bis dahin würde es noch Jahre dauern und unsere Wette längst vergessen sein.

»Sehen wir uns auch mal wieder«, höre ich plötzlich ihre Stimme aus einem Straßencafé und drehe mich um. Sie hat sich einen Kaffee geholt, ich hätte es mir denken können, den angeblich besten Latte Macchiato der Stadt zum Mitnehmen. Wie konnte ich nur vergessen, dass sich alle im Büro hier an dieser Coffeebar ihren »Latte« holen, weil der Bürokaffee trotz aller Bemühungen und Neuanschaffungen Bürokaffee bleibt.

Lächelnd kommt sie auf mich zu. Ihre Oberlippe kräuselt sich über den geraden, etwas forschen Schneidezähnen. Vielleicht lacht sie mich aus, doch ich kann es ihr nicht verübeln. Ich kann ihr überhaupt nichts übel nehmen.

»Entschuldigung, aber ich war gerade völlig in Gedanken«, sage ich und wundere mich selbst, wie müde das klingt. Auch darüber lacht sie.

Wir bleiben kurz stehen, tauschen ein paar Belanglosigkeiten aus, sie ist darin geübter als ich und frischer zugleich, fast aufgekratzt. Ich suche nach etwas von Interesse, aber nichts von dem, was ich ihr sagen könnte, hätte in ihrer Welt Gewicht. Es gibt keine Verbindung mehr zwischen ihrem und meinem Leben.

»Schwimmen Sie eigentlich noch?«, fragt sie, als ich mich gerade verabschieden will. Sie hat sich etwas Persönliches gemerkt, vielleicht das Persönlichste überhaupt, was mich betrifft, das ist nett. Ich habe keine Ahnung, was ich ihr antworten soll. Doch als sie sich wieder in Bewegung setzt, Richtung Büro, gehe ich mit ihr. Wir gehen nebeneinander, schweigend für mehrere Schritte. Es ist fast, als ginge sie langsamer mir zuliebe.

»Ich habe diesen Sommer oft an Sie gedacht«, fährt sie fort, »ich habe sogar Ihren Rat beherzigt und tatsächlich mit dem Schwimmen angefangen, und ich kann Ihnen nur recht geben, es wirkt Wunder. Egal, wie müde, lustlos oder wasserscheu man sich vorher fühlt, nachher fühlt man sich immer besser. Es ist, wie Sie sagen: Schwimmen vertreibt die bösen Geister.«

Ich kann mich nicht erinnern, so etwas je gesagt zu haben, aber sie lächelt mich so voller Überzeugung an, dass ich ihr glaube und nicht meinem Gedächtnis. War sie schon immer so groß, frage ich mich, sie wirkt so viel größer als ich, so viel aufrechter. Dann sage ich: »Ich dachte, wir duzen uns.«

In dem Sommer, in dem du Schwimmen gelernt hattest, konntest du mich nicht übertrumpfen. Doch du warst keineswegs enttäuscht, sondern wirktest so sicher und siegesgewiss, als wüsstest du, dass du mich bald schlagen würdest. Es dauerte noch vier Sommer, ehe du gegen mich gewannst, dann allerdings mit Leichtigkeit. Wir waren in einem Hotel ohne Pool abgestiegen, in einem bewaldeten Mühltal, mit einem nahe gelegenen Schwimmteich. Anstatt Grimassen zu schneiden und Fischsprache zu sprechen, betrachteten wir durch unsere Taucherbrillen Kröten, Molche, manchmal auch kleine Fische. Weit konnten wir nicht sehen. Bei unserem ersten Zeitvergleich war ich so lange unter Wasser geblieben, dass mir schwarz wurde vor Augen, doch du übertrafst mich auf Anhieb um fünfzehn Sekunden. Da warst du neun und hattest unsere Wette nicht vergessen. Und ich hatte noch immer nicht genug Geld für ein Pferd.

Wir müssen es deiner Mutter sagen, das war das Erste, was mir durch den Kopf ging. Doch diese Beichte war nicht das Schlimmste. Das Schlimmste war, dass dein Sieg, der in den Sommern zuvor ein heller Triumph gewesen wäre, dich auf einmal nicht mehr freute. Du hattest Mitleid mit mir. Anstatt jedem im Hotel davon zu erzählen, behieltst du es für dich und lagst mir auch nicht in den Ohren mit deinem Wettgewinn. Du sagtest nichts, du wolltest nichts. Ich tat dir leid.

Diesmal schnappte ich ohne jede Übertreibung nach Luft, ich konnte wirklich nicht mehr und musste mich auf den schmalen Holzsteg legen, der ein paar Meter ins Wasser ragte. Minutenlang war ich außer Atem und kämpfte mit dem Hotelfrühstück in meinem Magen, alles drehte sich. Irgendwann – wann genau, war mir entgangen – hattest du dich neben mich auf die Holzplanken gesetzt und deine Hand auf meine Schulter gelegt wie zum Trost.

Beim Abendessen erzählte ich deiner Mutter bis auf diesen Umstand alles von meiner Niederlage, schonungslos und tapfer, wie ich fand. Du hörtest mir zu, als wärst du nicht dabei gewesen. Als ich schließlich auf das Tier deiner Wahl zu sprechen kam, das du dir damit verdient hättest, schien es dir fast unangenehm. Doch ich bestand darauf. Wettschulden seien Ehrenschulden, und was man versprochen habe, müsse man auch halten.

»Also?«, drängte ich dich.

Deine Antwort war so leise, dass ich sie nicht gleich verstand.

»Ein Aquarium?«, fragte ich. »Nur ein Aquarium?«

Du nicktest und sahst auf den halb leeren Teller vor dir auf dem Tisch.

»Ja, aber in ein Aquarium müssen doch Fische! Was für Fische möchtest du denn?« Ich wurde ein bisschen ungehalten, ich konnte einfach nicht glauben, dass ein Aquarium alles war, was du wolltest. Im ersten Moment hatte ich den Verdacht, deine Mutter könnte dir erzählt haben, dass ich gerade knapp bei Kasse war. Aber vielleicht hattest du auch unsere nächtlichen Gespräche mitbekommen, in denen es ums Geld ging. Umso fester war ich entschlossen, dir jeden Wunsch zu erfüllen, und sei es ein Pony oder ein Pferd.

Doch du sagtest nur, du würdest alle Arten von Fischen mögen, und standst auf.

In den Tagen danach kam ich morgens und abends kurz zu dir ins Wasser und schwamm ein paar krumme Runden im Teich, viel Platz war nicht. Den Rest der Zeit tauchtest du allein, um die Frösche und Molche zu beobachten. Ich begleitete dich nur noch selten unter Wasser. Irgendwie war es nicht mehr dasselbe. Wir fuhren eine Woche früher zurück als geplant.

Ich kaufte dir das Aquarium, als wir wieder zu Hause waren. Doch es einfach so in dein Zimmer zu stellen – ohne Fische, die dir Freude machten –, brachte ich nicht übers Herz. In der Zoohandlung hatte ich nach Lungenfischen gefragt, wal- oder delfinartigen. Die Blicke, die ich erntete, waren mehr als befremdet.

Dann auf einmal wusste ich es. In einer Nacht- und Nebelaktion fuhr ich in das Hotel zurück. Es waren über dreihundert Kilometer. Als ich ankam, dämmerte es bereits über dem Tal. Ich stieg mit Taucherbrille in den Schwimmteich, suchte das Ufer ab, das Schilfrohr, die schlammigen Stellen. Die Sicht war alles andere als gut. Doch ich entdeckte tatsächlich einen Wassermolch, sogar zwei, nebeneinander in einer Ufersenke, wo du während unseres Aufenthalts viel getaucht hattest. Er ließ sich leicht fangen, kinderleicht.

Ich füllte ein großes Einmachglas dreiviertelvoll mit Teichwasser, Algen, Wasserpflanzen, setzte den Molch hinein und verfrachtete ihn neben mich auf den Beifahrersitz. Es war ein unglaublich schöner Wassermolch mit einem orangefarbenen, feuerroten Bauch, der sich an der Glaswand abdrückte. Seine Füße – Flossen konnte man beim besten Willen nicht sagen – hatten fünf Zehen, Finger fast, verbunden mit Schwimmhäuten, aber deutlich entwickelt. Auf den ersten Blick konnte man sie vielleicht für Krallen halten, doch in meiner Hand hatten sie sich ganz weich angefühlt, wirklich wie Finger.

Während der gesamten Fahrt beobachtete mich der Molch mit seinen wachen, wachsamen Echsenaugen. Mal verfolgte er meine Bewegungen – möglicherweise erschienen sie ihm durch das Glas stark vergrößert, so wie für mich die Paddelschläge seiner Vorderbeine –, mal sah er mir still ins Gesicht. Immer wenn ich den Eindruck hatte, dass ihn die Lebensgeister verließen und er in Apathie verfiel, rüttelte ich an dem Einmachglas und brachte das Wasser in Bewegung, um es ein wenig mit Sauerstoff anzureichern, obwohl mir klar war, dass Molche Lungenatmer sind wie wir. Ich hatte solche Angst, er könnte sterben und dich nie erreichen. Ich fuhr die ganze Strecke in einem Stück, ohne anzuhalten. Deiner Mutter, die sich beim Aufwachen wundern musste, wohin ich über Nacht verschwunden war, schickte ich von unterwegs eine SMS: *Komme etwas später zum Frühstück – bin noch mit dem Tier auf der Autobahn. Nichts verraten!*

Auf den letzten hundert Kilometern verschlimmerte sich sein Zustand. Er hing jetzt schräg im Glas, Kopf halb aus dem Wasser, Schwanz nach unten, er bewegte sich kaum noch, zuckte nur. Ich fing an, ihm gut zuzureden, und drehte die Musik laut auf. Doch er sah mich nur weiter mit seinen abwartenden, leicht erbosten Echsenaugen an.

Selten hatte ich mich so schuldig gefühlt.

Als wir in einen Stau kamen, goss ich ihm in kleinen Schlucken Mineralwasser ins Glas, Frischwasser, dachte ich, doch er wandte nicht einmal mehr den Kopf. Ich hielt ihm meinen Finger hin, berührte ihn sacht am Unterbauch und glaubte zu spüren, wie eine Luftblase seine Echsenkehle hinunterwanderte und sein Kaltwasserherz schlug. In seinen schwarzen Augen spiegelte sich die Welt. Ich betete, dass er es schaffen möge, bitte, lieber Gott.

Es war eine sehr lange Fahrt.

Als du aus der Schule kamst, hatte ich den Boden des Aquariums mit schwarzen Steinen bedeckt und zur Wandseite hin eine

kleine Uferlandschaft angelegt. Es gab Algen, Schilfgrün, einen be-
moosten Findling, reichlich Wasserschnecken, Mückenlarven und
eine ordentlich arbeitende Pumpe. Auf dem dunklen Grund war der
Molch kaum zu sehen. Aber er war da. Und er war wieder munter.

»Ich nehme an, ich brauche ihn dir nicht vorzustellen«, sagte
ich geheimnisvoll, »ihr kennt euch.« Dann erst, auf deinen fragenden Blick hin, erklärte ich dir, dass es einer der Molche war, die du
bei deinen langen Tauchgängen im Mühltal beobachtet hattest.
Du gingst ein paar Schritte auf das Aquarium zu, hocktest dich davor und starrtest hinein, ohne ein Wort, ohne irgendetwas anderes
um dich herum zu sehen und zu hören. Du freutest dich, glaube
ich, wirklich.

Deine Mutter, die danebenstand, gab zu bedenken, dass man
Molche nicht einfach so fangen dürfe, sie stünden unter Natur-
schutz. Ich schwieg schuldbewusst.

Du nanntest ihn Lurchi.

Am nächsten Morgen packte ich das Aquarium, so wie es war,
ins Auto und fuhr mit Lurchi und dir noch einmal ins Mühltal
zum Schwimmteich. Die Reise im Aquarium überstand er gut, ich
hätte es gleich so machen sollen. Ohne Komplikationen fuhren wir
zweieinhalb Stunden später beim Hotel vor, trugen das Aquarium
mit vereinten Kräften zur Badestelle und kippten den gesamten
Inhalt in den Tümpel – auf Höhe der Ufersenke, die Lurchi vor
wenig mehr als vierundzwanzig Stunden verlassen hatte. Er wand
sich ein, zwei Mal nach beiden Seiten und ließ sich dann in einer
Mulde nieder, nicht weit entfernt, auf dem sonnenbeschienenen
Grund. Eine Weile sahen wir ihm vom Ufer aus zu. Dann zogen wir
unsere Sachen aus und sprangen zu ihm ins Wasser. Wir schwammen uns die Fahrt vom Leib, tauchten mit ihm um die Wette und
vergossen ein paar Tränen zum Abschied. Dann aßen wir ein Eis
auf der Hotelterrasse. Noch nie in meinem Leben hatte ich so sehr
das Gefühl gehabt, das Richtige zu tun.

Wir sind da, vor dem Bürogebäude, in das sie hineingehen wird und ich nicht. Wir stehen voreinander, vor dem Abschied, doch keiner traut sich auszusprechen, dass unsere Wege sich hier trennen werden, vermutlich für immer.

»Warum gehen wir nicht einfach mal zusammen schwimmen?«, fragt sie lächelnd. Schwer zu sagen, ob sie das ernst meint, doch es ist wirklich sehr nett von ihr. »Oder schwimmen Sie etwa nicht mehr?«

Sie siezt mich schon wieder, wahrscheinlich ist es besser so.

»Nein, nein, ich schwimme durchaus noch«, sage ich schnell, es klingt gelogen, doch ich beschließe im selben Moment, genau das zu tun, so bald wie möglich. Egal, wie man sich vorher fühlt, nachher fühlt man sich immer besser, denke ich und muss lächeln über diesen Satz, den sie sich gemerkt hat.

»Ich muss da jetzt reingehen«, sagt sie entschuldigend und deutet mit dem Becher in ihrer Hand auf die obersten Stockwerke. Fast sieht es aus, als würde sie ihnen zuprosten, doch ich glaube ihr sogar, dass es ihr leidtut.

»Na dann, viel Erfolg«, verabschiede ich mich.

Sie nickt und fragt, als wäre es ihr fast entfallen, schon im Gehen: »Und was machen Sie jetzt?«

»Die bösen Geister vertreiben«, sage ich.

Die Vorschwimmerin

»Übrigens ist es ein wunderbares Becken, Naturstein, wie in Fels gehauen, schmal zwar, nur eine Bahn im Grunde, aber mehr als fünfundzwanzig Meter lang, über die ganze Breite des Panorama-Bungalows. Und das Wasser! So ein Wasser hast du noch nie erlebt, so weich, unfassbar weich auf der Haut, auf der Zunge, und natürlich ungechlort. Also falls du es in den Mund bekommst, falls du es schluckst, keine Angst. Es ist Heilwasser, direkt von einem Gebirgsbach oberhalb, reinste Schneeschmelze, gemischt mit einer heißen Quelle aus dem Berg in über dreihundert Metern Tiefe, aus einer geothermischen Tiefenbohrung. Du hast also heiß und kalt, sehr heiß und sehr kalt, zusammengeführt in einer großen Mischbatterie unterhalb des Badehäuschens. Im Pool ist von dem Mischvorgang nichts zu spüren, keine Kältezonen oder Hitzeströme. Die Temperatur liegt konstant bei 21 Grad, nicht badewannenwarm, eher frisch, aber so, dass du es gut zwei Stunden aushalten kannst. Ich meine, wo gibt es das schon, 21 Grad in einem Bergsee? Und das trifft es am besten, es ist wie Schwimmen in einem Bergsee.«

»Zwei Stunden?«

»Genau, bei Sonnenuntergang. Pool und Bungalow gehen nach Südwesten. Du kannst die Sonne vom Becken aus sinken sehen, den ganzen Abwärtsbogen, die Farbwechsel am Himmel und im Wasser. Stell dir vor, du tauchst ein in einen wunderbar glitzernden See in den Bergen, blaugrün auf deinen Handrücken, deinen Armen, wenn du losschwimmst, und ein paar Bahnen später bist du schon woanders. Es wird wärmer, gelb, orange, rötlich, glutrot, je nach Abendsonne. Du durchschwimmst praktisch in zwei Stunden die ganze Farbpalette des Regenbogens, und das war sicher die Idee hinter der Konstruktion. Jedenfalls ist es zu schön, um Zufall zu sein. Es ist wirklich unglaublich, manchmal verwandelt sich das Wasser von einer Bahn zur anderen ...«

»Also schwimmt man immer nur bei Sonnenuntergang, nicht bei schlechtem Wetter, Regen?«

»Komisch, dass du das sagst, das war auch meine erste Frage. Aber gerade wenn es regnet, ist es was ganz Besonderes! So als würde der Regen, als würde jeder einzelne Regentropfen mit dem Bergseewasser auf ganz spezielle Art und Weise reagieren. Es prickelt. Ja, das Zusammentreffen von so unterschiedlichen Wassern – dem mineralischen, heißen, der eisklaren Schmelze und dem Regen, der fällt – löst so eine Art Prickeln aus, ein bisschen wie Kohlensäure, lauter kleine süß-salzige Explosionen. Es ist nämlich leicht salzig, das Wasser, habe ich das schon gesagt? Aufgrund seines Mineralgehalts. Und wenn so ein Regen niedergeht und dir über den Rücken streicht, dann sind da diese vielen kleinen Tropfenexplosionen um dich herum und – nun ja, du wirst es erleben. Wenn du Glück hast, großes Glück, regnet es bei deinem ersten Mal.«

»Und das Einzige, was ich tun muss, ist Schwimmen?«

»Genau.«

»Wirklich nur Schwimmen?«

»Ja.«

»Ich verstehe noch immer nicht, warum.«

»Es ist im Prinzip, musst du dir vorstellen, wie mit einem Aquarium. Stell dir einfach vor, dieser Gebirgspool – nennen wir ihn so – wäre ein großes Aquarium, dann ist doch nichts dabei. Es guckt sich ja auch niemand ein Aquarium ohne Fische an.«

»Wer guckt es sich an?«

»Niemand, es sei denn, etwas schwimmt darin.«

»Ja, aber –«

»In einen Pool gehört Bewegung, Leben. Du möchtest doch auch nicht jeden Tag auf ein leeres Aquarium schauen.«

»Nein, natürlich nicht, aber – warum schwimmt er nicht selbst?«

»In seinem Aquarium?«

»Es ist ein Pool, hast du gesagt, ein Gebirgspool!«

»Dr. No schwimmt nicht.«

»Dr. No?«

»Nur ein Spitzname. Bitte, das muss unter uns bleiben.«

»Ja, aber wieso ›Dr. No‹?«

»Vergiss es. Vergiss, was ich gesagt habe. Entschuldige.«

»Ist er Japaner?«

»Kein Kommentar.«

»Aber du hast doch selbst gesagt, er sei Architekt, ein japanischer Stararchitekt, oder nicht?«

»Kein Kommentar.«

»Er hat das Konzept entwickelt, hast du gesagt, die Idee mit den Farben des Regenbogens. Und wenn er sich da so ein Glashaus mit Pool hinsetzt –«

»›Glashaus‹ habe ich nicht gesagt!«

»Wenn er sich so einen Architekten-Bungalow bauen kann in Hanglage, mit all den Raffinessen, dann muss er schon so etwas sein wie ein Star seiner Branche.«

»Ich habe gesagt ›Panorama-Bungalow‹!«

»Gut, aber das klingt schon sehr nach Architekten-Selbstver-wirklichung.«

»Man kann auch einfach nur Ästhet sein.«

»Ästhet?«

»Mit einem Sinn für Schönheit, der über das Zweckhafte, rein Zweckmäßige hinausgeht.«

»Dr. No ist also ein Ästhet, der für sein Gebirgsaquarium einen neuen Fisch sucht.«

»Hör zu, wenn du nicht willst –«

»Das habe ich nicht gesagt, ich will bloß wissen, warum.«

»Können wir vielleicht erst über das reden, was du wissen musst, und dann über das, was du wissen willst?«

»Ich dachte, ich muss einfach nur schwimmen ...«

»Ja. Auf ästhetische Weise.«

»Was heißt denn das schon wieder?«

»Schön.«

»Was heißt ›schön‹?«

»Ach, komm!«

»Nein, wirklich, ich will – ich muss das wissen. Wie soll ich unseren Auftraggeber zufriedenstellen, wenn ich nicht weiß, was er unter ›schön schwimmen‹ versteht?«

»Also gut. Symmetrie ist wichtig, so eine Art Goldener Schnitt der Bewegung. Es geht nicht um Schnelligkeit, schon gar nicht um irgendwelche Bestzeiten, sondern – wie soll ich sagen – um die Überwindung von Zeit durch Wiederholung, wenn du verstehst ...«

»Ich verstehe Wiederholung.«

»Und genau darum geht es, du musst nur ein und denselben Bewegungsablauf immer wiederholen.«

»Und das soll schön sein?«

»Es ist zeitlos.«

»Also, ich weiß nicht, ob ich in der Lage bin, zeitlos zu schwimmen ...«

»Es wird zeitlos, indem du die zweite Bahn genauso schwimmst wie die erste und immer so weiter, indem du den Unterschied zwischen der Bahn davor und danach aufhebst, in vollkommener Gleichmäßigkeit.«

»Ich weiß nicht, ob ich in der Lage bin, vollkommen gleichmäßig zu schwimmen.«

»Natürlich kannst du das, du musst dich einfach konzentrieren.«

»Zwei Stunden lang.«

»Es ist gut bezahlt. Am Ende liegt im Badehaus ein Briefumschlag für dich. Vorausgesetzt, du schwimmst schön.«

»Und wenn nicht?«

»Daran darfst du nicht denken.«

»Zwei Stunden …«

»Genau genommen sind es zweimal fünfundfünfzig Minuten. Du schwimmst immer nur fünfundfünfzig Minuten am Stück, dann muss das Wasser fünf Minuten ruhen. Ich habe mal in Tokio im Olympiabecken trainiert, im Vorfeld eines Wettkampfs, da war es genauso. Fünf Minuten vor der vollen Stunde mussten alle raus, auch die Langstreckenschwimmer, ob sie wollten oder nicht, in den letzten fünf Minuten war das Wasser tabu. Wir standen dann immer am Beckenrand, haben gefeixt und Witze gemacht nach dem Motto: In diesen fünf Minuten zählen die Japaner ihre Toten.«

»Also ist er doch Japaner.«

»Wer?«

»Dr. No!«

»Hör auf damit, ja? Natürlich solltest du nicht am Beckenrand herumfeixen, du musst ganz still stehen und dem Wasser deinen Respekt bezeugen, deinen Dank, fünf Minuten lang.«

»Und das hast du gemacht?«

»In Tokio nicht, wie gesagt, aber bei dem Gebirgspool, ja, selbstverständlich.«

»Es kam dir nicht seltsam vor?«

»Etwas ungewohnt, anfangs, aber inzwischen finde ich es eigentlich richtig, den Respekt vor dem Element und die Dankbarkeit nach dem Schwimmen.«

»Was tut man nicht alles für Geld.«

»Das ist nicht der Punkt!«

»Nicht?«

»Oder nicht mehr. Am Anfang habe ich es wegen des Geldes getan, sicher, aber inzwischen —«

»Inzwischen gefällt es dir, von Dr. No – entschuldige – von dem ›Ästheten‹ durch seine Panorama-Fenster hindurch angestarrt zu werden, während du schwimmst?!«

»So ist es nicht.«

»Er starrt dich nicht an? Soll das heißen, er bezahlt dich dafür, dass du in seinem Pool schwimmst – schön schwimmst –, ohne dass er dir zuguckt?«

»Anstarren und Zugucken sind nicht ganz dasselbe!«

»Ach, und warum, glaubst du, lässt er es sich so viel kosten, wenn er sich nicht aufgeilt an dir, deinem Körper, an der Art, wie du dich bewegst? Warum sollte er solch einen Aufwand betreiben, wenn dein Ästhet nicht in Wirklichkeit ein verdammter Voyeur ist?«

»So ist es nicht!«

»Ist er dabei eigentlich immer allein, oder hat er auch Gäste? Feiert er rauschende Partys in seinem Haus, und alle stehen da in ihren Abendkleidern und Anzügen, Cocktailgläser in der Hand, und sehen dir amüsiert oder interessiert zu, wie du –«

»Nein!«

»Oder Kameras? Bist du sicher, dass er keine Kameras installiert hat, überall um den Pool, im Pool und in der Umkleide, dem – wie sagst du so schön – Badehaus? Vielleicht sitzt er die ganze Zeit an irgendwelchen Schaltpulten und Monitoren, zoomt an dich heran und schneidet sich dann nach Sonnenuntergang seine perversen Sexfilmchen zusammen?«

»Jetzt hör doch mal auf!«

»Wie naiv bist du eigentlich? Wie naiv, glaubst du eigentlich, dass ich bin?«

»Jetzt hör mir doch mal zu!«

»Ich höre dir die ganze Zeit zu, aber ich habe das Gefühl, dass du mir nicht die Wahrheit sagst, und so langsam frage ich mich, ob du sie nur mir verschweigst oder auch dir selber, ob du die Wahrheit überhaupt wahrhaben willst!«

»Es ist nicht, wie du denkst. Es ist einfach nicht, wie du denkst.«

»Und wie ist es dann?«

»Es geht nicht um Sex, um nichts Sexuelles.«

»Dann kannst du etwa auch durchschauen?«

»Durchschauen?«

»Durch die Scheiben. Kannst du ihn durch die Scheiben sehen? Kannst du ihn sehen, während er dich sieht?«

»Ich konzentriere mich –«

»Wenigstens seinen Schatten? Seine Silhouette? Du weißt nicht mal, wann er am Fenster steht und wann nicht?«

»Ich konzentriere mich aufs Schwimmen, wie gesagt!«

»Und nach dem Schwimmen, wenn du dich beim Wasser ›bedankst‹? Siehst du ihn dann?«

»Dann bedanke ich mich beim Wasser, ich –«

»Du kannst also nicht durch die Scheiben sehen.«

»Wieso sollte ich?«

»Weil dahinter ein Mann steht und du nicht weißt, was er mit dir macht, deinem Bild, deinem Anblick …«

»Ich verstehe nicht, warum das so wichtig –«

»Weil er dich sieht, ohne gesehen zu werden, und alles Mögliche treiben kann hinter seinen verspiegelten Scheiben. Und du willst mir erzählen, es ginge um nichts Sexuelles!«

»Sie sind nicht verspiegelt.«

»Was?«

»Die Scheiben. Sie sind getönt, nicht verspiegelt.«

»Was macht das für einen Unterschied?«

»Es ist nicht die CIA oder NSA, es ist nur ein Bungalow mit getönten Scheiben, wegen der Sonneneinstrahlung am Berg. Und: Nein, es gibt keine Partys, keine perversen Gesellschaften, keine Kameras …«

»Woher willst du das wissen?«

»Ich weiß es.«

»Woher?«

»Ich weiß, was ich wissen muss.«

»Und das reicht dir? Da spielt einer Gott, sieht alles, weiß alles, hat alle Macht über dich – und du spielst mit? Du lässt das einfach mit dir machen?«

»Ich wurde nie schlecht behandelt, niemals.«

»Wieso sagst du mir nicht die Wahrheit?«

»Es ist die Wahrheit! Ich bin nie schlecht behandelt worden! Ich –«

»Die Wahrheit ist, dass er dich kauft! Er kauft dich für die Zeit, die du bei ihm bist und ihm etwas vorschwimmst, er bezahlt dich, und du tust, was er will. Genauso gut könntest du ihm etwas vortanzen an der Stange oder dich auf einem Diwan aalen wie bei einer Peepshow –«

»Es ist keine Peepshow!«

»Es ist wie eine Peepshow: Er sieht dich, du siehst ihn nicht. Er zahlt, und du befriedigst seine Sehnsüchte, seine Schaulust. Lass uns die Dinge beim Namen nennen! Die Wahrheit ist, du verkaufst dich, deinen Körper, dein Bild, und das einzige wahre Wort, das ich dafür kenne, ist Prostitution.«

»Gut, das reicht jetzt, ich –«

»Gibt es viele wie dich?«

»Wie?«

»Hat er noch andere Mädchen?«

»Das reicht jetzt wirklich.«

»Hat er noch andere Callgirls?«

»Wir sind keine Callgirls!«

»Also hat er noch andere.«

»Nein!«

»Und wer ist ›wir‹?«

»Wir?«

»Du hast gesagt: ›Wir sind keine Callgirls.‹ Wer ist wir?«

»Na, du und ich, das heißt, ich dachte, wir wären ›wir‹, ich und du als meine Nachfolgerin, aber so wie es aussieht –«

»Dann bist du immer allein, ich meine, allein da, abends am Pool.«

»Ja, wenn du das wissen willst: Ich komme allein, schwimme allein und gehe allein.«

»Dir begegnet kein Mensch?«

»Nein.«

»Niemand? Auch nicht Dr. No? Du bekommst ihn nicht zu Gesicht? Nie?«

»Nein!«

»Und wer macht dir auf?«

»Ich gehe zum Tor, drücke den Knopf an der Gegensprechanlage, sage kurz, wer ich bin, und das Tor öffnet sich automatisch.«

»Das macht es nicht besser.«

»Was?«

»Dass es keine Zeugen gibt.«

»Zeugen!«

»Du bist allein, hast du gesagt, ich wäre allein. Also lässt er sich immer nur eine kommen.«

»Niemand lässt uns kommen! Wir sind keine Callgirls!«

»Wer ist ›wir‹? Du hast schon wieder ›wir‹ gesagt!«

»Na, ich und wer auch immer meine Nachfolgerin wird –«

»Was ist eigentlich mit deiner Vorgängerin?«

»Vorgängerin?«

»Du hattest doch eine Vorgängerin, oder bist du die Erste?«

»Nein. Nein, ich bin nicht die Erste.«

»Also, was ist mit ihr?«

»Wieso interessiert dich das?«

»Was ist mit ihr?«

»Nichts.«

»Ist sie tot?«

»Nein! Wie kommst du darauf?«

»Kann ich sie sprechen?«

»Wieso willst du sie sprechen?«

»Vielleicht sagt sie mir die Wahrheit.«

»Ich sage dir die Wahrheit!«

»Wer ist sie? Kenne ich sie?«

»Du kannst sie nicht sprechen!«

»Wieso nicht?«

»Es ist ein ungeschriebenes Gesetz. Wir sprechen nicht darüber, wir bewahren Stillschweigen.«

»Sonst?«

»Wie, ›sonst‹?«

»Was passiert, wenn ihr es brecht, euer Stillschweigen, dieses Gesetz? Womit droht er euch?«

»Niemand droht uns. Wir sprechen nur nicht darüber, aus Respekt und –«

»Und aus ›Dankbarkeit‹ …«

»Aus Respekt und Dankbarkeit, ja, ob du es glaubst oder nicht, außer, versteht sich, bei der Übergabe. Doch selbst da besprechen wir nur das Nötigste. Ich rede schon viel zu viel.«

»Hat deine Vorgängerin weniger geredet, als sie dir den Job übergeben hat?«

»Es ist kein Job, es ist –«

»Natürlich ist es ein Job, ein mentaler Blowjob.«

»Es ist ein Amt.«

»Ein ›Amt‹?«

»Ja, eine Art Hochamt.«

»Das glaubst du doch wohl selber nicht! Die Hure als Heilige, die Tempeldienerin und Hetäre, sag mal, in welcher Zeit lebst du eigentlich?«

»Ich sage jetzt nichts mehr.«

»So langsam zweifle ich an dir.«

»Ich sage nichts mehr.«

»Ich will deine Vorgängerin sprechen, heute noch, das heißt, falls sie noch lebt.«

»Natürlich lebt sie! Warum sollte sie nicht –«

»Irgendwas ist doch mit ihr!«

»Was soll mit ihr sein?«

»Geht es ihr gut?«

»Weiß ich doch nicht!«

»Ich kann auch zur Polizei gehen …«

»Um zu fragen, ob es ihr gut geht?«

»Ob sie tot ist.«

»Sie lebt – wie oft soll ich das noch sagen? Sie lebt etwas weiter außerhalb, in einer Siedlung am Stadtrand. Nach allem, was ich weiß, ist sie inzwischen verheiratet und schwanger oder hat schon ihr Kind.«

»Musste sie deswegen aufhören?«

»Was?«

»Wegen der Schwangerschaft? Hat man ihren Bauch zu sehr gesehen?«

»Nein, das kam später.«

»Die Schwangerschaft oder dass man es sehen konnte?«

»Beides, nehme ich an.«

»Dann ist das Kind nicht von ihm?«

»Von wem?«

»Dr. No!«

»Wenn du nicht endlich damit aufhörst –«

»Und dann, gerade zur rechten Zeit, kamst du als ihre Nachfolgerin, rank, schlank, nicht schwanger. Du bist doch nicht schwanger, oder?«

»Nein.«

»Und warum wirst du dann ausgetauscht?«

»Ich werde nicht ›ausgetauscht‹.«

»Bist du ihm zu alt? Will er eine Jüngere? Oder einfach nur Abwechslung?«

»Ich werde nicht ausgetauscht!«

»Dann hast du gekündigt, freiwillig, ja? Warum willst du nicht mehr? Und warum sollte ich wollen, was du nicht willst?«

»Hör zu, es tut mir leid. Es war ein Fehler, mein Fehler. Ich dachte, es könnte dich interessieren, du seist womöglich die Richtige. Falsch gedacht, ich hätte dich gar nicht erst fragen sollen, vergiss es. Vergiss es einfach.«

»Aber wieso denn?«

»Du willst nicht, und ich will dich nicht überreden. Also lassen wir das.«

»Aber ich will ja. Ich habe nie gesagt, dass ich nicht will.«

»Du hast gesagt —«

»Ich habe nur gesagt, ich will wissen, worauf ich mich einlasse, das heißt doch wohl, dass es mich interessiert.«

»Es interessiert dich?«

»Sonst würde ich ja nicht fragen.«

»Du willst meine Nachfolgerin werden?«

»Ja, natürlich. Ich will den Job – oder das ›Amt‹, wenn dir das lieber ist.«

»Wegen des Geldes?«

»Soll ich lügen?«

»Nein, nein, schon gut. Am Anfang habe ich es ja auch wegen des Geldes gemacht.«

»Und ein bisschen, weil ich es aufregend finde, so als Pool-Hostess.«

»Naja, ›Pool-Hostess‹ …«

»Das ist es doch, was er will, wenn wir ehrlich sind: eine schwimmende Hostess für seinen Gebirgspool.«

»Ich würde eher sagen —«

»Nur ohne Sex.«

»Was?«

»Nur Schwimmen, hast du gesagt, ohne Anfassen, oder?«

»Sicher.«

»Oder hat er dich angefasst? Wollte er Sex von dir?«

»Nein!«

»Ich will es nur wissen, damit ich mich darauf einstellen kann. Ich will wissen, was ich verkaufe und für welchen Preis.«

»Du würdest es auch machen, wenn …?«

»Wenn es entsprechend bezahlt wird.«

»Du würdest deinen Körper verkaufen?«

»Davon reden wir doch die ganze Zeit.«

»Ich nicht!«

»Nein, du nicht, du redest darum herum, aber ich.«

»Ich habe nie gesagt, dass du deinen Körper verkaufen sollst!«

»Es ist wie mit einem Aquarium, hast du gesagt, nur dass Dr. No keinen Fisch für seinen Pool will, sondern eine Schwimmerin. Leider gibt es uns nicht in einer Zoohandlung, und das Kaufen von jungen Frauen und ihren Dienstleistungen ist noch immer —«

»So habe ich das nicht gemeint.«

»Was nicht heißt, dass ich es nicht mache. Vorausgesetzt, der Preis stimmt.«

»So läuft das nicht!«

»Alles hat seinen Preis.«

»Also, ganz ehrlich, ich glaube, wir lassen es.«

»Lassen?«

»Ja. Es tut mir leid, aber ich – ich glaube wirklich, wir sollten es lassen.«

»Glaubst du, ich kann Dr. No nicht zufriedenstellen?«

»Darum geht es nicht.«

»Traust du mir das nicht zu?«

»Nein, nein, ich habe mich getäuscht, meine Schuld.«

»Was ist denn jetzt los? Du kannst doch nicht plötzlich einen Rückzieher machen!«

»Ich mache keinen Rückzieher, ich hatte schon die ganze Zeit kein gutes Gefühl, und inzwischen bin ich mir sicher, dass – ich bin zu dem Schluss gekommen, dass es falsch ist.«

»Bin ich nicht die Richtige?«

»Das habe ich nicht gesagt, aber –«

»Du hast gesagt, du hättest geglaubt, ich sei die Richtige, und jetzt sagst du, es sei falsch, das heißt ja wohl, dass ich die Falsche bin.«

»Du bist nicht die Richtige, ja.«

»Wieso?«

»Lass uns das nicht vertiefen.«

»Bin ich nicht gut genug? Bin ich in deinen Augen keine ›würdige Nachfolgerin‹ für dich?«

»Bitte, glaub mir, glaub mir einfach.«

»Ich kann alles im Wasser, was du kannst, alles, und außerhalb des Wassers, nun, wir werden ja sehen …«

»Es hat keinen Sinn.«

»Dr. No wird sich nicht beschweren, ich werde ihm keinen Grund zur Klage geben, verlass dich drauf!«

»Darum geht es nicht. Entschuldige, aber – die Antwort ist Nein.«

»Nein?«

»Nein, leider.«

»Ich möchte Dr. No persönlich sprechen. Ich will mich ihm vorstellen. Er soll sagen, ob ich die Richtige bin oder nicht.«

»Ausgeschlossen.«

»Gib mir die Chance.«

»Das geht nicht.«

»Ich will nur eine Chance!«

»Du hast deine Chance gehabt.«

»Wie? Das hier – dieses Gespräch hier mit dir, das war meine Chance?«

»Ja, jede Vorschwimmerin bestimmt ihre Nachfolgerin.«

»Und warum sagst du mir das nicht!«

»Ich sage es dir ja.«

»Warum sagst du mir nicht, was ich falsch gemacht habe?«

»Das führt doch zu nichts.«

»Was habe ich falsch gemacht?«

»Gar nichts, ich habe einfach nur kein gutes Gefühl.«

»Bei mir.«

»Bei dem Ganzen.«

»Aber du hast es gemacht, das Ganze, ohne Bedenken, nur bei mir hast du auf einmal kein gutes Gefühl –«

»Ja, Herrgott, ja! Ich habe kein gutes Gefühl bei dir!«

»Okay …«

»Du wolltest es wissen, bitte, jetzt weißt du es. Ich habe bei dir kein gutes Gefühl, Punkt.«

»Weil?«

»Es passt einfach nicht. Glaub mir.«

»Weil?«

»Weil ich weiß, worum es geht, und du nicht.«

»Dann erklär's mir!«

»Das hat keinen Sinn.«

»Weil ich es nicht verstehe.«

»Weil wir uns offensichtlich nicht verstehen.«

»Weil ich zu dumm bin.«

»Du bist nicht zu dumm.«

»Du hast es verstanden, ich verstehe es nicht, das heißt doch wohl, ich bin zu dumm dazu.«

»Du bist nicht zu dumm, es ist die Einstellung …«

»Ich habe also nicht die richtige Einstellung?«

»Wie gesagt.«

»Ich kann sie ändern.«

»Nein.«

»Aber natürlich, ich kann meine Einstellung ändern. Wie soll ich denn sein? Wie hättest du mich denn gern?«

»Hör auf damit.«

»Stell ich dir zu viele Fragen?«

»Lass das!«

»Bin ich zu direkt oder zu plump für dich und deinen Ästheten oder zu –«

»Das hat wirklich keinen Sinn.«

»Zu ordinär, wollte ich sagen. Ich bin zu ordinär für den Job, das Amt. Dein ›Hochamt‹, nicht wahr, ist einfach zu hoch für mich!«

»Du weißt gar nichts.«

»War es der Sex? Sag es mir, bitte. Habe ich dir – euch – zu viel über Sex geredet?«

»Kein Kommentar.«

»Ich wusste es. Ihr mögt es nicht, wenn man davon spricht …«

»Kein Kommentar.«

»Wenn ich euch damit zu nahe getreten bin, bitte ich um Entschuldigung, aber ich dachte, Sex sei ein Teil der Stellenbeschreibung.«

»Es geht nicht um Sex, um nichts Sexuelles, das habe ich dir von Anfang an gesagt!«

»Und ich habe nicht auf dich gehört und immer weiter von Sex geredet, ordinärerweise, unästhetischerweise! Entschuldigung.«

»Können wir das Thema jetzt beenden?«

»Habe ich es schon wieder getan? Tut mir leid.«

»Immer musst du alles in den Schmutz ziehen! Immer musst du alles kaputt machen und in den Schmutz ziehen! In meiner ganzen Zeit als Vorschwimmerin habe ich mich nicht so beschmutzt gefühlt wie jetzt durch dieses Gespräch mit dir!«

»Das war nicht meine Absicht.«

»Wenn du glaubst, dich prostituieren zu müssen, wenn du bereit bist, für Geld alles zu tun, dann, bitte, tu dir keinen Zwang an, aber beruf dich nicht auf mich, denn ich habe es nicht getan und würde es auch nie tun, weil ich keine Nutte bin und erst recht keine zu alt gewordene, hast du das jetzt verstanden? Ich bin nicht deine Puffmutter!«

»Das wollte ich damit nicht –«

»Und ich lasse mich nicht länger von dir beleidigen, hörst du? Ich lasse mich und das, was ich getan habe – mit Respekt und Dankbarkeit getan habe –, nicht länger von dir beleidigen!«

»Das wollte ich damit weder sagen noch andeuten, aber –«

»Es dreht sich nicht alles um Sex, nur weil sich für dich alles um Sex dreht. Es ist nicht jeder pervers, nur weil du so denkst!«

»Sich eine Schwimmerin für seinen Pool zu kaufen – also wenn das nicht pervers ist!«

»Red nicht von Dingen, die du nicht verstehst! Red nicht bei allem, was dir zu hoch ist, gleich von kaufen und verkaufen! Red doch nicht immer alles herunter!«

»Ich habe halt schlechte Erfahrungen gemacht.«

»Ist es denn so unvorstellbar, so undenkbar für dich, dass es im Leben noch etwas anderes gibt, etwas Drittes, jenseits von Sex und Geld?«

»Ich habe halt echt schlechte Erfahrungen gemacht.«

»Und warum, hast du dich das mal gefragt?«

»Vielleicht, weil ich immer an die Falschen geraten bin.«

»Und warum waren es die Falschen?«

»Keine Ahnung.«

»Weil du immer gleich das Schlechteste unterstellst! Weil du in allem das Hässliche siehst, nicht das Schöne. Nur, wer es nicht sehen kann, dem passiert auch nichts Schönes, verstehst du, dem passiert zwangsläufig das Allerhässlichste!«

»Ja, wahrscheinlich.«

»Ganz sicher! Und es wird nicht besser, wenn du so weitermachst. Du wirst weiter an die Falschen geraten und deine schlechten Erfahrungen machen, immer noch schlechtere, weil alles, was dir widerfährt, nichts anderes ist als die Bestätigung deines eigenen Vorurteils.«

»Naja –«

»Und du wirst die Schuld überall suchen, bei diesem oder jenem, der dir dieses oder jenes angetan hat, du wirst sie allen anderen zuschieben, die Schuld, nachdem du ihnen vorher Schlechtes unterstellt hast, nur bei dir selbst wirst du nicht suchen, der einzigen Person, die an allem Schuld hat, die selber schuld ist an der Gemeinheit und Hässlichkeit ihrer Welt!«

»Ich – ich bin selber schuld?«

»An der Gemeinheit und Hässlichkeit deiner Welt.«

»Das ist hart.«

»Das ist nicht hart, du musst es nur endlich verstehen!«

»Und wenn ich zu dumm bin?«

»Du bist nicht dumm.«

»Doch, bin ich. Und ordinär.«

»Es ist die Einstellung. Mit dieser Einstellung –«

»Ich bin Dreck, und mir passiert nur Dreck, es stimmt schon. Stimmt total.«

»Du musst raus aus dem Teufelskreis, das ist es. Mit dieser Einstellung kommst du nie aus dem Teufelskreis raus!«

»Ich hab's versaut. Ich habe euch beiden – dem Doktor und dir – Schlechtes unterstellt, und schon kommt etwas Schlechtes zurück, das ist typisch, so typisch für mich.«

»Weil du vom Leben enttäuscht bist.«

»Das kann man wohl sagen.«

»Weil du ein paar Mal vom Leben enttäuscht worden bist und jetzt mit all den anderen Enttäuschten darum wetteiferst, wer von euch am enttäuschtesten ist, nur damit ihr sagen könnt, ihr kennt euch aus, ihr kennt die Wirklichkeit. Dabei ist das, was ihr die Wirklichkeit nennt, bloß das Phantasma eurer Frustration, die Art von Bestrafung, die unter Zynikern als Belohnung gilt, weil es für sie kein größeres Glück gibt als recht zu behalten über die Schlechtigkeit der Welt. Und sie irren sich nie, weil sie alles Schöne aus ihrer Welt verbannt haben, weil es für sie nicht einmal mehr die Möglichkeit der Schönheit gibt! Und so willst du leben? So willst du weitermachen, bis in alle Ewigkeit?«

»Nein.«

»Du willst keine Zynikerin unter Zynikern mehr sein?«

»Nein!«

»Dann gibt es nur eins – du weißt, was ich meine.«

»Ich? Nein, sag du es mir, bitte. Hilf mir.«

»Du brauchst Hilfe?«

»Ja.«

»Das ist der erste Schritt, weißt du das?«

»Wirklich?«

»Sich einzugestehen, dass man Hilfe braucht, dass es so nicht weitergeht und man Hilfe braucht, das ist der erste Schritt.«

»Ist das gut?«

»Ja, das ist gut. Sofern auf den ersten der zweite Schritt folgt …«

»Und der wäre?«

»Das ist jetzt nicht leicht. Der zweite Schritt ist schwerer, viel schwerer als der erste. Aber es ist und bleibt eine Frage der Einstellung, der Bereitschaft. Bist du bereit?«

»Ich bin ziemlich fertig, um ehrlich zu sein.«

»Es ist reine Kopfsache. Der zweite Schritt betrifft die Einstellung selbst, den Glauben.«

»Okay.«

»Das Problem ist nämlich nicht das Enttäuschtsein vom Leben. Das Problem ist: Dir fehlt der Glaube.«

»Ja, das kommt noch hinzu, ich glaube an nichts, gar nichts.«

»Falsch – entschuldige, dass ich das so hart sage, aber ganz falsch! Das kommt nicht hinzu, das ist der Grund, die eigentliche Ursache. Du hast deinen Glauben verloren und dich abgefunden mit der vermeintlichen Schlechtigkeit deiner Welt. Und um da wieder rauszukommen, gibt es nur eins: Du musst langsam, ganz langsam wieder lernen zu glauben!«

»Tja, das habe ich gründlich verlernt.«

»Aber du kannst es wieder lernen. Es ist nicht leicht, es ist harte, sehr harte Arbeit – ich weiß, wovon ich spreche –, aber wenn du fest daran glaubst, dann schaffst du es auch.«

»Was?«

»Wieder zu glauben.«

»Woran denn?«

»An das Schöne. An dich.«

»Das kann ich nicht.«

»Natürlich kannst du!«

»Ich bin müde.«

»Du denkst, du bist müde, aber du bist nur enttäuscht.«

»Ich bin wirklich sehr müde.«

»Wenn du es schaffst zu glauben, wirst du auch wieder die Kraft haben, du wirst erfrischt sein, erquickt!«

»Sagt das der Doktor?«

»Ich sage das.«

»Und du hast es geschafft?«

»Du kannst das auch. Mit ein bisschen gutem Willen …«

»Aber ich will ja! Ich würde ja gern, so gerne glauben, was du glaubst, nur … es ist nicht dasselbe, fürchte ich, es ist sogar das Gegenteil davon, nicht Glaube, sondern Eifersucht. Ganz ehrlich, ich – ich bin eifersüchtig auf dich.«

»Ich war wie du.«

»Was?«

»Ich war wie du.«

»Wie ›wie ich‹?«

»Am Anfang. Als ich anfing, habe ich auch an nichts geglaubt, ich habe auch nur das Geld gesehen. Es war harte Arbeit, wie gesagt, es hat sehr lange gedauert, viele Stunden im Becken, viele Sonnenuntergänge, viel Regen, ganz viel Schönheit, bis …«

»Ich kann das nicht.«

»Das habe ich auch gedacht, und ich bin ungeduldig geworden, habe gezweifelt, gehadert, all das, aber irgendwann –«

»Und wenn ich nicht die Richtige bin?«

»Du bist die Richtige.«

»Glaubst du wirklich?«

»Zweifeln ist ja nicht falsch. Es hat auch bei mir lange gedauert, bis … bis ich wieder an das Schöne glauben konnte. Es gab Momente beim Schwimmen, da hätte ich es selbst nicht für möglich gehalten, ich bin geschwommen, im doppelten Sinne, hatte jeden Halt verloren, jede Sicherheit –«

»Genau!«

»Aber auch das will durchschwommen werden, diese Zeit. Ich bin einfach immer weiter geschwommen, in vollkommener Gleichmäßigkeit, und dann habe ich es erfahren. Ich habe die Erfahrung gemacht, dass es etwas anderes gibt, etwas Drittes, Schönes, und dass ich es sehen kann.«

»Und du bist sicher, dass ich … also ich auch –«

»Du hast mich vorhin gefragt, ob ich berührt wurde oder angefasst, weißt du noch? Und ich habe gesagt, dass mich niemand angefasst oder berührt hat, und das ist die Wahrheit, aber die Wahrheit ist auch: Es hat mich angefasst, es, verstehst du, hat mich berührt, der Glaube, der Sinn für das Schöne.«

»Ja?«

»Und ich bin sicher, es wird auch dich anfassen und berühren, irgendwann, wenn du nur lange genug schwimmst.«

»Also gut.«

»Und das Verrückte ist, du wirst durch diese Berührung irgendwie unberührbar, du erlebst noch einmal deine Schwäche, deine Hilfsbedürftigkeit, deine Schuld, du bist ganz unten, ganz klein, und dann auf einmal, nach einiger Zeit wirst du erhoben, kraft deines Glaubens. Deine Schwäche wandelt sich in Stärke, deine Schuld in Unschuld. Du wirst unantastbar!«

»Und er hat dich wirklich nicht angefasst, also der Doktor …«

»Nein, hab ich doch gesagt, nicht er, sondern es!«

»Es geht überhaupt nicht um Sex, richtig?«

»Es geht überhaupt nicht um Sex, es geht um das Gegenteil!«

»Das Gegenteil von Sex?«

»Reinigung. Es geht darum, dass du dich reinwäschst, indem du schwimmst.«

»Ja, natürlich reinige ich mich, wenn ich schwimme, nur –«

»Im übertragenen Sinne, im Sinne von Katharsis. Oder Läuterung, wie wir sagen. Wir sagen ›Läuterung‹.«

»Wir, das heißt, du und deine Vorgängerin …«

»Und meine Nachfolgerin, hoffe ich, also hoffentlich du.«

»Ich?«

»Vorausgesetzt, du willst es wirklich.«

»Und ob ich es will!«

»Ich meine, besser werden …«

»Ich will besser werden, und ob! Ein besserer Mensch!«

»Indem du dich reinwäschst und läuterst.«

»Ich will alles tun, um mich zu läutern. Ich will mich läutern wie ihr!«

»Du musst es nicht für uns tun, verstehst du, du tust es für dich.«

»Ja, ja.«

»Es geht um Unschuld, es geht darum, dass du deine Unschuld wiedererlangst auf die einzig mögliche Weise.«

»Durch das Gegenteil von Sex …«

»Durch Läuterung, genau.«

»Aber genau das will ich! Das will ich total!«

»Es ist kein Wettbewerb, es geht nicht darum, besser zu sein als irgendwer, sondern nur darum, dich zu bessern. Hast du das jetzt verstanden?«

»Ich glaube, ja.«

»Das ist schön. Das hast du schön gesagt.«

»Was?«

»Dass du glaubst. Du sagtest, ›ich glaube‹.«

»Ja, ich glaube wirklich, ich fange so langsam an, wieder zu glauben.«

»Das ist sehr schön.«

»Dann … dann sind wir im Wort?«

»Schön! Ist das nicht schön, unsere Sprache? ›Im Wort Sein‹, schön, nicht?«

»Ja, ich meine, wir sind im Geschäft, oder? Wobei ›Geschäft‹ jetzt natürlich nicht schön ist, aber du weißt, was ich meine …«

»Es ist kein Geschäft!«

»Nein, aber du weißt, was ich meine …«

»Darüber sprechen wir nicht. Wir sprechen nie mehr von Sex und Geschäft, verstanden? Wir bewahren Stillschweigen, ist das klar?«

»Ja, ja, Stillschweigen, absolut.«

»Gut.«

»Es ist auch nicht so, dass ich ständig daran denke, also an – du weißt schon. Ich denke nur immer, es wird erwartet, es wird von mir erwartet. Ich selber brauche das nicht, ich will es auch gar nicht. Ich will einfach nur schwimmen, das reicht mir.«

»Um dich zu läutern.«

»Was? Ja. Um mich zu läutern und so weiter, also das genaue Gegenteil von Sex.«

»Worüber wir nicht sprechen wollen.«

»Richtig, Stillschweigen. Schwimmen und schweigen. Das ist alles.«

»Und das sagst du nicht nur so? Du glaubst, was du da sagst?«

»Absolut. Ich komme allein, schwimme allein, gehe allein – wunderbar!«

»Du hast es verstanden.«

»Danke, ja. Dank dir.«

»Gut.«

»Ich … Ich habe meine Lektion gelernt.«

»Sehr gut.«

»Dann also … Muss ich irgendwas unterschreiben?«

»Nein, nein. Wir sind im Wort, wie du so schön gesagt hast.«

»Ja, klar, aber irgendwas Schriftliches …«

»Jetzt sag nicht, dass du mir nicht glaubst!«

»Nein, nein, nur so aus Gewohnheit. Natürlich glaube ich dir – und mir.«

»Schön. Also dann: Auf die Schönheit!«

»Auf die Schönheit!«

»Denn darin besteht der dritte Schritt: vom Glauben an das Schöne zur Schönheit selbst. Darin besteht das Geschenk, das Dritte, was man nicht kaufen kann, was unbezahlbar ist: dass sich der Körper im Glauben selbst überschreitet, sich zur Schönheit transzendiert, zum reinen Schönen. Aber keine Sorge, der dritte Schritt ist der leichteste, folgerichtigste, zwangsläufigste. Wenn du Schritt eins und zwei geschafft hast, geschieht der dritte Schritt, die Selbstüberschreitung ganz von allein.«

»So.«

»Ja. Du musst nur anfangen zu glauben, zu schwimmen und zu glauben.«

»Na, dann …«

»Nackt natürlich.«

»Entschuldigung?«

»Wegen der Reinigung.«

»Hast du gerade ›nackt‹ gesagt?«

»Und wegen der Körperlichkeit, damit sie sich entgrenzt.«

»Wir schwimmen nackt?«

»Natürlich nicht im übertragenen Sinne, du wirst dich nicht nackt fühlen, nur am Anfang vielleicht, ein wenig, aber dann im Gegenteil! Du wirst spüren, wie sich deine Nacktheit transzendiert.«

»Okay.«

»Du hast doch kein Problem mit Nacktheit?«

»Nein, nein, ganz und gar nicht.«

»Es ist nur aus ästhetischen Gründen, aus Gründen der Transzendenz.«

»Kein Problem. Ich versteh schon.«

»Bestens.«

»Dann ist das alles, was ich wissen muss?«

»Im Prinzip.«

»Wann ... wann fange ich an?«

»Wenn die Sonne untergeht.«

»Heute noch?«

»In zwei Stunden. Geht das?«

»Doch, ja, kein Problem.«

»Also dann ... Schwimm schön!«

»Ach, äh, und wie komme ich rein?«

»Ich führ dich hin. Heute. Beim ersten Mal. Bei Regen vielleicht.«

»Und morgen?«

»Morgen klingelst du einfach am Tor, an der Gegensprechanlage, sagst deinen Namen und dass du für mich kommst. An meiner Stelle.«

»So einfach.«

»Ja, das ist alles. Und ansonsten: Stillschweigen, nicht vergessen!«

»Klar, das … das versteht sich.«

»Übrigens, eins noch. Wenn du dich transzendiert hast und unberührbar geworden bist in deiner Nacktheit, du verstehst …«

»Ja?«

»Wenn du den Punkt erreicht hast, dass du von dir sagen kannst, ich glaube und sehe das Schöne, den Punkt, an dem es nicht mehr weitergeht, und du willst aufhören …«

»Wenn ich aufhören will, ja, ich verstehe …«

»Für den Fall also noch eine Bedingung: Du musst eine Nachfolgerin finden.«

»Eine Nachfolgerin?«

»Ja, ein Mädchen, eine junge Frau, eine Schwimmerin, die deinen Platz einnimmt. Du musst sie überzeugen – mit allem, was du an Glauben, an Überzeugungskraft gewonnen hast. Erst dann hast du es wirklich geschafft.«

»Ich muss –«

»Du musst deinen Glauben an sie weitergeben, den Samen und Keim deines Glaubens, so wie ich ihn an dich weitergegeben habe, damit sie es dir gleichtut. Wir nennen es ›einweihen‹.«

»Ich muss sie dazu bringen, für mich zu schwimmen?«

»Nicht für dich, sondern an deiner Stelle. Sie tut es ja dann für sich, um ihrer selbst willen, das heißt, vorausgesetzt, du überzeugst sie.«

»Ja, aber –«

»Du musst ihr die Chance geben, sich zu befreien aus dem Abwärtsstrudel von billigem Zynismus und Enttäuschung.«

»Das heißt, um aufhören zu können, muss ich erst –«

»Einen Menschen retten, ja.«

»Retten?«

»Aus dem Teufelskreis. Du musst erst dich retten und dann eine andere.«

»Also, ich … ich weiß nicht.«

»Erst dann bist du frei, wirklich frei.«

»Also, ich weiß nicht, ob ich das –«

»Oh, ich bin sicher, du kannst das. Du wirst es können, wenn es so weit ist.«

»Ja, aber wann denn, wen denn?«

»Du wirst wissen, wer die Richtige ist, wenn du an den Punkt gekommen bist.«

»Dann wusstest du von vornherein, dass du mich … dass ich für dich …«

»Dass du meine Nachfolgerin werden würdest?«

»Ja.«

»Nein. Ich wusste es nicht, das konnte ich nicht wissen …«

»Aber?«

»Ich habe es geglaubt.«

Die Frau am Fenster

Sie stand zur selben Zeit auf und ging die Schritte in der Wohnung über ihr mit, ins Bad, in die Küche, zum Kühlschrank. Sie deckte sogar den Tisch wie für ein richtiges Frühstück. Nur das Licht schaltete sie nicht an und huschte lautlos zwischen den Zimmern hin und her, während sie sich anzog, als würde sie das Haus verlassen. Jahrelang war sie im Takt mit ihren Nachbarn ins Büro gefahren wie in ihr wirkliches Leben. Jetzt wartete sie an der Wohnungstür und lauschte dem Leerwerden im Treppenhaus. Außer ihr und ein paar Putzfrauen war in der Siedlung zwischen acht und achtzehn Uhr kein Mensch.

Die Zeit verschwand einfach, sie war nicht das Problem, sondern die vielen Boten, die sie heimsuchten, eine Armee von Lieferanten, Drückern, Spendeneintreibern. Sie beschloss, die Vorhänge tagsüber nicht mehr zu öffnen und das Licht ausgeschaltet zu lassen. Es kostete zu viel Kraft, all die Briefzustellungen und Pakete abzuwehren, die an Nachbarn adressiert waren, die sie nie zu Gesicht bekam.

Sie holte tief Luft, presste die Stirn an das Türblatt und spürte, wie das Wasser in den Leitungen aufhörte zu zirkulieren. Das ganze Gebäude verstummte. Ein letzter Schlagabtausch der Autotüren auf dem Parkplatz, startende Motoren, hier und da ein singender Keilriemen, dann schloss sich die Stille um sie wie eine Faust.

Es war gegen elf, als der Mann mit dem Pony klingelte. Sie sah ihn durch den schmalen Vorhangschlitz, den sie offen gelassen hatte. Er drückte auf dem Klingelbrett herum und schwenkte seine Sammelbüchse vor der Gegensprechanlage, wie um sich Gehör zu verschaffen. Seine bunte Weste erinnerte an einen Mexikaner, war aber vermutlich Zirkustracht. Sie hatte augenblicklich den Geruch von feuchten Sägespänen in der Nase.

Der Mann klingelte Sturm, er war sehr hartnäckig. Vielleicht wusste er, dass sie sich hier versteckte, vielleicht war er auch nur verzweifelt. Für einen Moment befürchtete sie, das Pony, das er an einem Strick mit sich zog, könnte sie irgendwie wittern. Womöglich spürte es, dass sie da war, und es ansah, ihren Blick auf seinem Fell. Doch das Tier mit der farblosen, filzigen Mähne schüttelte sich nur einmal kurz und schaute dann mit glasig-milchigen Augen weiter stumpf vor sich hin. Sie wagte dennoch nicht, sich zu bewegen, verharrte reglos an der kühlen Fensterscheibe und atmete kaum. Dann zog der Pony-Mann weiter. Für elf Uhr am Vormittag war es merkwürdig dunkel.

Es fing an zu regnen.

Die Frau mit dem Schirm sah aus, als bräuchte sie Hilfe, deswegen stieg sie die wenigen Stufen hinab durchs Treppenhaus und öffnete die Haustür eigenhändig. Vielleicht war eine Stunde vergangen, vielleicht auch mehr. Sie brachte es nicht fertig, sich länger tot zu stellen. Der Frau war die Störung sichtlich unangenehm. In ihrem runden, dicklichen Gesicht zeigte sich echte Zerknirschung darüber, dass sie als Bittstellerin von Tür zu Tür gehen musste. Wenn sie davon sprach, entstanden auf ihrer kindlich glatten Stirn keine Falten, sondern Wulste. Ein Namensschild auf Brusthöhe wies sie als Leiterin einer Beratungsstelle aus.

Die Stadt habe die Zuschüsse für ihre Einrichtung um die Hälfte gekürzt, unter diesen Umständen könne sie ihre Arbeit nicht fortsetzen, sie habe nicht einmal genügend Helfer, um Spenden einzuwerben, sondern müsse außerhalb der Sprechstunden selber Klinken putzen gehen. Dafür sei sie nicht ausgebildet, sie könne das nicht. Sie sei Akademikerin.

Es tat gut, ihr zuzuhören. Sie hatte eine angenehm warme, beruhigende Stimme, weder jammernd noch klagend, aber völlig hilflos. Offenbar machte sie diese Runde wirklich zum ersten Mal. Gern hätte sie sich länger mit ihr unterhalten, ihr vielleicht sogar die eine oder andere Frage gestellt. Doch schon nach wenigen Sätzen wurde ihr kalt. Sie entschuldigte sich und schloss die Tür.

Danach war sie merkwürdig aufgekratzt. Die Frau mit dem Schirm tat ihr aufrichtig leid, und so schwebte sie eine Weile durch ihre Wohnung, getragen von einer Woge des Bedauerns und der Überlegenheit. Wenn jemand unsicher wirkte, gab ihr das Sicherheit, wenn jemand verzweifelte, wurde sie stark. Das war immer so.

Der Regen hatte zugenommen. Unter der tief hängenden Wolkendecke war die Stadt verschwunden.

Der Mann in der signalroten Rettungssanitäter-Jacke kam mitten hinein in ihren Tanz, sonst wäre sie nie so übermütig gewesen, ihm gegenüberzutreten. Es regnete mittlerweile in Strömen, und sie wunderte sich zum ersten Mal, seit sie hier wohnte, dass bei einem Neubau wie diesem niemand an ein Vordach gedacht hatte. Sie konnte den Mann nicht hereinlassen, das war klar.

»Danke, dass Sie mir überhaupt aufmachen«, sagte er, als sie sich ihm in den Weg stellte, »Ihre Nachbarin hat mich nur vom Fenster aus gesehen und den Kopf geschüttelt, sie hielt es nicht einmal für nötig, zur Tür zu kommen.«

Der Mann im Regen sah sie an. Er wirkte resigniert, fast verbittert, aber vielleicht gehörte das zu seiner Masche. Von einer Nachbarin um diese Zeit hatte sie noch nie etwas gehört, er musste sie erfunden haben. Dennoch hatte sie augenblicklich das Gefühl, auf der moralisch richtigen Seite zu stehen. Ihr gefiel der Gedanke, besser zu sein als ihre Nachbarin, ob es sie nun gab oder nicht.

»Wenn Sie sich das einmal ansehen wollen …« Der Mann kramte eine leicht verblasste Broschüre mit Fotos von einem Rettungsfahrzeug hervor und hielt sie ihr hin. »Der Wagen selbst ist leider rund um die Uhr im Einsatz. Wir werden ständig gebraucht.«

Sie wunderte sich, warum er dann hier in voller Montur von Haus zu Haus ging, anstatt Menschenleben zu retten. Nicht auszuschließen, dass er gar kein echter Sanitäter war.

»Was kann ich für Sie tun?«, erkundigte sie sich matt und schaute an dem Mann vorbei in den Regen, der in geraden Bahnen fiel.

Es ging um Spenden für den Rettungsdienst einer Wohlfahrtsorganisation, die Schwierigkeiten hatte, ihren Fuhrpark zu erhalten – eine Frage von Leben und Tod, beteuerte der Mann. Er trug eine rechteckige Brille. Seine Augen hinter den klobigen Gläsern wirkten groß und treuherzig, offenbar war er weitsichtig. Tropfen sammelten sich am unteren Brillenrand.

Er setzt seine Kapuze nicht auf, dachte sie, wahrscheinlich will er sich fühlen wie ein begossener Pudel, das hilft ihm beim Betteln, er möchte so aussehen wie in Tränen aufgelöst, er ist auf mein Mitgefühl aus.

»Alles, was Sie zum Erhalt dieses Fahrzeugs beisteuern müssten, wäre ein Monatsbeitrag im Gegenwert von einem Pfund Kaffee«, erklärte der Mann mit der weinenden Brille.

»Was kostet denn ein Pfund Kaffee bei Ihnen?« Es gelang ihr, den Satz wie einen Scherz klingen zu lassen, doch sie wusste es wirklich nicht. Es war so lange her, dass sie welchen gekauft hatte.

»Das kommt darauf an, was für Kaffee Sie bevorzugen, ob aus dem Supermarkt oder dem Feinkostgeschäft …«

»Fünf Euro?«, riet sie.

»Das wäre kein schlechter Kaffee.«

Wollte er sich bei ihr zum Kaffee einladen? Hatte er den Vergleich deshalb ins Spiel gebracht, damit sie ihn auf eine Tasse hereinbat? Für einen Moment hielt sie inne und horchte, als hätte sie in ihrer Wohnung ein Geräusch gehört. Dann wandte sie sich ihm wieder zu. »Ich trinke keinen Kaffee im Moment, ich stille.«

Der Mann sah sie mit hochgezogenen Augenbrauen an, vielleicht glaubte er ihr nicht, vielleicht war er auch nur überrascht. Traute er ihr nicht zu, Mutter zu sein? Sie senkte den Blick und bemerkte, dass er weiße Arzthosen trug und ebenso weiße Gesundheitsschuhe mit Korksohlen, die völlig durchnässt sein mussten.

»Ich würde Sie ja hereinbitten«, fuhr sie fort, »aber ich habe den Kleinen gerade erst beruhigen können, und er hat einen sehr leichten Schlaf.« Sie sagte ihm, was sie allen sagte. Dann hob sie wieder den Kopf.

»Wie alt ist denn Ihr Kind?«

»Sieben Wochen«, erwiderte sie, ohne überlegen zu müssen.

»Wir hatten auch mal eins, meine Lebensgefährtin und ich, einen Jungen …« Der Mann streckte ihr den Quittungsblock entgegen und einen Kugelschreiber.

»Hatten?«

»Er wurde überfahren, als er drei war, von einem betrunkenen Jugendlichen in einem gestohlenen Wagen, der von der Fahrbahn abkam. Der Kleine war sofort tot.«

Der Regen ergoss sich unnachgiebig und hatte den Quittungsblock bereits aufgeweicht. Sie fing an zu schreiben. »Schrecklich«, flüsterte sie, »das muss schrecklich für Sie sein.«

»Ja«, sagte der Mann unverändert, sicher hörte er das nicht zum ersten Mal, »meine Lebensgefährtin hat es nicht verkraftet, sie ist in psychiatrischer Behandlung. Für mich war es leichter. Ich habe beruflich jeden Tag mit dem Tod zu tun.«

Sie wollte einwenden, dass es ja wohl ein Unterschied sei, ob man es mit fremden Verkehrsopfern zu tun habe oder mit dem Verlust des eigenen Kindes. Aber ihr fehlten die Worte oder der Mut dazu. Sie füllte das Formular weiter aus.

»So richtig?«, fragte sie.

»Sie müssen dort unterschreiben«, deutete er auf den untersten Abschnitt, der sich vor Nässe wellte. Die Brille des Mannes tropfte unentwegt, ein kleines Rinnsal schlängelte sich den Bügel entlang an seinem Ohr vorbei und lief ihm in den Kragen, ohne dass er eine Miene verzog.

Warum setzt er nicht wenigstens seine Kapuze auf, dachte sie ein weiteres Mal, wie lange will er denn noch herumlaufen in diesem Zustand? Aber sie fand, dass sie kein Recht hatte, ihn das zu fragen.

Zweimal musste sie ihre Unterschrift nachzeichnen, weil der Kugelschreiber auf dem nassen Papier nicht richtig auftrug. Dann gab sie dem Sanitäter den Block zurück. In die Spalte für den Monatsbeitrag hatte sie zehn Euro eingetragen. Jetzt schämte sie sich dafür. Es sah so aus, als hätte sie die Summe verdoppelt, weil er ihr leidtat – fünf Euro extra für sein totes Kind. Sie hoffte sehr, dass er sie belog und sich die Geschichte nur für sie ausgedacht hatte.

Der Mann reichte ihr eine Durchschrift, die nahezu unleserlich war. An der Abrissstelle löste sich das Papier in seine Bestandteile auf.

»Wenn Ihnen oder Ihrem Kind etwas zustoßen sollte, auch im Ausland«, erläuterte der Mann, »haben Sie durch Ihre Mitgliedschaft einen Anspruch auf Krankentransport in unseren Einsatzwagen.«

Sie sah ihn an, als hätte sie nicht richtig gehört. Redete er wirklich davon, dass ihrem Kind etwas zustieß?

»Sie bekommen von uns einen Mitgliedsausweis zugeschickt, der Sie zur kostenlosen Nutzung berechtigt«, fuhr der Mann geduldig fort, »bitte führen Sie ihn immer bei sich, das erspart Ihnen und uns allerlei Ärger vor Ort, falls Sie den Wagen einmal brauchen.«

»Wir wollen's nicht hoffen«, sagte sie ohne jede Freundlichkeit. Sie war jetzt fest entschlossen, ihm nicht zu glauben, kein einziges Wort. Wo war der Krankenwagen beim Tod seines Kindes gewesen, wo war er, als es ihn brauchte?

»Also dann, schönen Tag noch und alles Gute für Sie und Ihr Kind!« Der Mann tippte zum Abschied mit zwei Fingern an seine

Schläfe und zog dann den Kopf ein, um in den Regen zu tauchen. Die Steinplatten schwammen unter seinen Schritten.

Sie sah ihm nach, bis er in der nächsten Einfahrt verschwunden war. Im ersten Moment verspürte sie das dringende Bedürfnis, bei sämtlichen Nachbarn zu klingeln und zu fragen, ob er ihnen allen dieselbe Geschichte erzählt hatte. Aber da war niemand, das wusste sie. Sie reckte noch einmal das Kinn und lauschte nach einem Geräusch aus ihrer Wohnung. Dann schloss sie die Tür und ging zurück in die Stille.

Der Junge von

Herr Brüning stellt sich ans Fenster, sieht aber nicht hinaus, sondern beobachtet aus den Augenwinkeln die Klasse. Er beobachtet sie immer aus den Augenwinkeln, wenn er Aufsicht hat. Die Klasse schreibt still vor sich hin. Sie hat den Trick längst durchschaut. Aber er weiß keinen besseren und will auch keinen besseren wissen. Es ist gut, wenn sie ihn unterschätzt.

Vom Fenster aus sieht er den asphaltierten Schulhof, die Schmierereien an der Turnhalle gegenüber, den Hausmeister mit seinem Laubsauger, der kein Geräusch macht. Herr Brüning wippt ein wenig auf den Zehenspitzen, um herauszufinden, warum der Laubsauger nicht saugt. Doch er kann keinen Kanister, keinen Werkzeugkasten in der Nähe entdecken. Die Blätter liegen am Boden wie aufgemalt.

Nikita in der vorletzten Reihe hebt den Kopf zum Fenster. Brüning registriert das sofort, beschließt aber, sich nichts anmerken zu lassen. Stattdessen wartet er unbewegt, ob sich der Junge von selbst wieder der Klassenarbeit zuwendet. Einen Moment geschieht nichts, so als gäbe es Zeit, ganz viel Zeit. Dann sinkt Brüning zurück auf die Hacken, geht sogar ein wenig die Knie, um zu prüfen, ob Nikita im Sitzen irgendetwas sehen kann, das er nicht sieht. Doch da ist nur der Himmel, das Hochnebelgrau, der früh verblasste Tag. Der Junge träumt, denkt Brüning, das ist nicht verboten, aber so wird er nie fertig, warum schreibt er nicht? Es ist ein leichter Test, Erdkunde, sechste Stunde. Nikita sieht müde aus, Brüning ist müde.

Er hat eine alte Seele, sagt Frau Schroth über Nikita. Er kommt von weither, bitten seine Adoptiveltern um Verständnis. Er steht sich selbst im Weg, meint Dr. Stössinger.

Vielleicht denkt er nur nach, denkt Brüning und beschließt, dem Jungen noch eine Frist einzuräumen bis zur ersten Ermahnung. Jetzt nur keinen Konflikt vor der Klasse, dazu hat er im Moment nicht die Kraft. Er kann Nikita nicht bestrafen, wüsste auch gar nicht, wie. Welchen Sinn hätte es, ihn auszuschließen vom Unterricht oder der Exkursion morgen? Nikita ist ausgeschlossen, und jede Strafe wäre für ihn nur die Bestätigung, dass alles schiefläuft in seinem Leben.

Er sieht Nikita jetzt scharf an, sieht ihm ins Gesicht, eindringlich und mit aller Macht, um ihn dazu zu bringen, dass er den Kopf senkt und schreibt, bevor die Klasse es merkt und auf dumme Gedanken kommt. Doch der Junge träumt weiter an ihm vorbei, ganz offen und ungeschützt. Brüning spürt, wie sein Blick weich wird. Eine alte Seele mit dem Gesicht eines schlafenden Kindes, denkt er. Die Traurigkeit des Jungen spricht zu ihm. Sie erinnert ihn an sich, an früher, vielleicht sogar an jetzt. Brüning hat Verständnis für den Jungen, doch er versteht ihn nicht. Das lässt Nikita nicht zu.

Seinen Freundlichkeiten misstraut er. Seine guten Worte überhört er. Sein Entgegenkommen quittiert er mit Verachtung.

Nein, denkt Brüning, Nikita hat mit niemandem hier etwas gemeinsam. Er ist von allen auf dieser Schule gleich weit entfernt. An dieses Gefühl erinnert er mich, an den ersten Schultag nach den großen Ferien, an die Angst, im Sommer verlernt zu haben, wie Schule geht, wie man sein Leben in diesen Räumen zubringt, die viele Zeit, wie man das kann. Doch das geht allen so, am Anfang, man gewöhnt sich daran. Nur für Nikita ist jeder Schultag der erste.

Ich träume, ermahnt sich Brüning. Mit einem Ruck reißt er sich vom Fenster los und geht ein paar Schritte durch den Klassenraum, bedächtig, so als würde er das Geräusch austreten wollen, das die Gummisohlen seiner Schuhe auf dem Linoleumboden machen. Er wird sich hinter den Jungen stellen, ihm über die Schulter sehen, in sein Heft, und dort so lange stehen bleiben, bis Nikita endlich schreibt. Ich muss ihm auf die Finger schauen, denkt Brüning streng. Dann fallen ihm Nikitas Finger ein, die Tatsache, dass er fünf hat oder vier und einen Daumen, der so lang ist wie ein Finger und dreigliedrig, mit zwei Gelenkstellen, die eine durchgedrückt, die andere eingeknickt wie eine Kralle, wenn er schreibt. Brüning sieht Nikitas Hand auf dem weißen Papier, schmal, fast schläfrig, so wie sie daliegt, der Daumenfinger ausgestreckt in voller Länge neben dem Füller. Brünings Blick wandert über die Knöchelreihe und sucht sie ab nach Narben, die darauf hindeuten, dass der Junge vielleicht einmal sechs Finger gehabt hat, einen noch kleineren Finger neben dem kleinen oder einen zweigliedrigen Daumen neben dem dreigliedrigen, den man ihm abgetrennt hat, dort, wo er herkommt. Viel zu lange schon starrt Brüning auf diese Hand, er weiß das. Er schämt sich für seine Neugier, seine Gedanken, fühlt sich schuldig, weil er es schon wieder nicht geschafft hat, den Jungen genauso zu behandeln wie alle anderen. Nicht, dass er ihn schlecht behandeln würde, eher zu gut, zu nachsichtig, aber anders.

»Komm mir bloß nicht zu nahe«, hatte Nikita vor einer Woche zu ihm gesagt, als er im Unterricht eher zufällig in seinem Rücken zu stehen kam. Der Junge hatte ihn geduzt, als Einziger auf der ganzen Schule. Er wollte etwas erwidern, doch Nikita fügte noch im selben Atemzug hinzu: »Und sprich mich nie wieder schräg von der Seite an!« Das war eine Drohung, ein Stoß vor den Kopf, und er war so schnell nicht in der Lage gewesen, sich dergleichen zu verbitten, er war sprachlos, erinnert sich Brüning – eine unangenehme Erinnerung, aber er kann sie nicht abstellen. »Wenn ich etwas sagen will, melde ich mich, wenn nicht, dann nicht«, hatte Nikita in sein Schweigen hinein erklärt, es war wie ein Vorschlag zur Güte. Das stand dem Jungen nicht zu, aber Brüning war trotzdem froh darüber, ein Nichtangriffspakt wenigstens. Dabei hatte er es belassen. Er war zu dem Zeitpunkt schon nicht mehr imstande gewesen zu kämpfen.

Dabei ist seine Schrift sehr schön, denkt Brüning wie zu seiner Verteidigung, eine Mädchenschrift geradezu. Obwohl Nikita immer diese Klaue macht, schreibt er am schönsten von allen. Wenn er nur schreiben würde …

So langsam, wie Brüning gekommen war, geht er zum Fenster zurück und öffnet es. Ein paar Schüler heben die Köpfe, schauen zu, wie er den Fenstergriff umfasst hält und die Herbstluft hereinlässt, Straßenlärm und Laubgeruch, es ist gar nicht kalt. Auf der Exkursion morgen soll die Sonne scheinen, laut Wetterbericht. Ihm wird warm bei dem Gedanken, einmal nicht vor der Klasse stehen zu müssen, dem Blick der Schüler zu entgehen, ihrem ständigen Lauern. Er schließt das Fenster wieder und schaut über die Reihen, die meisten senken die Köpfe. Es ist gar nicht so schwer, mit der ganzen Klasse fertigzuwerden, denkt Brüning, ich scheitere immer nur an Einzelnen, bei den Einzelfällen werde ich schwach. Und das wissen sie. Alle.

»Noch zehn Minuten«, sagt er laut in den Klassenraum, ohne auf die Uhr zu schauen. Die Schüler ducken sich in ihre Hefte, nur Nikita sieht ihm ins Gesicht. Instinktiv schaut Brüning weg und bereut es sofort. Ich weiche seinem Blick aus, denkt er, ich habe mehr Respekt vor ihm als er vor mir, ach was, Respekt, ich habe Angst, regelrecht Angst vor diesem Jungen. Er ignoriert Nikita, zumindest tut er so und gibt sich gedankenversunken. Dabei spielt er das alles nur für ihn.

Draußen heult das Gebläse des Laubsaugers auf, der Hausmeister macht Jagd auf die Jahreszeit, nun doch. Der Klassenraum dröhnt, als wäre das Fenster noch offen. Aber Brüning genügt ein Blick, um sich zu vergewissern, dass es nur die dünnen, vibrierenden Scheiben sind, die den Schall nahezu ungehindert durchlassen.

Das muss aufhören, denkt er, diese heilige Scheu und Schüchternheit gegenüber Nikita, diese Angst, ihn zu verletzen und von ihm verletzt zu werden. Wenn ich an ihm scheitere, habe ich alle gegen mich und die Hölle auf Erden. Sechste Stunde, Höllenkunde.

Was sie im Lehrerzimmer sagen werden, Frau Schroth, Herr Cordes, Dr. Stössinger, weiß er längst. Nikita ist schwierig, er ist ein Problem, ihm muss geholfen werden. Da sind sie sich einig. Aber, denkt Brüning, wenn sich das ganze Kollegium auf einen Schüler stürzt, spielt es keine Rolle, ob es ihm helfen oder ihn vernichten will. Der gute Wille ist nur eine andere Art von Angriff. Nein, denkt er auf einmal, ich werde zu Dr. Stössinger gehen und ihm mitteilen, dass ich dagegen bin, Nikita noch eine Chance zu geben. An diese Chance glaube ich nicht, nicht weil der Junge sie nicht nutzen wird, sondern weil er sie nicht hat.

Der Laubsauger wird noch lauter, schriller, so als hätten sich mehr und mehr Blätter im Gebläse verfangen. Es klingt, als würde er heiß laufen, vielleicht ist er wirklich defekt. Aber das stört Brüning nicht. Im Gegenteil, das Geheul bestärkt ihn geradezu in seinem Entschluss. Er wird jetzt ganz nah an Nikita herantreten, ihn schräg von der Seite ansprechen und ihm sagen, er soll zusammenpacken und gehen, sofort.

Entschlossen stößt sich Brüning vom Pult ab und schreitet auf die vorletzte Reihe zu. Doch Nikita hat den Kopf gesenkt und schreibt, wie vom Kreischen des Laubsaugers beflügelt, schreibt ganz eifrig in sein Heft, als hätte es nie eine Unterbrechung gegeben.

»Noch fünf Minuten«, sagt Brüning.

Im Freien, auf dem Nachhauseweg, findet Herr Brüning den Herbstgeruch in der Luft nicht wieder. Er klemmt die geräumige Schultasche mit den Klassenarbeiten auf den Gepäckträger seines Fahrrads. Sie ist dafür ein bisschen zu schwer, deswegen schiebt er die paar Hundert Meter bis zu der Bäckerei mit Stehcafé, wo er Stammkunde wurde, als Elena ihn verließ. Er kauft sein Mittagessen noch immer dort, obwohl sie wieder bei ihm wohnt, nur dass er es jetzt mit nach Hause nimmt.

In Zweier- und Dreiergrüppchen ziehen die Schüler auf ihren Hollandrädern an ihm vorbei, die Mädchen wie hoch zu Ross, die Jungen lässig mit verschränkten Armen. Einige klingeln wie zum Gruß und kichern, wenn sie sich außer Hörweite glauben. Brüning sieht ihnen nach, diesen aus dem Unterricht vertrauten Gestalten, die ihm auf einmal seltsam entrückt erscheinen, so wie sie dahingleiten auf ihren stattlichen Rädern mit den fließend geschwungenen Lenkstangen, schwerelos und schwebend im Rückenwind. Nikita ist nicht dabei, vermutlich wird er abgeholt.

Brüning stellt sein Rad in den Ständer vor der Bäckerei, seine Tasche nimmt er mit hinein. Die Bedienung hinter dem Verkaufstresen nickt ihm verschwörerisch zu und packt vier belegte Brötchen in eine Tüte. Ursprünglich waren es bloß zwei. Doch seit Elena wieder da ist, kauft er die doppelte Menge. Falls es ihr zu viel sein sollte, isst er den Rest zum Abendbrot. Brüning wirft einen Blick auf die Kühltheke mit den Salaten. Manchmal, an bestimmten Wochentagen, gibt es dort Couscous mit roten Paprika, extrascharf, so wie Elena es gerne mag. Doch auch das ist nicht sicher. Ihr Appetit ist unberechenbar.

Vor der Kühltheke steht Frau Schroth, das bemerkt er zu spät. Sie hat ihn schon gesehen und kommt auf ihn zu, mit einem dünnen Lächeln auf ihrem stets besorgten Gesicht. »Schön«, sagt sie, »dass wir uns auch mal privat über den Weg laufen!« Doch ihre Augen fragen unablässig: Geht es Ihnen gut?

Ein wenig verlegen steht er vor ihr, während sie Belanglosigkeiten austauschen. Es gibt nichts zu besprechen, Uhrzeit und Treffpunkt für die Exkursion stehen längst fest, Programm wie immer, Rundgang um Stadtmauer und Pulverturm, Besichtigung des

Schlosses und als Höhepunkt die Moorleichen im Naturkunde-museum am Damm. Brüning überlegt kurz, ob er etwas sagen soll wegen Nikita, Frau Schroth ist schließlich Klassenlehrerin. Doch er entscheidet sich zu schweigen. »Wir sehen uns dann morgen«, sagt er nur, zahlt den gewohnten Betrag und nimmt die Brötchen-tüte an sich.

»Und Ihre Lebensgefährtin«, fragt Frau Schroth unvermittelt und macht einen Schritt auf ihn zu, »geht es ihr besser?«

»Den Umständen entsprechend, danke«, sagt er und will gehen. Doch sie versperrt ihm regelrecht den Weg. Ihr Gesicht ist jetzt so nah, dass er in ihrem Atem den Thermoskannenkaffee aus dem Lehrerzimmer riechen kann, Lakritzgeschmack, lauwarm.

»Wenn ich Ihnen irgendwie helfen kann, Ihnen beiden …«, flüstert Frau Schroth, »Sie wissen ja, Anruf genügt.« Fast klingt es, als würde sie ihn darum bitten. Er nickt, bedankt sich noch einmal und denkt nur: Sprich mich nie wieder schräg von der Seite an!

Vor der Bäckerei steckt er schnell die Brötchentüte weg und klemmt seine Schultasche unter den Arm. Einhändig, mit Schlag-seite, schwingt er sich aufs Fahrrad. Nur mühsam kommt er in Schwung und schlingert bedrohlich, bis er richtig Tritt fasst, Fahrt aufnimmt. Er ist auf der Flucht – ich bin auf der Flucht vor Frau Schroth, wundert er sich –, aber er hat es auch eilig, zu Elena zu kommen. Ihm sitzt auf einmal die Angst im Nacken, ihr könnte etwas zugestoßen sein, so als hätte Frau Schroth ihn angesteckt mit ihrer ewigen Besorgnis.

»Sie sind ein Glückspilz«, hatte ihm Herr Cordes gratuliert, nachdem Elena und er im Kollegium offiziell verkündet hatten, dass sie zusammenziehen würden.

»Passen Sie gut auf sie auf«, hatte ihm Dr. Stössinger mit auf den Weg gegeben.

»Wenn es Probleme gibt, bin ich immer für Sie da«, hatte ihm Frau Schroth unüberhörbar ins Ohr geflüstert.

Doch Brüning brauchte niemanden, um sich auszusprechen. Er hatte von Anfang an damit gerechnet, dass Elena ihn verlassen würde, früher oder später. Sie war sechzehn Jahre jünger als er, vielleicht ein wenig unscheinbar auf den ersten Blick, aber von stiller Schönheit, einem »Liebreiz«, der so eigen und unzeitgemäß war wie das Wort. Das hatte er gleich gesehen. Sie war als Referendarin an seine Schule gekommen, er wurde ihr Fachbetreuer in Biologie. Nach dem zweiten Staatsexamen machte er ihr einen Antrag, den sie nie annahm, aber auch nicht ablehnte. Wenig später zog sie bei ihm ein. Mit etwas Glück, bei dem er nachgeholfen hatte, bekam sie eine halbe Stelle an einem benachbarten Gymnasium. Ihr erstes gemeinsames Jahr war das beste seines Lebens. Er hätte gerne eine Familie mit ihr gegründet, eigene Kinder gehabt, Elena wollte noch warten. Im Jahr darauf starben seine Eltern kurz nacheinander. Er verfiel in einen Zustand der Taubheit und Trauer, die alles übertraf, was er zu Lebzeiten an Liebe für seine Eltern empfunden hatte, da wünschte sie sich auf einmal ein Kind von ihm. Im Grunde wollten sie beide Kinder, aber nie zur selben Zeit. Dann eines Tages kam er von der Schule nach Hause, und sie war nicht mehr da.

Er fühlte sich in seinen Befürchtungen so bestätigt, dass er keinerlei Nachforschungen anstellte. Eine gewisse Unruhe und Eifersucht hatte immer an ihm genagt, so lange sie bei ihm war, selbst wenn sie miteinander schliefen. Die Angst, sie zu verlieren, spukte durch jede Nacht. Ihr Glück war nicht vorgesehen, es hätte sie in seinem Leben eigentlich gar nicht geben dürfen, jetzt war seine Welt auf ernüchternde Weise wieder in Ordnung.

Die wenigen Dinge, die ihn zu sehr an sie erinnerten – ein paar Bilder, Pflanzen, ihr Lieblingsservice –, stellte er ins Schlafzimmer und schloss es ab. Von nun an übernachtete er auf der Couch, meist bei laufendem Fernseher. Im Alleinsein kannte er sich aus und fand sich schon bald damit ab. Nicht einmal im Traum wäre er auf den

Gedanken gekommen, dass der Grund, warum sie ihn verlassen hatte, kein anderer Mann war, sondern der Krebs.

Als Elena wieder bei ihm vor der Tür stand, hatte sie eine neue linke Brust und haufenweise wohlmeinende Ratschläge von ihren Eltern – gegen ihn. Von einem eigenen Kind sprachen sie nie wieder.

Die Ampel vor ihm schaltet auf Rot. Brüning hört auf zu treten, bremst aber nicht, sondern schaut links und rechts über die Schulter. Die Schüler sind längst auf ihren Hollandrädern davongesegelt. Die Kreuzung ist frei, bis auf einen Wagen, der nicht sonderlich schnell fährt. Brüning zieht den Kopf ein, tritt durch und rast bei Rot über die Kreuzung. Der Wagen, obwohl weit genug entfernt, hupt zweimal. »Geschlossene Ortschaft!«, brüllt Brüning ihm wütend entgegen und noch ein paar Flüche, die aus ihm herausplatzen, als hätten sie nur darauf gewartet. Dann erst sieht er den alten Mann, der sich an der Ampel auf der anderen Straßenseite festhält und ihn entgeistert anstarrt. Es ist ein pensionierter Kollege, der seinen kurzen Gruß nicht erwidert. Als Brüning zwei Straßen weiter ist, muss er darüber lachen.

Er stellt sein Fahrrad in den Keller und hastet das Treppenhaus hoch in den zweiten Stock. Zu seiner Überraschung ist er kaum außer Atem, nur der rechte Arm, der die schwere Tasche fest umklammert, kribbelt und spannt. Vor der Wohnungstür hält Brüning kurz inne, holt noch einmal tief Luft und bringt sich mit zwei, drei Handgriffen in Ordnung wie vor einem Spiegel ohne Bild. Dann schließt er auf und ist allein. Er weiß es augenblicklich, riecht es geradezu, sein Junggesellendasein, die abgestandene Einsamkeit, Mattigkeit und Menschenleere. Kaum hat Elena die Wohnung verlassen, ist alles wieder beim Alten.

Dass sie fehlt, ist nichts Ungewöhnliches. Brüning erinnert sich vage an ein paar Worte heute Morgen beim Frühstück, die Rede war von einem Arzttermin, vermutlich dauert es länger, es wäre nicht das erste Mal. Doch jetzt ist da das Echo von Frau Schroth mit ihren sorgenvollen Fragen.

»Ach was«, sagt Brüning halblaut vor sich hin, es ist nichts, Elena muss wahrscheinlich endlos warten, bis sie drankommt, und verspätet sich. Er durchquert die Wohnung, geht in die Küche und legt die Brötchentüte auf den Tisch. Bevor sie nicht zurückkehrt, wird er keinen Bissen anrühren. Das Leben ist zu kurz, um allein zu essen, findet er, auch wenn Elena in den seltensten Fällen etwas zu sich nimmt. Sie isst nur noch wenig, und seit sie wieder bei ihm lebt, mag Brüning auch immer weniger. Aber er mag es, wenn sie ihm Gesellschaft leistet, wenn er sie sehen kann, ihren Liebreiz, ihr tapferes Lächeln.

Er deckt den Tisch für zwei, mit ihrem Lieblingsservice, das ist ihm wichtig, obwohl sie nach dem Arzttermin kaum Appetit haben wird. Dann setzt er sich und schaut eine Weile auf ihren leeren Platz, erfüllt von der Gewissheit, dass sie wiederkommt. Vorbei ist seine Eifersucht auf andere Männer. Die alte, unvordenkliche Angst, verlassen zu werden, beschleicht ihn nicht einmal mehr nachts. Früher wollte er unbedingt, dass sie ihm allein gehört, jetzt sind sie ein Paar. Sein Leben fühlt sich ganz an, wenn sie da ist. Ihre Brust fehlt ihm nicht.

Es ist, als hätte der Krebs sie beide das Lieben gelehrt.

Als weitere Knoten in ihrer zweiten, vormals gesunden Brust gefunden wurden, war es wie ein Beweis dafür, dass sie zusammengehören. Elena blieb bei ihm und ging nicht mehr weg. Ihr Krebs hatte ihm die Liebe erklärt, die Liebe einer so jungen Frau. Und er war entschlossen, für sie da zu sein, bis dass der Tod sie scheidet, und sich um diesen Krebs zu kümmern, der ihre Brust für sich beanspruchte wie ein neugeborenes Kind.

Wenn die Bestrahlungen vorbei sind, denkt er, wenn ihr auch die zweite Brust abgenommen wird, ist das Gleichgewicht wiederhergestellt.

Als ihn der Brötchenduft aus der Tüte hungrig macht, steht Brüning auf und geht ins Arbeitszimmer. Er packt die Klassenarbeiten aus der Tasche auf den Schreibtisch, setzt sich vor den Stapel und zieht Nikitas Heft heraus. Doch er schlägt es nicht auf, sondern betrachtet die Muster und Ornamente, die der Junge daraufgemalt hat – zu kunstvoll, um Ausdruck von Langeweile zu sein, zu verspielt, um etwas zu bedeuten. Brüning seufzt, beugt sich vor und öffnet das Fenster, um den Geruch des Alleinseins zu vertreiben. Einen Moment sitzt er zurückgelehnt da und hofft auf das Herbstlaub oder einen letzten Rest Sommer. Dann befeuchtet er seine Fingerspitzen und blättert durch das Heft bis zu der Seite mit dem Datum von heute. Auf dem linierten Papier stehen in Nikitas mädchenhafter Schönschrift drei Sätze:

Du siehst nicht gut.

Du riechst nicht gut.

Du bist ein alter Mann.

»Ist er noch im Gebäude? War er nicht in Ihrer Gruppe? Wann haben Sie ihn denn zuletzt gesehen?« Völlig aufgelöst kommt Frau Schroth über den Schlossplatz auf ihn zu, als Brüning durch die Glastüren des Besuchertrakts hinaus ins Freie tritt. Abrupt bleibt er stehen, in einiger Entfernung von den beiden Schülergruppen, die sich nach der Führung durch das Schloss in Portalnähe zu einem Pulk versammelt haben. Er muss keine Sekunde überlegen, wen Frau Schroth meinen könnte. Doch er hat Nikita seit Beginn der Exkursion gemieden und ihn beim Betreten des Schlosses vollends aus den Augen verloren.

»Aber dann ist er ja schon eine ganze Stunde ohne Aufsicht!«, ruft Frau Schroth und ringt die Hände. Als wäre der Mangel an Aufsicht das Schlimmste an Nikitas Verschwinden. Einige Schüler schauen herüber, neugierig, fast belustigt. Sie interessieren sich offenbar weniger für den Verbleib ihres Klassenkameraden als für die

Gemütsentgleisungen von Frau Schroth. Brüning nimmt nicht an, dass sie mehr wissen. Nikita ist ein Einzelgänger, er hat keine Freunde unter ihnen. Wenn der Junge abgehauen ist, dann nicht nur von seinen Lehrern, sondern von der ganzen Klasse.

»Wir müssen sofort seine Eltern benachrichtigen, die Polizei alarmieren«, regt sich Frau Schroth weiter auf. Brüning schweigt und schüttelt kaum merklich den Kopf. Zum ersten Mal an diesem Tag verspürt er so etwas wie Genugtuung. Nikita hat versucht, seine schwächste Stunde auszunutzen und ihn dort zu treffen, wo es wehtut. Er ist ihm zu nahe gekommen, im Moment seiner größten Sorge um Elena, und hat sich zwischen sie und ihn gedrängt mit der Frage, wie weiter verfahren mit diesem Jungen, wie ihn bestrafen – dieser immer wiederkehrenden Frage, die Brüning schon den ganzen Vormittag gegen seinen Willen beschäftigt wie eine verhasste, unlösbare Hausaufgabe. Jetzt hat es sich erledigt, denkt er, ich muss gar nichts tun. Nikita bestraft sich selbst, indem er sich um seinen letzten Rückhalt bringt.

Wenn er die Sympathien von Frau Schroth verliert, ist es um ihn geschehen. Dr. Stössinger wird den Jungen nicht halten. Und Herr Cordes hält niemand, den Dr. Stössinger nicht halten will. Die Rechnung ist simpel.

Frau Schroth sieht ihn an, ratlos, verzweifelt, am Ende mit ihrer Besorgnis. »Ja, aber irgendetwas müssen wir doch unternehmen, ich meine, was machen wir denn jetzt?«

Brüning kann ihr auf einmal wieder in die Augen sehen. »Also gut«, sagt er, »Sie besuchen mit der Klasse das Naturkundemuseum, wie geplant, ich gehe und knöpfe mir den Jungen vor.«

»Und wie, wo …«, stockt sie, »wo wollen Sie ihn finden?«

»Es wäre nicht der erste Schüler, den ich aufspüre, dazu brauche ich keine Polizei«, sagt Brüning und lächelt.

Ohne rechte Überzeugung willigt Frau Schroth ein, wohl wissend, dass er keine Widerrede dulden würde. Mit ihr zusammen scheucht er die Schüler noch ein Stück über den Schlossplatz und weiter in Richtung Naturkundemuseum, zwei-, dreihundert Meter Fußweg den Damm hinunter. Dann macht er kehrt und geht merkwürdig erleichtert, fast beschwingt zum Schloss zurück. Er ist Nikita geradezu dankbar für diesen Moment ohne ihn, ohne alle.

Durch den Besuchertrakt steigt Brüning hoch bis zur Schlossverwaltung und bittet die Sekretärin im Vorzimmer, noch einmal ihr Telefon benutzen zu dürfen, es sei ein Notfall. Sie nickt und schiebt ihm den Apparat zu, doch mit einem Stirnrunzeln, als wollte sie fragen: Haben Sie kein Handy?

Nein, er hat kein Handy, aber er hatte bisher auch niemanden, den er dringend erreichen musste. Und wenn die Schule etwas von ihm wollte, wusste sie, wo er war. Es gab in seinem Leben bis vor Kurzem keine Überraschungen.

In der Klinik meldet sich dieselbe Dame vom Empfang, die er vor einer Viertelstunde erst gesprochen hat. Sie ist jetzt nicht einmal bereit, ihn auf die Station durchzustellen. »Ihre Frau ist ganz sicher noch nicht wieder aufgewacht«, erklärt sie routiniert, »das Wichtigste im Augenblick ist absolute Ruhe.« Ein Satz, den sie am Tag wahrscheinlich fünfzig Mal ins Telefon sagt, doch es klingt schön: »Ihre Frau«.

Als er Elena gestern ihre Sachen in die Klinik bringen musste – die Tasche, die sie schon vor Wochen gepackt hatte, und noch ein bisschen was zum Lesen –, erfuhr er, dass sie ihn als Ansprechpartner und nächsten Angehörigen angegeben hatte. Näher war er einer Annahme seines Antrags nie gekommen. Doch das machte die Entfernung zwischen ihnen umso schmerzlicher.

Die Empfangsdame vertröstet ihn auf morgen. Brüning will noch fragen, ob die Operation gut verlaufen ist, aber das hat er vorhin schon gefragt, und er kennt die nichtssagende Antwort. Wortlos hört er zu, wie sie am anderen Ende auflegt. Nikita hätte sich keinen schlechteren Zeitpunkt aussuchen können, ihn zu demütigen.

Brüning bedankt sich für das Telefon und steigt zum zweiten Mal an diesem Tag die Stufen hinunter zum Schlossplatz. Erst jetzt bemerkt er zu seiner eigenen Verwunderung den Himmel. Der Wetterbericht hatte recht gehabt. Es ist ein warmer, wolkenloser Tag. Brüning lehnt sich mit dem Rücken gegen eine Mauer, wendet das Gesicht der Sonne zu und schließt für einen Moment die Augen.

Gut, dass Frau Schroth nicht da ist, denkt er, gut, dass mich jetzt keiner sieht. Als er fertig geweint hat, schlägt er die Augen wieder auf. Der Himmel ist noch genauso blau.

Nikita fällt ihm wieder ein, doch nur wie am Rande. Er hat keine Ahnung, wo er suchen soll, er will ihn auch gar nicht suchen. Stattdessen überlegt er, ob er die paar Kilometer bis zur Klinik laufen soll, in einer Stunde könnte er zurück sein. Doch er ahnt, dass ihn die Empfangsdame dort genauso abwimmeln würde wie am Telefon.

Die Luft fühlt sich an, als wäre noch einmal Sommer geworden. Brüning geht ein wenig mit der Sonne durch die Straßen. Er lässt sich Zeit, schaut hier und da in Läden und Cafés, um nachher behaupten zu können, er habe Nikita überall gesucht. Sein Instinkt sagt ihm, dass er den Jungen so nie findet, doch das trübt seine Laune nicht, im Gegenteil. Er hat das Gefühl, selbst ein bisschen zu schwänzen, und genießt es.

Erst nach einem kleinen Rundgang durch die Innenstadt schlendert Brüning den Damm hinab zum Naturkundemuseum. Spätestens jetzt müsste er hineingehen und die Klasse übernehmen. Er hat Frau Schroth versprochen, sie bei den Moorleichen abzulösen. Sie erträgt den Anblick dieser ledrigen, vom Gewicht der Erde platt gedrückten Haut- und Knochenreste noch immer nicht. Die Moorleichen waren seit jeher seine Aufgabe, und er hatte gestern gerade angefangen, sich auf den Vortrag vorzubereiten, den er fast jedes Jahr hielt, als die Nachricht von Elenas vorgezogener Operation kam. Der Tumor wuchs schneller und aggressiver als gedacht.

Wenn man mich nach Nikita fragt, werde ich nur bedauernd mit den Schultern zucken und ein ratloses Gesicht machen, denkt Brüning. Im Gehen überfliegt er seine Notizen, die er heute Morgen beim Verlassen der Wohnung rasch eingesteckt hat. Als er wieder aufschaut, ist er schon an dem Museumseingang vorbei und kurz vor der Hubbrücke am Kanal. Die Ampeln stehen auf Rot. Eine kleine Schlange von Autos hat sich gebildet, die meisten mit abgeschaltetem Motor. Brüning beschleunigt seine Schritte, um die Hebefahrt der Brücke noch mit ansehen zu können. Früher einmal, als er selbst noch Schüler war, hatte er diese Brücke für ein Wunder der Technik gehalten. Jetzt erscheint sie ihm altertümlich und fast ein bisschen primitiv. Doch noch immer sammeln sich Schaulustige, um mit anzusehen, wie sich die größeren Binnenschiffe unter ihr hindurchschieben.

Eine Leine mit Wimpeln verschiedener Länder, die Brüning sämtlich herunterbeten könnte, spannt sich bis zum Fahnenmast, nur die Flagge, unter der das Schiff fährt, ist ihm nicht bekannt. Irgendein Karibikstaat, vermutet er. Das Kennzeichen des Wagens, der an Deck geparkt ist, sieht tschechisch aus oder slowakisch, in jedem Fall osteuropäisch. Als die Hubbrücke im Oberstock der Brückentürme stillsteht, nutzen einige Fußgänger die Möglichkeit, über die Treppenzugänge auf die andere Kanalseite zu wechseln. Es war schon immer ein Jungentraum von ihm, sich hinter der Brüstung zu verstecken und heimlich mit der Brücke hoch- und runterzufahren. Für einen Moment überlegt er, ob auch Nikita auf die Idee gekommen sein könnte. Doch der Junge ist nirgends zu sehen.

Brüning bleibt diesseits des Wassers. Er überquert die Brücke nicht, sondern folgt dem Kanal Richtung Hafen, das baumbepflanzte Hochufer entlang. Eine Weile versucht er, mit dem Schiff Schritt zu halten, dann lässt er es ziehen. Auch das war so ein Tagtraum von früher, aufzuspringen auf einen dieser Lastkähne und mitzufahren, egal, wohin. Jetzt stellt er sich vor, wie er die Nachricht Nikitas Adoptiveltern überbringen würde, wenn es dem Jungen eingefallen wäre. Doch Deck und Reling sind menschenleer, die Kluft zwischen Ufer und Bordwand, die nur ein Spalt zu sein schien, erweist sich bei näherem Hinsehen als unüberwindlich. Brüning setzt sich auf eine Bank und schaut auf das moorbraune Wasser, das glucksend die rostfarbenen Spundwände hochschwappt. In der Kanalmitte hat die Schiffsschraube Schaumspuren hinterlassen, wandernde Kreise und Muster, die sich mit der Strömung verformen und allmählich zerfließen. Das Stampfen der Motoren entfernt sich, der Geruch von Schiffsdiesel verweht mit den Schreien der Möwen. Und Brüning ist wieder allein.

Spätestens jetzt, denkt er, steht Frau Schroth von Schülern umringt vor den Moorleichen und weiß nicht, was sie sagen soll.

Er holt noch einmal seine Notizen hervor, die er in diesem Jahr nicht brauchen wird, und betrachtet seine Handschrift. Als er diese Zeilen schrieb, war Elena für ihn gestorben, jetzt lebt sie wieder mit ihm und scheint dem Tod so nah. Ihre Rückkehr war die größte Überraschung seines Lebens, ohne dass er sagen könnte, dass es ihm jetzt besser geht.

Aus den Augenwinkeln bemerkt er eine schattenhafte Bewegung, kaum mehr als ein Wink, doch so, als würde sich jemand anschleichen, auf ihn zuhuschen von Baum zu Baum. Brüning schaut hoch wie ins Leere, während er das Geschehen an den Rändern mit äußerster Wachsamkeit verfolgt – sein alter Trick, um niemanden vorzuwarnen und den Verdächtigen in falscher Sicherheit zu wiegen. Seit dreißig Jahren ist er ein Fallensteller mit Blicken, nicht mehr der Jüngste, aber erfahren, sehr erfahren. Sein Hirn arbeitet fieberhaft. Könnte es sein, dass Nikita ihm die ganze Zeit gefolgt ist, ihn beschattet hat auf Schritt und Tritt? Bei dem Gedanken fühlt er sich wie ertappt, fast so, als müsste er nach all den Jahren noch einmal rot werden. Die Silhouette hinter dem Baumstamm regt sich nicht. Es könnte auch eine optische Täuschung gewesen sein, doch Brüning fühlt sich beobachtet, und dieses Gefühl trügt ihn selten.

Er vertieft sich wieder in seine Notizen. Er liest das ganze Blatt, eine Zeile nach der anderen, von oben bis unten, und wartet darauf, dass Nikita sich näher an ihn herantraut, wenigstens bis zum nächsten Baum. Nichts geschieht, kein weiterer Schritt. Der Schatten zieht sich nur immer weiter hinter den Baumstamm zurück, ganz allmählich, bis zur Unsichtbarkeit. Aber gerade das verrät ihn, diese Vorsicht. Der Junge kennt ihn gut, besser als sonst irgendwer, und er kennt den Jungen. Sie sind beste Feinde.

Als er fertig gelesen hat, hält Brüning kurz inne und überlegt, was zu tun ist, kann aber nichts anderes denken, als dass Nikita womöglich auch das durchschaut. Endlich weiß er es. Mit einem leisen Seufzer steht er auf, stellt sich ans Ufergeländer und lehnt sich weit darüber hinaus, so als wolle er sich tief unten im Kanalwasser spiegeln. Seine Notizen lässt er auf der Bank liegen, scheinbar achtlos, absichtslos. Es gelingt ihm, nicht an Nikita zu denken und daran, dass der Junge sie lesen wird, aber nur dann, wenn sie wirklich, wirklich vergessen sind. Vielleicht besteht darin die ganze Ironie meines Tuns, denkt Brüning, dass man anderen Menschen nie das vermitteln und mitgeben kann, was man meint, sondern nur das unfreiwillige, verlorene. Er muss darüber schmunzeln, dann fällt ihm Elena wieder ein. Eine Weile starrt er auf seinen von Wellenrauten durchbrochenen Wasserschatten und auf den Schaum, der auseinandertreibt. Dann stößt sich Brüning vom Geländer ab und geht mit der Flut davon. Seine Notizen vergisst er, Wort für Wort.

Landesmuseum für Natur und Mensch/Inventarnummer OL 5935
Männliche Moorleiche (nicht ausgewachsen) aus dem 4. bis 1. Jahrhundert

Auffindungsort: Kayhauser Moor nahe Bad Zwischenahn.

Beim Freilegen des Leichnams wurden beide Hände, die noch im Torf steckten, abgerissen und konnten nur in einzelnen Knochen geborgen werden. Der Junge war mit zwei verdrehten Streifen Wollstoff gefesselt, beide Unterarme auf den Rücken gebunden, die Stoffenden in einer Schlinge um den Hals geknotet. Die Haare sind durch die Mooreinwirkung rot gefärbt und etwa 45 cm lang. Der Schädel zeigt keine Brüche, das Gesicht fehlt. Der Junge lag ausgestreckt auf dem Rücken. Einstichstellen im Halsbereich deuten auf eine gewaltsame Tötung hin. Der Bauchbereich weist eine größere Verletzung auf, vermutlich verursacht von einem Stock, mit dem die Leiche unter der Mooroberfläche gehalten wurde. In seinem Magen fanden sich zwei Apfelkerne, aus denen Rückschlüsse auf die letzte Mahlzeit und den Todeszeitpunkt im Herbst gezogen werden konnten. Röntgenuntersuchungen zeigen eine krankhaft veränderte Geometrie des rechten Oberschenkelkopfes, was mit einer Versteifung des Hüftgelenkes und erheblichen Behinderungen beim Gehen verbunden gewesen sein muss. Das Motiv für die Tötung des Jungen lässt sich heute nicht mehr rekonstruieren. Es bleibt offen, ob er einem Verbrechen zum Opfer fiel, hingerichtet oder geopfert wurde.

Das permanente Wanken und Schwanken
von eigentlich allem

Akureyri/Island, 5. Juli,
13.07 h (UTC), erster Anruf

Endlich, ja, tut mir leid, dass es so lange –

Ich hätte mich schon längst wieder bei dir gemeldet, aber –

Aber wir haben uns ja jetzt –

Du, ich habe es mir auch anders vorgestellt, ich dachte, es ist viel meditativer, mehr Zeit, mehr Ruhe, mehr Meer, auch wenn wir praktisch drei ganze Tage auf See hatten bis nach Reykjávík. Aber auch diese Seetage sind irgendwie anders, unvorstellbar. Bis wir überhaupt erst mal auf See waren! Ich hätte nie gedacht, dass nach Hamburg noch so viel Elbe kommt, und als wir dann endlich die Nordsee erreicht hatten, das offene Meer, Wasser, so weit das Auge reicht, wurde uns beiden schlecht, ihr sogar noch mehr als mir. Hättest du das gedacht? Ich meine, sie kann doch sonst nie genug kriegen von diesen magenumdrehenden Dingen, Kettenkarussell, Achterbahn, dem ganzen Teufelszeug, aber sie hängt in den Wanten, während ich –

Nein, nein, es geht ihr besser, viel besser jetzt, sonst hätte ich mich ja längst bei dir –

Sie ist wieder putzmunter, keine Sorge. Ihr war nur etwas anders nach den ersten echten Wellen, das wird sie dir sicher gleich selbst erzählen, wobei es weniger die Wellen waren als der *Schwell*, nachdem wir Großbritannien backbord gelassen hatten, also in Fahrtrichtung links, es links liegenlassen hatten, sozusagen. Da kam der Schwell, zusätzlich zu den Wellen, unter den Wellen, das Wellen-Fundament gewissermaßen, ein Heben und Senken, An- und Abschwellen des gesamten Meeres, so ein permanentes Wanken und Schwanken von eigentlich allem, auch vom Schiff. Nur heißt es beim Schiff nicht Schwanken, sondern *Rollen*, wenn die Dünung von der Seite kommt, im Gegensatz zum *Stampfen*, da kommt sie von vorn, sodass es immer auf und ab geht, rauf und runter. Aber Stampfen hatten wir kaum, dafür sind wir so richtig ins Rollen geraten, von einer Seite zur andern und wieder zur einen Seite zurück, und da wurde ihr schlecht und fast allen anderen auch, da hatte man richtig Platz im Restaurant. Aber das ist normal, die ersten beiden Seetage sind immer die schlimmsten, die Rosskur, Rollkur, wenn du so willst. Wer die ersten beiden Tage übersteht, übersteht auch den Rest, kein Grund zur Sorge, das sagt auch der Arzt –

Nein, ich *musste* nicht mit ihr zum Arzt, ich *wollte*! Es war kein Notfall, es war so gut wie gar nicht ihretwegen, sondern deinetwegen, zu deiner Beruhigung, weil ich weiß, wie das ist, wenn man sich Sorgen macht aus der Ferne. Was meinst du, wie es mir geht, unter der Woche, den zwei Wochen, mit dieser Jedes-zweite-Wochenende-Regelung? Wenn man nicht dabei ist, klingt alles viel schlimmer, man hat einfach kein Gefühl für die Realität, keine Ruhe. Aber der Schiffsarzt sagt auch –

Sie kann bald wieder ganz normal essen und trinken, das sagt er ja, und so lange ist durch die Infusion sichergestellt, dass –

Sie bekommt eine kleine Infusion, in homöopathischen Dosen, nur um Mangelerscheinungen vorzubeugen. Ambulant, versteht sich, sie hängt nicht etwa auf der Krankenstation am Tropf, rund um die Uhr, das Ganze ist eine Sache von einer halben Stunde, so schnell kann ich gar nicht das Frühstücksbüfett plündern, wobei ich natürlich nicht am Büfett stehe, während sie –

Sie wird schon nicht Skorbut bekommen, keine Angst, wir sind auf einem Kreuzfahrtschiff, nicht auf der *Santa Maria*, hier gibt es reichlich, den totalen Überfluss, genaugenommen, und sobald der Arzt grünes Licht –

Er ist kein *Pferdedoktor*, na hör mal, sondern ein sehr erfahrener und kompetenter Mann! Das muss er auch sein, bei dem Altersdurchschnitt der Gäste an Bord, damit alle das Ende der Reise erleben. Er führt sogar regelmäßig Dialysen durch und kleinere Eingriffe, Notoperationen, auch wenn er im Moment fast ausschließlich mit Seekranken beschäftigt ist. Ich dachte am Anfang, ich bin auf einem Raucher-entwöhn-Schiff, weil jeder Zweite so ein Nikotinpflaster unterm Ohrläppchen hatte, aber es ist angeblich das Beste gegen Seekrankheit, so ein kleines rundes Pflästerchen direkt hinterm Ohr. Leider ist der Wirkstoff für Kinder zu hoch dosiert, und die Tablette, die ihr der Arzt stattdessen verschrieben hatte, kam postwendend wieder raus, insofern sind keine Nebenwirkungen zu befürchten. Ich –

Sie ist doch nicht *zu jung*! Es gibt noch viel jüngere Kinder an Bord, nicht viele, aber jüngere, Kleinkinder sogar, die das Durchschnittsalter auf knapp unter siebzig senken. Also wenn du mal einen demografischen Blick in die Zukunft werfen willst, musst du nur auf ein Kreuzfahrtschiff gehen: Hier kommen auf jedes Kind circa dreißig Rentner und anderthalb späte Eltern Anfang vierzig, mich mitgerechnet, unter den Gästen wohlgemerkt. Das Servicepersonal ist durchweg Mitte zwanzig, frisch, freundlich und fit bis in die Haarspitzen, gut aussehende junge Männer und Frauen, die alle sehr überzeugend lächeln. Dabei müssten sie uns eigentlich hassen, ich jedenfalls würde uns hassen, wenn ich sie wäre und uns Ältere von vorne bis hinten bedienen müsste. –

Verloren? Im Gegenteil! Die sechs, sieben Kinder an Bord haben sich sofort gefunden und halten zusammen wie Pech und Schwefel, eine verschworene Gemeinschaft, vielleicht gerade wegen der Rentner-Übermacht. Außerdem gibt es für die paar Knirpse drei Nannys, die ständig Programm –

Du, wenn ich das vorher gewusst hätte, wäre ich mit ihr zum Paddelbootfahren in den Spreewald. Ich dachte, die Kleine und ich, wir machen mal wieder was zusammen oder machen mal nichts und sind einfach zusammen, sitzen an Deck, schauen aufs Wasser und gucken Meer. Man sollte meinen, dass man auf einem Kreuzfahrtschiff nichts anderes tut. Aber dazu kommen wir gar nicht, das haben wir überhaupt erst ein Mal geschafft, nach dem Zwischenstopp auf den Färöer-Inseln, die wir beide nicht betreten konnten, weil wir noch so groggy waren vom Schwell. Du glaubst gar nicht, wie anstrengend das ist, dieser ständige Kampf mit Händen und Füßen gegen den Kontrollverlust, dieses Zusammenkrampfen sämtlicher Eingeweide um das letzte bisschen Mageninhalt, das man der See noch nicht zurückgegeben hat. –

Also nach Rücksprache mit dem Schiffsarzt habe ich alles richtig gemacht. Wir haben unsere Kabine vorsorglich verlassen, so eine Kabine ist wirklich kein guter Ort bei Seegang, weil sie aussieht wie ein ganz normales Hotelzimmer und die menschliche Wahrnehmung so beschaffen ist, dass sie Alarm schlägt, wenn ganz normale Hotelzimmer schwanken. Zudem liegt unsere Kabine weit vorne im Bug, wo es besonders schaukelt. Deshalb bin ich mit der Kleinen *mittschiffs* gegangen, mittschiffs unten ist bei Seegang der ruhigste Platz, sozusagen der Dreh- und Angelpunkt der Wippe. Insofern kauerten wir die meiste Zeit unten in der Pianobar, ein Deck über der Krankenstation, wo leider geraucht werden darf, also in der Bar, nicht in der Station, nur falls sie sich bei dir über den Rauch beschwert, es war zur Beruhigung des Gleichgewichtssinns, wegen der Wipp… –

Nein, ich habe nicht wieder angefangen! Ich habe seit unserer Scheidung keine einzige Zigarette geraucht, obwohl es ja nun wirklich meine Sache –

Es war nur wegen der Wippbewegung, glaub mir. Ganz abgesehen davon ist die Pianobar, mittschiffs, Deck vier, keine finstere

Räucherkammer, es ist nicht der Havanna-Club, und die Lüftung funktioniert hervorragend, die beste Lüftung aller Pianobars, die ich kenne! Und gegen Abend, wenn die richtig starken Raucher kommen, bin ich mit ihr meist zum Frisör, direkt ein Deck drüber. Krankenstation, Pianobar, Bordfrisör, das ist ziemlich genau die Mittelachse vom Schiff, wo es am ruhigsten ist, aber ich kann mit ihr natürlich nicht jeden Abend –

Blonde Strähnen, wieso? –

Natürlich habe ich *Nein* gesagt oder zumindest nicht *Ja*. Ich habe ihr gesagt, was ich immer sage, wenn es um Mode geht, dass sie das mit ihrer Mutter besprechen soll, insofern –

Was heißt, ich schiebe dir den *Schwarzen Peter* zu, ich –

Ich habe überhaupt nichts erlaubt! Ich habe nur ein seekrankes Kind auf einem Frisierstuhl bei Windstärke neun nicht bei jedem Halbsatz gemaßregelt, aber *erlaubt* habe ich nichts, das würde ich nie tun, über deinen Kopf hinweg –

Dann besprich das –

Klär das bitte mit –

Sag du ihr das! –

Schatz, bitte, ich stelle mich doch nicht an der Nordspitze Islands in eine zugige Telefonzelle und diskutiere mit dir über Haare! Ich habe mir noch nie Gedanken über Haare gemacht, da werde ich in diesem gottverdammten Akureyri nicht damit anfangen –

Ich habe nicht *Schatz* gesagt, und wenn doch, dann nehme ich es zurück und behaupte das Gegenteil, aber können wir das Thema jetzt, bitte, ein für alle Mal –

Es geht ihr wieder gut, wollte ich sagen, seit wir die *Diarrhö-Inseln* verlassen haben, wie wir die Färöer nennen. Ja, wenn man sich überhaupt Gedanken machen muss, dann erst, seit es ihr besser geht. Eigentlich fing alles mit dem ersten beschwerdefreien Seevormittag an, kurz vor Island, als beinahe alles so war, wie ich es mir vorgestellt hatte. Wir saßen an Deck, in Decken gehüllt, auf komfortablen Liegestühlen unter einer sporadisch aufblitzenden Nordsonne, das Meer eisgrau, hellgrün oder einfach nur blau, sagenhaft blau. Wir hatten über ein paar Alltagsdinge geredet, ganz banaler Schiffsalltag, wann und wo wir als nächstes essen gehen wollen würden, wenn wir Appetit hätten, und welche der Bordshows am Abend interessant wären, wenn wir sie besuchen könnten. Dann tröpfelte die Unterhaltung aus, wir wurden stummer und stiller und schauten nur noch aufs Wasser. Es war wirklich genauso, wie ich es mir vorgestellt hatte, als die Kleine plötzlich aufsprang, fast zeitgleich mit der Durchsage des Kapitäns von der Brücke, vielleicht ein paar Sekunden danach, wobei sie dir gegenüber sicher behaupten wird, es sei ein paar Sekunden davor gewesen, sie will ja alles immer zuerst entdeckt haben. Jedenfalls kommt auf einmal diese Lautsprecherdurchsage: *Wal, da bläst er!* Und da gab es natürlich kein Halten mehr. Alle auf dem Schiff, nicht nur die Passagiere, auch die Stewards, das Küchenpersonal, sogar die Gäste auf dem FKK-Deck, ausnahmslos alle stürzten an die Reling! Dass wir bei der Gewichtsverlagerung nicht Schlagseite bekommen haben und gekentert sind, spricht enorm für die Schiffssicherheit, seitdem mache ich mir, was das angeht, überhaupt keine Sorgen mehr, und auch dass alle den Wal sehen wollten, ist völlig verständlich. Das Merkwürdige war nur: Alle hatten ihre Feldstecher, Fotoapparate und/oder Digi-Cams dabei, griffbereit, sogar die Nackten! Alle außer mir schienen damit gerechnet zu haben und standen im Nu dicht gedrängt an Deck. *Wal, steuerbord, auf Ein-Uhr-Position*, verkündete die Durchsage, nicht ohne Stolz, und so war es auch! Trotz des Gedränges war tatsächlich etwas zu sehen, der Blas, man nennt es *Blas*, diese Sprühwasserfontänen von Walen, wenn sie eben blasen, *Buckelwale*, wie uns die Brücke über Lautsprecher wissen ließ, sogar mehrere. Man sah auf einmal Blas im Plural, viele *Blase* oder *Blasen* oder *Blasende*, eine ganze Herde, oder sagt man *Schwarm*? Obwohl es sich ja nicht um Fische handelt, sondern um Säugetiere, und Säugetiere sind eigentlich in *Herden* unterwegs. Jedenfalls schwammen da diese enormen Tiere im Wasser, mit ihrem enormen Ausstoß von Luft, ihren enormen Schwanzflossen und diesen schwarz glänzenden Walrücken, die aus der Tiefe auftauchen wie Berge. Es war –

Faszinierend ist gar kein Ausdruck, die Kleine war ganz aus dem Häuschen, alle waren aus dem Häuschen. Es ist wirklich ein Erlebnis, diese Giganten vor sich zu sehen, auf freier Wild- und Wasserbahn, zu wissen, sie sind gar nicht so weit entfernt, sie sind sogar ziemlich nah –

Aber gut, man muss es erlebt haben, nehme ich an, sonst –

Ich hätte selbst nicht gedacht, dass es mich so faszinieren würde, aber Wale faszinieren, glaube ich, jeden, vorausgesetzt, man ist dabei gewesen und muss sich nicht die Fotos angucken. Ich habe drei Schwanzflossen und zweieinhalb Walrücken gesehen und ganz viel Blas, so viel Blas, dass es schon fast nichts Besonderes mehr war, dass es blies oder er oder sie bliesen, aber wir konnten uns trotzdem nicht losreißen von dem Anblick, die Kleine und ich, sondern haben der Herde hinterhergestarrt, ihren Blas-Wolken nach, immer weiter. Der Kapitän hatte sogar etwas Fahrt aus dem Schiff genommen und beigedreht, um uns noch möglichst lange die Aussicht auf die Walherde zu ermöglichen, die sich abweichend von unserem Kurs in nordöstliche Richtung verabschiedete. Man sagt auf See übrigens *nordööstlich*, mit ganz langem Ö, warum, weiß ich auch nicht, vielleicht weil, je länger das Ö, desto östlicher, ich weiß es wirklich nicht. Aber der Kleinen stand noch der Mund offen vor Verzückung und mir auch, während der Blas schon am dunstigen Horizont, ich sag mal, verblasste. Dann plötzlich rief jemand direkt neben uns, gar nicht zu mir oder zu irgendwem, sondern nur so aus tiefstem Herzen: *Endlich ein Highlight!* –

Endlich ein Highlight? Ich weiß gar nicht, was mich mehr erschüttert hat, das *endlich* oder das *Highlight*, aber meine ganze kindliche oder ko-kindliche Begeisterung war mit einem Schlag weg! Bis zu diesem Zeitpunkt hatte ich nicht einmal geahnt, dass wir darauf warteten, dass wir es dringend erwarteten, dieses Highlight, dass es überhaupt darum ging, auf dieser Reise irgendwelche Highlights zu erleben. Ich hätte mir niemals träumen lassen, dass wir uns sozusagen auf einer Meeres-Großwild-Safari befanden, auf Highlight-Jagd, aber weder unsere Tochter noch die Umstehenden wunderten sich darüber. Im Gegenteil, sie schienen dem *Endlich-ein-Highlight*-Ausrufer mehr oder weniger beizupflichten, offenbar hatte er nur zum Ausdruck oder Ausruf gebracht, was alle dachten oder fühlten. Deshalb waren sie so gut vorbereitet, deshalb sah es so aus, als hätten sie damit gerechnet, weil sie es nicht erst jetzt, sondern schon viel früher erwartet hatten, weil der Wal samt Blas und Flossen längst überfällig war, aus ihrer Sicht. Nur ich hatte völlig ahnungslos einfach aufs Meer geschaut, alle anderen waren in gespannter Highlight-Erwartung gewesen. Sie hatten auf dieser Reise das Highlight gebucht und gesucht, es stand ihnen zu. Und so war auch das Verlangsamen des Schiffs und das Beidrehen keine impulsive, Wal-affine Geste des Kapitäns gewesen, sondern der Versuch einer Befriedigung dieses Anspruchs, eine Entschädigung für die lange Wartezeit, es war reine Kulanz! Und alle schienen das ganz selbstverständlich zu finden, das Mindeste eigentlich, ja, der Einzige, der nicht verstanden hatte, worum es auf diesem Schiff wirklich geht, war wieder mal ich. Ich bin der Geisterfahrer dieser Kreuzfahrt! –

Nein, sie nicht, das ist ja das Traurige! Unsere Tochter, deswegen erzähle ich es dir, fährt in die andere Richtung, mit dem Strom. Wir sind gar nicht auf derselben Reise, zumindest nicht, seit sie das Unterhaltungsprogramm im Kids-Club *durchzieht* und mit ihrer Clique abends die Decks unsicher macht. Sie findet, das Schiff hier muss ihr etwas bieten, das Meer muss ihr etwas bieten, die Natur, die Tierwelt, die Welt überhaupt, ich muss ihr etwas bieten! –

Gut, vielleicht hätte mir das klar sein müssen, war es aber nicht. Wenn man seine Tochter nur jedes zweite Wochenende sieht, ist einem das nicht klar. Am Wochenende, vor allem wenn es nur jedes zweite ist, versteht es sich, dass man seinem Kind etwas bieten will, Kirmes, Zirkus, Halligalli. Jedes zweite Wochenende heißt ja gerade, dass man keinen Alltag miteinander hat, sondern praktisch nur Ferien, Ausnahmezustand. Aber ich wusste eben nicht, entschuldige, dass ich das erst jetzt kapiere, dass es für sie überhaupt gar keinen Alltag gibt, dass so etwas wie Alltag, falls es mal dazu kommen sollte, eine Zumutung für sie darstellt und dass sie der Meinung ist, das Leben schulde ihr lauter Wale. –

Dann ist es eben *naiv* zu glauben, man könne mit seinem Kind zusammen sein, ohne Programm zu machen. Aber genau das habe ich mir vorgestellt, das war der Grund für diese Reise, die, naiv gesprochen, *Utopie*, dass es anders als an jedem zweiten Wochenende mal zwei Wochen lang kein Programm geben muss! Ein Irrtum, sicher, eine Irrfahrt, meine Irrfahrt, wie ich inzwischen eingesehen habe. Offenbar muss immer etwas los sein, offenbar kann man nicht einfach vierzehn Tage lang aufs Wasser schauen und die Weite genießen, die Ereignislosigkeit in ihrer schönsten Form, und froh sein, dass man auf dem Meer dem Highlight, dem Unterhaltungszwang entronnen ist für ein paar blaue Tage –

Aber es fängt schon damit an, dass ich mit ihr nicht einmal schlicht zu Abend essen kann! Dass uns zum Abendessen eine *Erlebnisküche* erwartet und von den Gästen erwartet wird, wobei eine natürlich nicht reicht. Es müssen mehrere sein, damit man immer wieder neu zwischen verschiedenen Erlebnisrestaurants und Restauranterlebnissen wählen kann, die einem alle etwas bieten, die sich gegenseitig geradezu *über*bieten und allabendlich in einen kulinarischen Erlebniswettbewerb eintreten mit Speisekarten, die Gedichten gleichen, von denen man nur jedes zweite Wort versteht, Geniestreiche mit dem Kochlöffel, das ist doch furchtbar! –

Ich beschwere mich ja gar nicht, es ist toll, es ist großartig, es ist eine ganz neue Dimension von *furchtbar*, weil der Reiseveranstalter für alles gesorgt hat, auch dafür, dass man sich gar nicht beschweren kann. Er übertrifft alle Erwartungen, wobei auch dieses Übertreffen aller Erwartungen längst zur Erwartung geworden ist. Auch das muss er noch toppen durch eine groß angelegte Überwältigungsoffensive von Sensationen aller Art, die das Meer natürlich nicht zu bieten hat, die der Veranstalter aus Bordmitteln aufbringen muss, um jede Ahnung von Langeweile, jede Bedingung der Möglichkeit von Nörgelei auszumerzen und auf keinen Fall den Eindruck von Eintönigkeit zu erwecken. Eintönigkeit ist das Tabu, die touristische Todsünde! Was zum Problem werden kann, wenn man den Atlantik Richtung Norden hochfährt, über den Polarkreis hinaus, und sich auf die Reise ins Nichts begibt, in die Eintönigkeit schlechthin. Aber glaubst du, irgendwer stellt sich an Deck und erhebt Eintönigkeitsanspruch? Alle ohne Ausnahme wollen unterhalten werden, auf Highlight-Niveau. Dabei hätte ich mir nichts mehr gewünscht als Ruhe, einmal in Ruhe mit meiner Tochter –

Das ist doch nicht *geriatrisch*, da täuschst du dich! Kein Rentner will heute mehr seine Ruhe, Rentner, die ihre Ruhe haben wollen, sind Vergangenheit. Geriatrie hier an Bord ist auch nur eine Form der Bespaßung, die übrigens so perfekt organisiert ist, dass sich die Generationen kaum begegnen. *Achtern*, im hintersten Teil des Schiffes, werden die Kinder bespaßt, im Rest des Schiffes die Greise, jeder nach seiner Fasson, von Bingo bis zum Expertenvortrag, vom Tanztee bis zur Danceshow, deren Choreografien so anspruchsvoll sind, dass es an ein Wunder grenzt, wie bei dem Seegang –

Nein, niemand wird mehr seekrank, aber inzwischen sehne ich mich fast danach! Unsere Übelkeit war wenigstens echt, es ging uns wenigstens wirklich schlecht. Jetzt sitzt die Kleine in der Programmfalle, ich sitze in der Programmfalle mit ihr, und auch die Alten sitzen drin, im anderen Teil des Schiffes, und wanken so lange von einem Highlight zum nächsten, bis sie tot umfallen. Es geht um nichts mehr, nur noch darum, möglichst viel geboten zu bekommen in diesem Leben, den maximalen Spaß zu haben, die unterhaltsamste aller möglichen Zeiten auf Erden. Und weißt du, wer mir dabei am meisten leidtut? Die Erde selbst, die uns aushalten muss, die armen Inseln, die wir ansteuern mit unseren Kamerageschwadern, die Meere, die wir mit unsern Anspruchsblicken mustern auf der Suche nach einem Meer-Event, immer mit der Frage: Was hast du uns zu bieten? Insofern –

Insofern, pardon, muss ich Abbitte leisten bei den Färöern und ihren Inseln für meine Ignoranz und Arroganz. Ich bitte ernsthaft und unironisch um Verzeihung dafür, dass ich dieses sicherlich sehenswerte Fleckchen Erde nicht gebührend gewürdigt habe, und ich kann zu meiner Verteidigung nur sagen, dass ich es auch nicht gebührend gewürdigt hätte, wenn ich von Bord gegangen wäre. Ich müsste noch mehr Abbitte leisten, wenn ich meinen Fuß an Land gesetzt hätte, denn so viel ist sicher, dass die Färöer meinen Fußabdruck zu ihrer Schönheit und Würde nicht brauchen. Sie haben Besseres verdient als mein orientierungsloses Herumgelatsche auf Straßen und Pfaden, deren Bestimmung ich nicht kenne, mein unbefugtes Betreten von Flora und Fauna zwecks Foto-Posing, meine sinnfreien Kommentare über Gärten und Häuser wie *pittoresk* oder *urig*, Vergleiche wie *Bullerbü*, *Schwedenrot* oder *Ikea*, obwohl die Färöer laut Bordinformationsbroschüre zu Dänemark gehören und ihnen so viel Ahnungslosigkeit eher die *Dänenröte* ins Gesicht treiben dürfte. Insofern ist mein Nichtbetreten der Färöer noch das Beste, was ihnen passieren konnte. Entschuldigung, trotzdem. –

Nein, warte, Moment! Es war nicht dasselbe mit Reykjavík, es ist überhaupt nicht *immer dasselbe*! Reykjavík habe ich sehr wohl betreten, zusammen mit unserer Kleinen, ihre ganz schön groß gewordenen Füße neben meinen auf dem Boden von Islands Hauptstadt, allerdings nur, um sie sogleich wieder in einen Bus zu setzen, für eine *guided tour* zu den Highlights der Insel mit ihren Vulkankratern, Lavafeldern, Geysiren und kochend heißen Quellen. Interessant das alles, die Mondlandschaften und Gesteinsschichten verschiedensten Alters, der jahrhundertewährende Kampf der Moose und Flechten ums Überleben auf verkarsteten Felsen und bizarrem Geröll, dieses Gefühl, dass der Boden in Island keineswegs fest ist, sondern sich jederzeit wieder in Lava und zischendes Wasser verflüssigen könnte, hochinteressant. Aber eigentlich ist all das Wissenswerte und Sehenswürdige, das Island zu bieten hat, ein großer Bluff. Denn wenn man ehrlich ist, bezeugen die spärlichen Mooskrümelchen und Aschereste das genaue Gegenteil, dass die Insel eben nichts zu bieten hat, nicht einmal Nahrung für die genügsamste und primitivste Vegetation dieser Erde. Islands Natur, soweit vorhanden, ist nicht nur eine Herausforderung an die Überlebensfähigkeit und Kreativität ihrer wenigen Bewohner, sie ist vor allem eine Herausforderung an die Kreativität und Überlebensfähigkeit der Touristenführer, weil sie sich eigentlich verweigert, mit vulkanischer Schroffheit. Sie will nicht schön sein, nicht grün, nicht einladend, sondern so, wie sie ist, steinig, grau, karg, mit einem Wort *sehensunwürdig*. Und es gibt wahrlich leichtere Übungen, als sich vor ein nach Schwefel und faulen Eiern stinkendes, blubberndes Erdloch zu stellen und es einer Busladung deutscher Touristen als Attraktion zu verkaufen. –

Also sie hat jetzt nicht direkt gesagt, wie sie das fand. Wir hatten aber auch kaum Gelegenheit, miteinander zu sprechen, die meiste Zeit hat der Touristenführer geredet und uns über Buslautsprecher erklärt, wie alt dieses oder jenes Lavafeld ist. Dann war *Landgangsende*, und wir mussten wieder an Bord zum Ablegen, um planmäßig heute Morgen hier festzumachen, auf der Nordseite Islands, in Akureyri –

Keine Angst, über Akureyri sage ich nichts, außer dass ich beschlossen habe, auf eine *guided tour* zu verzichten, und jetzt zur Strafe mit Kind dumm in der Gegend herumstehe, noch dazu dank Schiffsparka für jeden Einheimischen als Tourist erkennbar. Immerhin, es tut gut, mal wieder ein paar Meter auf festem Boden zu gehen, ohne in einer Reisegruppe mitzutrotten, auch wenn unser Bewegungsradius auf Bordausmaße zusammengeschnurrt ist. Wir haben es gerade einmal den kleinen Hügel hoch bis zum Dom geschafft, einem ganz schön ambitionierten Neubau mit einer gletscherkantenartigen, flachen Front in Betongrau. –

Nein, ich fange jetzt nicht an, mich auch noch für Kirchen zu interessieren, aber die Kleine ist kurz reingegangen, beten. –

Was weiß ich, *warum*. Ich dachte, du wüsstest vielleicht –

Ach, *worum*? Darf man das bei Gebeten denn verraten, oder gehen sie dann nicht in Erfüll… –

Sie hat es mir nicht gesagt! Aber ich hoffe, sie bittet Gott nicht um meinen sofortigen Tod durch Blitzschlag, weil ich es gewagt habe, sie heute nicht zum Kinderausflug anzumelden. Ich wollte einfach nicht, dass wir schon wieder im touristischen Vollwaschprogramm mitrotieren und –

Soweit ich weiß, fahren die Nannys mit der restlichen Kinderclique zu irgendwelchen Wasserfällen in den Bergen, also Schmelzwasser, das auf sehenswürdige Weise irgendwo runterfällt, aber ich habe eisern *Nein* gesagt, trotz Bettelei und Schmollattacken, weil wir sonst nie dazu kommen, einmal in Ruhe mit Mama zu telefonieren. –

Natürlich habe ich ihr das so gesagt, es –

Ich schiebe dich nicht vor, du *bist* der Grund! Du machst dir kein Bild davon, wie straff das Unterhaltungsprogramm hier organisiert ist, da bleibt keine Lücke. –

Nein, auf See kann man nicht telefonieren! Ich hab's ja versucht, das heißt, unser Tischnachbar hat es versucht, ein Unternehmensberater, der von seinem Handy buchstäblich lebt, *vom Handy in den Mund*, wie er immer sagt –

Nicht witzig, stimmt. Aber er kennt sich aus und meinte, jenseits der Drei-oder-so-Meilen-Zone liefe die Telekommunikation über See-Satellit, und das könne man total vergessen, schweineteuer, und man würde kein Wort verstehen, von daher habe ich mein Handy gar nicht erst einge… –

Du, er berät Unternehmen im Hightech-Bereich, Riesenfirmen. Wenn er sagt, die Verbindung sei schlechter als bei einem *Dosentelefon*, wenn er mir den Tipp gibt, kostenlos, wird es schon stimmen! Aber egal, wir haben uns ja jetzt –

Erreicht, wie gesagt, ich sage doch nur –

Nein, nein, wir können reden. Der Apparat hier akzeptiert meine Kreditkarte, und die Kleine ist noch immer am Beten oder zumindest im Dom –

Vielleicht hat der Bordgeistliche sie beeindruckt. –

Natürlich, an Bord gibt es alles, also auch einen Geistlichen. Ich nehme mal an, für den Fall, dass der Schiffsarzt nicht mehr helfen kann. Ja, wir befinden uns auf christlicher Seefahrt, auch wenn wir Tonnen von Ruß rausblasen in Gottes zerbrechliche Schöpfung –

Soll ich sie holen? –

Es ist eine ganz normale Kirche, keine *Sekte*, aber wenn du willst, hole ich sie auf der Stelle da raus, ein Wort genügt. Ich will nur nicht, dass sie mir wieder eine Szene macht, schon gar nicht in einem Gotteshaus am nördlichsten Rand der Christianisierung –

Wieder eine Szene, weil sie weiß, dass sie sich beim Essen in Gegenwart der älteren Herrschaften an Bord benehmen muss, aber sie weiß auch, dass ich nichts machen kann, dass es nicht ihr Problem ist, sondern meins, wenn sie mir nicht gehorcht, denn im Gegensatz zu ihr schrecke ich vor dem großen öffentlichen Auftritt zurück. –

Natürlich weiß sie das! Sie weiß das ganz genau und nutzt es aus, dass sie die Bühne hat und das Publikum! Schließlich gehört das Restaurant, gehören die Restaurants zu den wenigen Orten, an denen sich die Generationen nicht perfekt voneinander trennen und isolieren lassen, obwohl es programmgemäß ein Kids-Dinner gibt in ausgewiesenen Restaurantbereichen, wo die Kleinen zu vorgezogener Stunde abgespeist werden, sodass die voll zahlenden Gäste möglichst wenig von ihnen sehen und vor allem hören müssen. Insofern wird den vereinzelten Eltern auf jede erdenkliche Weise geholfen, etwaige Belästigungen durch Kinderlachen oder Geschrei, mangelnde Tischmanieren oder Herumgerenne zu vermeiden. Und das klappt, es klappt so hervorragend, dass mir sogar der eine oder andere Mitreisende großväterlich auf die Schulter klopft und sagt, *Ihre Kleine ist aber brav, man kriegt ja von ihr überhaupt nichts mit!* Und das ist ein Lob, ein Riesenkompliment: das unsichtbare, unhörbare Kind! Mal abgesehen davon, dass es nicht stimmt. Sie ist nicht unsichtbar, sie ist auch nicht brav, ganz und gar nicht. Es fällt nur nicht auf, weil sie sich die meiste Zeit in Kinder-Quarantäne unter Deck befindet, im Kids-Quarantäne-Club. Aber genauso funktioniert das Mehr-Generationen-Schiff von heute! Man amüsiert sich aneinander vorbei. –

Sie leidet ja gar nicht darunter, ihr *gefällt* das! Es ist mein Problem, dass ich mich eben nicht glücklich schätze, meine Tochter los zu sein, dass es für mich nicht der Inbegriff von Luxus ist, ein Kind zu haben, mit dem ich mich nicht beschäftigen muss. Ich –

Das geht doch gar nicht *gegen dich*! Es geht auch nicht gegen das Schiff oder den Reiseveranstalter. Es geht darum, dass so eine Kreuzfahrt gewisse Bedürfnisse befriedigt, die Wunschträume und Glücksvorstellungen mit Kaufkraft. Diese Träume sind das Erschreckende, und der Albtraum an Bord besteht nur darin, dass sie in Erfüllung gehen, in aller Perfektion und Perversion. Dieses Schiff ist eine einzige große Glaskugel, und das Erste, was du siehst, ist, dass die Kinder verschwinden, dass sie unsichtbar werden, so wie wir es insgeheim immer gewollt, aber nie zu sagen gewagt haben. Wir reden dauernd davon, dass Kinder die Zukunft sind, aber wir wollen bitte schön nicht, dass sie uns an unserem Leben hindern, dass sie uns in die Quere kommen! Und genau das kannst du hier ungeniert genießen. Hier bekommst du, bestens bekocht und gut unterhalten, deine allergeheimste Sehnsucht serviert: kinderfreie Bahn! –

Natürlich nicht *du persönlich*, das war –

Das war ein *allgemeines Du*! –

Verstehst du denn nicht? Es ist ein Spiegel! Ein Spiegel der … ich will jetzt nicht *Gesellschaft* sagen, aber du musst doch zugeben, dass für viele Eltern oder zumindest für einige das wegorganisierte, wohlentsorgte Kind keine Horrorvorstellung ist. Und was mir neu war, was ich erst auf dieser Reise wirklich begreife: Für die Generation der Großeltern gilt das genauso. Nicht nur wir, die karrieregestressten Älteren, sondern auch die Alten und Steinalten mit viel Zeit und Geld, auch sie wollen nur virtuellen Nachwuchs. Sie mögen ihre Enkelkinder am liebsten in Form von Fotos, die keinen Lärm und Dreck machen, iPad-Enkel, die man vorzeigen kann, ohne seine Abendgarderobe zu ruinieren, weil auch sie, die ganz Alten, ihren Lebensabend uneingeschränkt genießen wollen, ihr permanentes Lebensabenteuer. Verstehst du? Familie, dieser ganze Fortpflanzungsverbund zwischen den Generationen, existiert bloß noch als nostalgische Anwandlung, in Wahrheit interessiert sich jeder nur für sein eigenes bisschen Leben! –

Die Kinder? Also ich wüsste jetzt nicht, woher die Hoffnung nehmen, dass sie es einmal besser machen. Wie auch, wenn sie lauter Alte erleben, denen es zu anstrengend ist, Großeltern zu sein, lauter Eltern und Elternteile, denen es zu anstrengend ist, den Tag mit ihnen zu verbringen. Ich meine, außer Nannys, Lehrern, Babysittern, die dafür bezahlt werden, sehen sie nur Erwachsene, die lieber mit ihresgleichen den Interessen von ihresgleichen nachgehen, da ist es doch kein Wunder, dass auch sie lieber unter sich sind und uns ausblenden aus ihrer Welt. Und genau das hat der Veranstalter erkannt. Er hat unsere Träume analysiert und sein Angebot optimal darauf zugeschnitten: für jede Altersstufe ein eigenes Programm, für jede Zielgruppe ein eigener Club, alle Gleichaltrigen unter sich, die vollkommene Segregation der Generationen und von daher –

Keine Konflikte! Nein, wirklich, glaub mir: keine Generationenvermischung, keine Konflikte! Es funktioniert bestens! Es ist die perfekte –

Absolute Harmonie! –

Nein, ich bin nicht *wütend*, ich bin traurig, tieftraurig, weil –

Es *ist* traurig, aber keiner merkt's, alle amüsieren sich bestens, unsere Tochter mit eingeschlossen. Insofern bin ich ganz froh, dass sie betet, wenn sie denn betet. Wenigstens hält sie sich ausnahmsweise in einem Raum auf, in dem es nicht darum geht, bespaßt zu werden. Aber ich kann sie natürlich aus der Kirche rausholen, wenn du –

Wenn du wüsstest, wie ich darum kämpfen muss, dass sie mit mir zum Abendessen geht anstatt zum tausendmal lustigeren Kids-Dinner! Und wenn wir nach langem Tauziehen endlich im Restaurant Platz genommen haben, dann fängt der Kampf erst richtig an. Das davor war nur Geplänkel hinter den Kulissen, jetzt sind wir im vollen Licht, im Fokus der kritischen Öffentlichkeit, weil ich es gewagt habe, gegen den heiligen Grundsatz der Generationentrennung zu verstoßen, und meine Tochter an einen Erwachsenentisch mitgenommen habe. Und natürlich benimmt sie sich daneben. Natürlich tut sie nicht, was ich sage. Sie sitzt nicht still, sie ist nicht leise, sie mlanscht, kleckert und spielt mit dem Essen, steht mittendrin auf, rennt herum, nölt, kichert, zeigt mit nacktem Finger auf angezogene Leute, und ich kann es ihr nicht mal verübeln, weil es genau das ist, was die übrigen Gäste von ihr erwarten. Sie bekommen von ihr genau das, was sie kommen sehen, wenn ich mit Kind den Saal betrete. –

Nein, ich glaube nicht, dass sie das gerade beichtet. Sie hat ja überhaupt nicht das Gefühl, etwas Falsches zu tun, gar kein Unrechtsbewusstsein, woher auch? Sie verhält sich vollkommen *erwartungskonform*. Der Einzige, der das nicht tut, bin ich. Ich versuche, eben nicht laut zu werden, nicht die Geduld zu verlieren, und das sorgt für mehr Empörung als alles andere. In Wahrheit bin ich derjenige, der sich danebenbenimmt, weil ich eben nicht mit der Faust auf den Tisch haue und ein schreiendes, zappelndes Kind aus dem Saal schleife wie zum Beweis für die Unverträglichkeit der Generationen. Mein Nichteinschreiten ist viel schlimmer als das ganze Theater, das die Kleine veranstaltet, weil ich dem abgeneigten Zuschauer das dicke Ende vorenthalte, das reinigende Gewitter zum Schluss. Ich setze die Logik von Übertretung und Strafe außer Kraft, die Rache des Alters an denen, die uns sonst auf der Nase herumtanzen. Ich halte mich zurück, obwohl an den Tischen ringsum vermutlich schon Wetten abgeschlossen werden, wann ich endlich rotsehe. Doch noch ist es nicht so weit, noch immer nicht! Ich bleibe ganz ruhig und lächle freundlich über das wachsende Unverständnis hinweg, aber du glaubst nicht, wie zermürbend das ist. –

Oder wenn es jemand glaubt, dann du, aber –

Ich bin manchmal so müde, ehrlich. Nach dem Essen schäle ich mich schweißgebadet aus meinem Anzug, lese der Kleinen etwas vor und schlafe mittendrin ein. Ich habe es noch zu keiner After-Dinner-Gala geschafft. Und wenn sich die Rentner am nächsten Morgen beim Frühstücksbüfett über wilde Tanznummern und Showeinlagen unterhalten, komme ich mir vor wie ein Teenager, der immer schon ins Bett muss, bevor die Party richtig losgeht. Ich –

Ausgeschlossen! *Zurückfliegen* kommt nicht in Frage, das wäre eine solche Niederlage. –

Nicht, dass ich mit dem Gedanken nicht spielen würde. Nicht, dass ich die nächsten Flughäfen nicht schon gegoogelt hätte. Ich habe richtig Heimweh, glaub mir, Heimweh nach Normalität! Aber der Kleinen gefällt's auf dem Schiff, sie genießt es und würde überhaupt nicht verstehen, warum –

Nein, es geht nicht. Das kann ich ihr nicht antun. Für sie würde eine Welt zusammenbrechen, eine künstliche, künstlich heile und unterhaltsame Welt, aber, nein –

Dann sag du ihr das! Dann musst du es ihr ausreden und sie zur Heimreise zwingen, ich kann das nicht. –

Was heißt *fein raus*? Ich muss da durch und gute Miene machen, ihr zuliebe. Aber wenn du es ihr verbieten willst, bitte, mit dem größten Vergnügen. Warte, einen Moment, ich geb sie dir.

Isfjord bei Longyearbyen/Spitzbergen,
9. Juli, 7.34 h (UTC + 2), zweiter Anruf

Ich bin's, bist du schon wach? –

Entschuldige, ich wollte dich nicht –

Euch nicht, Entschuldigung, das ist jetzt peinlich, ich –

Ich würde ja später noch mal anrufen, aber das Handy –

Doch, mobil, aber das Handy ist nicht meins, sondern das von dem Unternehmensberater, von dem ich –

Es hat irgendwelche Spezialfunktionen, Sonder-Apps für ausländische Netze, und wir –

Wir sind gerade innerhalb der Drei-Meilen-Zone von –

Wir sind nicht weit von Longyearbyen, der Hauptstadt von Spitzbergen, die Metropole hier mit zweitausend Einwohnern. –

Ich mach's ganz kurz, oder habt ihr gerade Wichtigeres –

Ich frag ja nur. –

In einem Fjord, dem Eisfjord oder *Isfjord*, also Land in Sicht, links und rechts, Fjorde sind ja so Schneisen, verstehst du, Wasserschneisen, die ins Festland hineinschneiden oder zwischen Inselgruppen hindurch. –

Wann warst du denn in Schweden? –

Ach, *er* ist Schwede? –

Oder war lange in Schweden, schön für ihn. Wir waren gestern in Ny-Ålesund, dem letzten Stützpunkt, muss man fast sagen, vorm Nordpol, ein paar Hütten, eine Wetterstation, das nördlichste Postamt der Welt und Bärenwächter zu beiden Seiten. Das ist schon was anderes als Stockholm und Umgebung und gehört übrigens zu Norwegen –

Bärenwächter oder *Ranger*, die in der Kälte stehen, Gewehr über der Schulter, Feldstecher in der Hand. Sie halten nach Eisbären Ausschau, damit die putzigen Tierchen nicht über Gruppen von deutschen Wohlstandsrentnern herfallen, die nicht mehr ganz so gut zu Fuß –

Ja, man glaubt das nicht wegen *Knut*, Gott hab ihn selig, aber Eisbären sind mit Abstand die gefährlichsten und gefräßigsten Landraubtiere, viel gefährlicher als Löwen oder Tiger, und die Eisbären in Spitzbergen sind besonders hungrig, weil, ist ja klar, außer Robben, Huskys und gelegentlich Menschen gibt's hier nicht viel. –

Doch, wir haben einen gesehen! Dreitausendfünfhundert sollen es hier sein, insgesamt, also die größte Bevölkerungsgruppe, und einen haben wir tatsächlich gesehen auf einer Landzunge, vom Schiff aus. Er kam gerade vom Schwimmen, tapste aus dem Wasser, schüttelte sich ein paar Mal und trottete dann über die Felsen davon. Noch ein Highlight, allerdings mit bloßem Auge kaum zu erkennen, ein schmutzig beiger Fellfleck vor schwarzgrauem Gestein: unser erster Eisbär in der Arktis, vor schätzungsweise hundertfünfzig Teleobjektiven mit klackernden Verschlussblenden, dazu die Kapitänsdurchsagen von der Brücke: *Das Tier bewegt sich jetzt von der Zehn-Uhr-Position landeinwärts gegen elf!* –

Nein, die Kleine hat ihn nicht als Erste entdeckt, aber gesehen bis zuletzt, behauptet sie. Sie saß die ganze Zeit auf meinen Schultern mit einem Fernglas von der Rezeption und stimmte in die immer wieder anhebenden Zuschauerchöre mit ein, *da, da, jetzt, jetzt, guck mal, guck mal*! Aber ein bisschen enttäuschend war es schon. *Im Zoo ist man näher dran*, fand sie, und ich musste ihr recht geben. –

Tut mir leid, ich langweile dich. Oder ihn … –

Schon gut, schon gut! Ich erwähne ihn nie wieder, also ich meine jetzt nicht den Eisbären, sondern –

Er war sowieso eine Enttäuschung, im Grunde, der Eisbär. Aber die Huskys hat sie geliebt! In Ny-Ålesund gibt es neben Hütten, Postamt, Wetterstation einen riesigen Husky-Zwinger, und wenn man davorsteht, fangen sie an zu heulen wie Wölfe. Sie heulen dich an wie den Mond, das ist schon eine Art Empfang. Allerdings stinken sie bestialisch. Je wärmer es wird, desto mehr stinken sie, und als wir davorstanden, war es knapp über null, also richtig sommerlich, und der Gestank –

Jedenfalls versteht man, warum Huskys meist nur bei arktischen Temperaturen zum Einsatz kommen, wobei hier praktisch jede Temperatur arktisch ist, wir sind schließlich in der Arktis. –

Oder war dein Schwede da etwa auch schon? –

Entschuldigung! Nein, ich höre jetzt wirklich auf. –

Also die Arktis ist schon imposant, und Eis gibt es auch noch, zumindest hier auf dem Isfjord: ein Gletscher neben dem anderen, eine regelrechte Gletscherparade, wobei Gletscher ja nichts anderes sind als gefrorene Flüsse, zu Eis erstarrt auf ihrem Weg ins Meer, Süßwasser übrigens, wenn sie schmelzen, und die meisten schmelzen gewaltig. Wenn du mit dem *Zodiac* nah heranfährst, so einem

Schlauchboot zu Expeditionszwecken, und den Motor ausmachst, dann kannst du das Eis flüstern hören. Ja, es taut hier oben auf dem Globus, das ist kein Geheimnis. Es gibt nur noch wenige *nährende Gletscher*, die zunehmen, fast alle sind *zehrende Gletscher*, die bröckeln und brechen, manchmal mit rollendem Donner, aber meist knisternd und knackend wie ein herunterbrennendes Feuer, das allmählich die Farbe wechselt. Es färbt sich blau, das Eis hier, so ein ganz besonderes Blau, das es sonst nirgendwo gibt auf der Welt, am ehesten, weißt du noch, wie die Kühlpacks früher in unserer Gefriertruhe, ein unnatürliches, künstlich leuchtendes Blau, das immer dunkler und tintiger wird, je mehr es sich dem Wasser nähert. Und wenn man sich hier so umschaut, ist das gerade die Farbe von fast allem, der gesamten Arktis, ein letztes Fluoreszieren im Moment ihres Verschwindens. Es –

Es ist *unheimlich*, sehr sogar, vor unbekannten Küsten zu kreuzen, an neuen Ufern vorbeizuziehen, geräuschlos und wie in Zeitlupe, nur wenige hundert Meter von Felswänden und Inselbuckeln entfernt, die auf keiner Seekarte verzeichnet sind, weil bis vor Kurzem hier noch Gletscher war und alles unter einer dicken Eisschicht begraben lag. Es ist *gespenstisch*, dieser Anblick von Eis- und Gesteinsformationen, die vor uns noch kein Mensch so gesehen hat und nach uns kaum einer so sehen wird, weil sich die Gletscher zurückziehen und das, was eben noch unverrückbar schien, in wunderlichen Eisskulpturen, Eisschollen und Würfeln vor uns im Wasser treibt. Es ist vollkommen *unwirklich*, hier zu sein, mitten in dem fantastischen Untergang dieser Welt, die so reich ist an Formen, Gestalten, dass sich selbst das Sterben traumwandlerisch und in Schönheit vollzieht und dem Leben ähnelt, einem großen arktischen Frühling, während es doch das Ende ist. Und du weißt es. Du weißt, du bist nicht nur der Betrachter der Katastrophe, sondern auch ihr Verursacher, du weißt, dass du zerstörst, indem du siehst. Aber du glaubst es nicht. Und das ist das Seltsamste, dass du nicht glaubst, was du weißt, dass wir alle nicht glauben, was wir wissen. Wir sehen das Meer und das Eis, und wir glauben, es ist ewig und unverwundbar, obwohl wir wissen –

Du hast recht. Ich bin auf der falschen Reise, um so zu reden. Ich bin auf der *Titanic 2.0,* und diesmal sind es die Eisberge, die untergehen. –

Bist du jetzt allein? –

Ich weiß, es geht mich nichts an, aber man möchte doch wissen, wer mithört heutzutage. –

Ich hätte dich ja von Ny-Ålesund angerufen. Nur dort gab es dummerweise keine Telefonzelle, und der Unternehmensberater muss gerade per Ferndiagnose von Spitzbergen aus den letzten deutschen Fernsehgerätehersteller retten, von daher braucht er sein Handy die meiste Zeit selbst. –

Nein, im Moment sitzt er beim Frühstück im Restaurant, da herrscht Handyverbot. –

Sie? Schläft noch, wir –

Wir sind ein bisschen aus dem Takt gekommen, aus unserem gewohnten Rhythmus, wie das so ist in den Ferien. Da es hier oben nicht richtig dunkel wird, kriege ich die Kleine abends nur schwer ins Bett und morgens nicht so leicht wieder raus, denn leider wird es auch nicht richtig hell. Es ist sehr nebelig und stark bewölkt, tief bewölkt! Wir schrammen mit unserm Schornstein praktisch die Wolkendecke und sehen die Bergspitzen kaum, denen dieser Archipel seinen Namen verdankt. Aber ein paar Wolken weniger, und wir könnten uns so zwischen drei und vier Uhr morgens die Sonnen-Nichtuntergänge angucken. Soll ganz eindrucksvoll sein, wie sich der orangegelbe Feuerball immer weiter der Wasserkante nähert und dann wie ein Ballon wieder aufsteigt, sagen zumindest diejenigen, die schon öfter mit diesem Schiff gefahren sind. –

Nein, das sind die meisten! Die allermeisten Kreuzfahrer sind Wiederholungstäter, als *Erstfahrer* sind wir klar in der Minderheit, und so langsam fange ich an, das zu verstehen. Sie hat schon was, diese schwimmende Traumwelt, etwas Extravagantes, sicher, aber sie zieht dich rein, zieht dich in ihren Bann, und all der Luxus, die vielen, vielen Annehmlichkeiten erscheinen dir schon nach kurzer Zeit selbstverständlich, so korrumpierbar ist der Mensch, die menschliche Natur, mal abgesehen davon, dass man mit keinem anderen Verkehrsmittel so bequem an Orte kommt, an die man sonst nie kommen würde. Es ist schon verrückt, dass man mit dem Schiff fast bis an den Nordpol reisen kann, ohne seine Suite zu verlassen. –

Nein, ich –

Ich habe meine Meinung überhaupt nicht geändert, ich sage ja nicht, dass es richtig ist, ich habe nur beschlossen, meinen Widerstand dagegen –

Nicht *aufzugeben*, nein, sondern *auszusetzen*, vorübergehend, es –

Es hat doch keinen Sinn, die ganze Zeit so zu tun, als säße man nicht mit den anderen im selben Boot, obwohl man für dasselbe Boot bezahlt hat. Irgendwann kommt der Punkt, an dem man diese Ohne-mich-Attitüde nicht mehr aufrechterhalten kann. Es ist so unentspannt, so besserwisserisch, so dermaßen unsympathisch. –

Doch, *sympathisch* ist eine moralische Kategorie, keine lupenreine vielleicht, aber was nützt mir meine ganze moralische Integrität, wenn ich mir selber nicht sympathisch bin! –

Ich sage ja nicht, dass ich mit der Dekadenz meinen *Frieden* gemacht habe, ich schließe nur einen *Waffenstillstand*. –

Glaub mir, ich habe mich die erste Woche auf See genug geschämt. Ich bin vor Scham im Liegestuhl versunken, während lauter fleißige Filipinos in weißen Overalls um mich herum das Deck geschrubbt haben. Ich konnte kaum hinsehen, wie sie die edelhölzernen Handläufe polieren, die Innenreling nachstreichen und den Meerwasserpool reinigen. Und ich bin mit gesenktem Kopf an

Land gegangen, weil dieselben Filipinos schon dabei waren, die Bordwände zu weißeln, kaum dass wir im Hafen angelegt hatten, immer in Bewegung, immer bei der Sache, während wir uns von Bord schleppten, um unseren glasigen Touristenblick über Insellandschaften spazieren zu tragen, auf denen wir ohne fremde Hilfe keine vierundzwanzig Stunden überlebt hätten. –

Wirklich, ich habe mich die ganze erste Woche *durchgeschämt* im Schweiße des Angesichts der Arbeit der anderen, denn so ein Schiff muss pausenlos gewartet werden. Das Meerwasser, die Seeluft mit ihrem Salzgehalt, die Gischt ist so zersetzend und korrosiv, dass die Wartungsarbeiten immer wieder von vorne beginnen, kaum dass das letzte bisschen Rost beseitigt wurde. Jedes Schiff ist sozusagen ein schwimmender Instandhaltungsbetrieb, und die Filipinos sind die emsigen, unauffälligen Hände, die in stillem Einverständnis immer gerade das tun, was getan werden muss. Sie machen ihre Arbeit, unberührt von der Obszönität des Luxus, schlicht und schnörkellos, anders als der beflissene Kellner, der schon Mineralwasser nachschenkt, wenn das Glas noch halb voll ist, oder die diskrete Kabinenstewardess, die das Bett abdeckt für die Nacht und ein zweifach verpacktes Schokoladenstückchen auf dem Kopfkissen hinterlässt. Sie sind verdorben durch den Umgang mit uns. Alle, die uns dienen, haben wir durch unanständige Trinkgelder verzogen, nicht um sie uns gleich zu machen, so viel Unterschied muss sein, aber doch uns ähnlich, dem Verzogensten, das je auf den sieben Weltmeeren geschwommen ist! Wir –

Ja, ich sage *wir*, weil ich keinen Deut besser bin. Im Überfluss und in der Überflüssigkeit sind alle Menschen gleich, da kann man sich nicht zurückziehen auf eine vornehme Außenseiterrolle, auf irgendeinen geistigen Vorbehalt, *mitgefangen, mitgehangen, mitgesunken, mitertrunken*. Auf einer Kreuzfahrt gibt es keine Eremiten, mich nicht und den Bordgeistlichen auch nicht. Nur die Filipinos haben ihre eigene Welt und Würde. Ihre Arbeit gehört hierher auf

See, ihre Daseinsberechtigung steht außer Frage. Und darum beneide ich sie, ich –

Im Ernst! Wenn es neben Scham und Seekrankheit während der ersten Woche noch eine Gefühlslage gab, dann war es der Neid auf die arbeitende Bevölkerung, Würde-Neid, Beschäftigungs-Neid, Daseinsberechtigungs-Neid. Wenn es in dieser Zeit eine echte Erfahrung gab, dann die des existenziellen Unbefugtseins hier auf dem Meer. Und wenn ich nach Stunden und Tagen der Selbstkasteiung kurz aufgehört hatte, mich vor den Filipinos zu schämen, habe ich mich vor unserer Tochter geschämt, weil sie ihren Vater so erleben muss, so bräsig und unbrauchbar, ein Antivorbild, ein Vater-Tourist, zu nichts gut außer zum Geldausgeben. Aber was soll ich machen? Wem ist damit gedient, wenn ich –

Es ist doch nicht fair, wenn ich jetzt den Spielverderber markiere, nicht fair der Kleinen gegenüber, die in den Ferien ihren Spaß will, und auch nicht fair gegenüber den vielen hart arbeitenden Menschen an Bord, die es mir hier so schön und angenehm wie möglich machen wollen oder müssen, und irgendwie finde ich –

Ich finde es immer noch verwerflich, klar, aber irgendwie finde ich auch, dass es das Ganze nicht besser macht, wenn ich den wahnsinnigen Aufwand, der hier zu meiner Unterhaltung getrieben wird, nicht zu schätzen weiß, ihn nicht würdige, wenigstens ein bisschen. Ich meine, es ist doch doppelte Verschwendung, wenn so viel dafür getan wird, dass es mir gefällt, und ich mich permanent weigere, es mir gefallen zu lassen, das ist doch, findest du nicht, doppelt verwerflich. –

Was heißt, *meine Überzeugung verraten?* Ich rede ja nicht davon, auf schrankenlosen Hedonismus und Fünf-Sterne-plus-Genuss umzuschwenken, ich rede nur davon, mal ein Auge zuzudrücken und die hohe Glocke der Entrüstung ein kleines Stückchen tiefer zu hängen, nur für diesen Urlaub, nur bis wir wieder in Deutschland sind, das ist alles! Auch die Filipinos würden sich, glaube ich, freuen. –

Gut, dann freuen sich die Filipinos eben nicht, aber es macht ihre Arbeit auch nicht leichter, wenn ich mich vor ihnen auf meiner Liege in moralischen Bauchschmerzen krümme. –

Natürlich bin ich *falsch* auf diesem Schiff, und es vergeht keine Nacht, in der ich mich nicht vor Heimweh hin- und herwälze. Aber sie ist so glücklich, unsere Kleine, richtig glücklich im Falschen, und –

Du konntest es ihr doch auch nicht ausreden! –

Ich sage ja gar nichts, ich erinnere nur daran, dass du es auch nicht geschafft hast, sie zum Zurückfliegen zu überreden. –

Rückendeckung? Also an mir hat es nicht gelegen, ich wäre sofort abgereist. Aber Fakt ist, ihr Wille geschieht. –

Na schön, dann habe ich dich *nicht genug unterstützt*, meine Schuld, aber wir müssen als Eltern nun mal akzeptieren, dass das hier ihre Traumreise ist, ihr Traumschiff, und da nutzt es auch nichts, wenn ich bei jeder Gelegenheit das Haar in der Suppe suche, nur um ihr zu beweisen, dass wir besser *hätten zurückfliegen sollen*. –

Ich hab genug gekämpft, genügend Widerstand geleistet, *passiv*, sicher, aber unerbittlich. Ich habe alles boykottiert, sogar das Highlight aller Highlights, das *Kapitänsdinner*, das ohne mich keine Spur weniger Highlight war. Aber irgendwann reicht's, irgendwann muss ich mich auch mal erholen und eine ethische Verschnaufpause einlegen, eine kurze moralische Auszeit. –

Ich will einfach nicht, dass meine Tochter mich immer nur als Spaßbremse erlebt, dass ich für sie zum Partyschreck mutiere, zum *blinden Passagier* auf dem Schiff des Vergnügens! –

Nein, sie geht auf keine Party, das war eine Metapher, *Partyschreck* ist metaphorisch. –

Aber sicher kannst du sie sprechen. Ich möchte sie nur wirklich ungern wecken, weil, wie gesagt, unser Rhythmus hat sich ein bisschen verschoben, und sie braucht ihren –

Bis zehn etwa. –

Nein, nein, sie schläft bis zehn, aufbleiben darf sie bis elf, halb zwölf in letzter Zeit, aber nur ausnahmsweise! –

Entschuldige, aber hier bleiben alle Kinder auf bis halb zwölf, zwölf, der ganze Kids-Club, wir haben eine Dreijährige an Bord, die nie vor ein Uhr –

Es ist ja hell, taghell! Und das spürt so ein Kinderkörper, da kannst du noch so viele Vorhänge und Gardinen zuziehen, das –

Du, wenn der Unternehmensberater noch etwas länger frühstückt und sie etwas kürzer schläft, erreicht ihr euch noch. Ansonsten schreibt sie dir noch mal. –

Hab ich das nicht erzählt? Sie hat dir geschrieben! Wir sind doch vorbeigekommen am –

Wir waren doch gestern am nördlichsten Postamt der Welt, und da wollte sie dir plötzlich einen Brief schreiben oder anfangs nur eine Karte, und ich habe dann gesagt: *Schreib ihr doch einen Brief, Mama freut sich!* Und obwohl sie noch ziemlich unausgeschlafen war an dem Morgen auf Ny-Ålesund und uns die Huskys in den Ohren lagen, hat sie sich hingesetzt und dir geschrieben, vier, fünf Seiten, wahrscheinlich der dickste Brief, der jemals am nördlichen Ende der Welt aufgegeben wurde. Die meisten schreiben nur Postkarten an sich selbst. –

Woher soll ich wissen, was drinsteht? Ich respektiere das Briefgeheimnis! Aber mach dir keine Sorgen –

Deswegen rufe ich ja an. Für den unwahrscheinlichen Fall, dass die Post von Spitzbergen schneller ist als wir und ihr Brief vor uns ankommt, versprich mir bitte, dass du dir keine Sorgen machst! Ich habe Tag und Nacht ein Auge auf unser Kind und –

Sag bloß, der Brief ist schon da? –

Dann warte doch erst mal ab, bevor du –

Ich weiß wirklich nicht, was drinsteht, ich will es auch gar nicht wissen, ich will nur, dass du weißt, dass alles in Ordnung ist, was auch immer sie –

Sie schreibt natürlich aus ihrer Sicht, und da kommt sicher einiges zusammen, schließlich entdeckt sie gerade viel, wie soll ich sagen, Neues, nicht nur landschaftlich, sondern auch –

Einen Freund? Nein! Nein, nein! Das hätte ich dir gleich … Das wäre das Erste gewesen, was ich dir erzählt hätte! Sie hat Freunde, natürlich, in ihrer Clique, gute Freunde, aber das sind definitiv Spielkameraden, sonst –

Vielleicht haben sie mal miteinander gekuschelt, Händchen gehalten, wenn's hochkommt, oder unterm Tisch beim Kinderessen mit den Füßen … Wie heißt das noch? –

Gefüßelt, danke. Aber das war vollkommen unschuldig, auf geradezu rührende Art und Weise, das war eindeutig vorpubertär! –

Ein Fünfseitenbrief aus Spitzbergen muss nicht unbedingt von *Liebeskummer* handeln, es kann genauso gut um Eisbären und Buckelwale gehen! Und dass sie auf Island gebetet hat –

Ich weiß nicht, was sie gebetet hat, ich finde, es gibt auch ein *Betgeheimnis*! Aber ich weigere mich, mir vorzustellen, es könnte um einen dieser sauber gescheitelten, krawattentragenden Internatszöglinge gegangen sein. –

Es gibt niemanden, bei ihr nicht, bei mir nicht! Und dass ausgerechnet du das fragst –

Tja, vielleicht kommt sie in dieser Hinsicht nach dir, aber bis jetzt –

Wenn sie nach mir käme, wäre sie *mit ihrer Arbeit verheiratet*, das sagst du doch immer. –

Das hast du selbst gesagt! Mal abgesehen davon, dass ich momentan sogar von meiner Arbeit getrennt bin und insofern vollkommen solo, aber sie auch! –

Nein, sie ist nicht *verliebt*, in niemand. Sie lässt sich, ganz unsere Prinzessin, mal von diesem, mal von jenem kleinen Verehrer hofieren, genießt die Aufmerksamkeit, so lange sie nichts Besseres zu tun hat, und vergisst das Ganze genauso schnell wieder. Ziemlich grausam eigentlich, aber nichts Ernstes. Das Einzige, was sie wirklich interessiert, ist –

Tanz. Sie interessiert sich für Tanz und nichts anderes. Sie hat im Moment auch, muss ich sagen, eine echte Tänzerinnenfigur durch die Kinderkilos, die sie dank Seekrankheit verloren hat. Ihr Gesicht wirkt viel schmaler, ihre Beine viel länger. Ich glaube, sie gefällt sich sehr auf der Tanzfläche. –

Disco? Wer sollte denn hier in die Disco gehen? Als die meisten Gäste im Disco-Alter waren, gab's Disco noch gar nicht! –

Du musst dir das so vorstellen, dass erst die Band ein bisschen spielt, damit sich die Gäste auf der Tanzfläche nach dem Sechs-Gänge-Menü die Beine vertreten können, obwohl die meisten lieber passiv verdauen. Aber die Kinder, die Mädchen vor allem, hopsen munter herum, die Dreijährige voreweg, und irgendwann kommen die Profis auf dieselbe Tanzfläche, die dadurch zur Bühne wird, dass alle zuschauen, und natürlich durch Licht, Video, Trockeneis. –

Tanzabende eben, also schon wie Ballett im weitesten Sinne, aber nicht klassisch, sondern, wie sagt man, *modern dance*? Wenigstens kommt es mir ziemlich modern vor, und sie ist ganz hin und weg, von den Frauen übrigens. Sie interessiert sich nur für die Tänzerinnen, nicht für die Tänzer, die stören eher, findet sie. Aber die Tänzerinnen liebt sie wirklich, du solltest sie mal sehen! Während die Senioren schlaff in ihren Sesseln hängen, steht sie da wie gebannt, sie steht immer, es hält sie nicht auf ihrem Sitz! Und man merkt förmlich, wie beim Zuschauen jede Bewegung durch ihren Körper hindurchgeht, so als würde sie sich die Schritte, Drehungen, Haltungen genauestens einprägen, in einer Art physischem Gedächtnis. Es ist wirklich faszinierend, ihr beim Zuschauen zuzuschauen: Der ganze Muskeltonus, ihre Körperspannung ist wie bei den Tänzerinnen in Aktion. Sie ahmt im Sehen nach, was sie sieht. Sie lernt im Bewundern und bewundert im Lernen. –

Ich sage ja nicht, unsere Tochter soll Tänzerin werden, das will ich genauso wenig wie du! Aber es ist doch schön, dass sie so eine Begeisterung entwickelt, solch eine Leidenschaft für den Tanz, *als Hobby*, wohlgemerkt, nur als Hobby, da sind wir uns vollkommen einig. –

Also ich glaube, sie hat auf Island zu Gott gebetet, so tanzen zu können. Es ist wirklich eine Form von Andacht, von *Huldigung*, die sie den Tänzerinnen entgegenbringt. Sie betrachtet diese gazellenartigen Geschöpfe wie höhere Wesen, schon morgens, wenn sie frisch geduscht auf schwindelerregenden Stilettos zum Frühstücksbüfett trippeln oder in ausgreifenden Gesten beim Tischgespräch mit ihren Armreifen klimpern. Dass diese Frauen im Restaurantalltag sozusagen vom selben Futtertrog essen wie wir, tut ihrer Verehrung keinen Abbruch. Ich dagegen finde es immer ein bisschen befremdlich, diese Halbgöttinnen ohne viel an auf der Bühne zu sehen und zu wissen, dass sich da gerade eine geschnittene Mango mit Leinsamen und Magerquark vor mir in semi-erotischen Tempeltänzen windet. Semi-erotisch in Gänsefüßchen –

Ich sage ja gerade, dass ich es *nicht sexy* finde! Bei mir stellt sich überhaupt nichts ein, keine Illusion, kein Verführungszauber, gar nichts, wenn ich die Diäten der betreffenden Damen genau kenne. –

Wieso *mein Frauenbild*? Es geht um das Frauenbild unserer Tochter! Ich mache mir nichts aus diesen hochgewachsenen Hungerkünstlerinnen, das habe ich dir schon tausendmal gesagt. Mein Traum war nie eine Frau, die mich klein und untersetzt aussehen lässt. Es –

Dann reden wir doch mal vom *Männerbild*! Was bitte schön wird denn von mir erwartet? Dass ich mich identifiziere mit diesen

Märchenprinzen und hüpfenden Helden in weißen Walle-walle-Hemden über der epilierten Knabenbrust und Strumpfhöschen mit Suspensorien? Gegen dieses Männerbild ist das getanzte Frauenbild geradezu fortschrittlich! Und ich sage dir eins, wenn unsere Tochter ein Junge wäre, der sich diese Show ansieht: Ich würde aufspringen und mich dazwischenwerfen! –

Ich schleppe sie nicht mit, *sie* schleppt *mich* mit! Ich würde mir das nie freiwillig ansehen. Mich interessiert bei dem Getanze nur eins: *Ist es jugendfrei*? Weil, je später der Abend –

Pornografisch habe ich nicht gesagt, ich habe die Frage gestellt, ob es –

Es ist ja jugendfrei, zu neunundneunzig Prozent! Zu neunundneunzig Komma neun –

Es *ist* jugendfrei! Und das Wenige, was eindeutig erotisch ist –

Aber das gehört nun mal zum Tanz! Erotik ist der Grund, warum das Tanzen erfunden wurde! Nicht, dass ich mir was daraus machen würde, aber Tanz ohne Erotik wäre wie Fußball ohne –

Oben ohne? Wie kommst du denn darauf? –

Es wird überhaupt nichts ausgezogen, keine einschlägigen Kleidungsstücke, höchstens mal ein unterarmlanger Damenhandschuh zu *Fever* von Elvis Presley, aber das ist der Klassiker. –

Ja, was soll ich denn machen, wenn sie diese Tänzerinnen vergöttert und mit ihrer ganzen Clique geschlossen in die Danceshows pilgert? Da bin ich abgemeldet! Ich –

Hab ich ja versucht! Ich kann sie nicht daran hindern, ich kann höchstens nicht mitgehen, wenn dir das lieber ist. Aber ich habe kein gutes Gefühl dabei, wenn ich an die älteren Herren denke, die breitbeinig mit vorgeschobenem Becken in ihren Sesseln sitzen und auf gewisse Animier- oder Reanimier-Effekte hoffen, während unsere Kleine im siebten Tänzerinnenhimmel vor sich hin schwebt. Wenn sie wüsste! –

Nein, genau andersrum! Gerade, dass sie die sexuelle Seite nicht versteht, dass sie davon keine Ahnung hat, nicht die geringste, gerade das beweist ja, wie sehr sie noch Kind ist, wie fern ihr das alles liegt, und das ist doch auch wieder beruhigend. Also mach dir keine Sorgen, sie –

Nein, sonst gibt es nichts, sie tanzt und schreibt, das wäre alles. –

Entschuldige, jetzt halte ich euch schon so lange auf. Ihr wollt weiterschlafen. –

Oder du musst zur Arbeit, genau. Der Unternehmensberater kommt sicher auch gleich. –

Der Unternehmensberater, mit dessen Handy ich die ganze Zeit –

Nein, nein, geh nur, wir müssen sowieso gleich Schluss –

Wir müssen Schluss machen jetzt, tut mir leid, aber wir sind ja auch –

Fertig, wollte ich sagen. Ich wollte ja nur nicht, dass du dich wunderst, wenn du, also falls du den Brief von ihr –

Nein, nein, ist gut. –

Ich gebe das Handy jetzt wieder zurück.

*Leknes/Norwegen, 13. Juli,
18.45 h (UTC + 2), dritter Anruf*

Bist du jetzt allein? Entschuldige, dass ich das so direkt –

Kannst du reden, meine ich. Ich –

Ich muss mit dir reden. Es ist dringend. –

Nein, ich habe *nicht getrunken*, es ist hier gerade kurz vor sieben, ich trinke nie vor sieben, selbst wenn –

Bei euch auch, stimmt ja! Vom Längengrad her sind wir fast auf einer Linie mit euch und in derselben Zeit, Zeitzone. –

Tut mir leid, ich sage *euch*, aber ich meine natürlich nur dich und nicht –

Dann seid ihr richtig zusammen, also, zusammengezogen? –
Natürlich ist es *dein Leben*, ich frage ja nur. –

Wie auch immer. Kurz die nautischen Informationen: Wir sind
wegen Windstärke acht bis neun und Wellen zwischen fünf und
sechs Metern auf die vom Nordmeer abgewandte Seite der Lofoten in den Vestfjord eingeschwenkt. Hier ist es friedlich, durch den
Schutz der vorgelagerten Inseln, windig schon noch, böig, aber das
Wasser ist ruhig. Die Inselkette dient uns sozusagen als Wellenbre-
cher, und auf dem Fjord selbst baut sich so schnell kein Seegang
auf. Hier kann einem gar nicht schlecht werden, und wir sind auch
vor Anker. –

Nein, nein, wir fahren nicht, sondern liegen vor Leknes auf
Reede, also das Schiff. Wir und die meisten anderen Gäste sind
schon mit Tendern zur Pier. *Tender* sind eigentlich die Rettungs-
boote, aber sie fahren die ganze Zeit wie Shuttles zwischen Schiff
und Hafen hin und her. –

Nicht weit, auf einem kleinen Berg oder Hügel gleich neben
der Anlegestelle. Aber ich bin extra hochgeklettert, bis ganz nach
oben, wegen des Empfangs. –

Die Lofoten sind definitiv Norwegen, Nordnorwegen sozusagen, und angeschlossen an den Rest der Welt, insofern müsste auf
eurem, deinem Display … müsste jetzt eigentlich meine Handy-
nummer –

Nein, ich hab keine Neue, ich –

Es ist *mein* Handy, wir haben also Zeit. Wie geht es dir? Ich meine, abgesehen von –

Nein, mit der Kleinen ist nichts, sie war nur ein bisschen sauer,
dass wir den Trollfjord liegen lassen mussten wegen Kursänderung,
wir werden bis auf Weiteres in Inseldeckung bleiben, um dem Wetter auszuweichen, und die *Hurtigruten* runterfahren, die alte Post-
schifflinie auf der Binnenseite. –

Malerisch kann man sagen, muss man wohl auch: Lotsenhäuschen, Fischerhütten, kleine Buchten links und rechts. Am liebsten würde man überall anhalten und verweilen, aber wir machen dadurch etwas weniger Fahrt, insofern mussten wir den Trollfjord auslassen, und den hätte sie halt gerne gesehen, allein vom Namen her. In den Gute-Nacht-Geschichten, die ich ihr früher einmal vorgelesen habe, gab es oft Trolle. –

Aber ansonsten ist alles gut, alles in Ordnung mit ihr, es ist nur –

Ich habe sie verloren, ich will ehrlich sein. –

Natürlich weiß ich, wo sie ist. Sie macht die *Sightseeing-Bustour* durch die Insellandschaft mit zwei Nannys, dem Kids-Club und ihrem Freund, aber –

Ja, sie hat einen, seit Neuestem, so einen Internatszögling mit Seitenscheitel, Schlips und Kragen. Das wolltest du doch hören. –

Sag bloß, der Brief ist immer noch nicht da? –

Na, dann weißt du es eben jetzt. Es ist ja nicht wirklich eine Überraschung, du hast es immer kommen sehen, und es ist ja auch der Lauf der –

Das Tanzen war nur eine Phase, eine Art Vorspiel, aus dem Grund wurde Tanzen ja erfunden. Inzwischen dreht sich alles nur noch um –

Was weiß ich, *wie alt*, vierzehn, fünfzehn. –

Frühreif, mag sein. Aber sie ist kein Kind mehr, das ist es ja: Sie ist kein Kind mehr. Und egal, was wir tun, du und ich, und wenn wir uns auf den Kopf stellen, wir können die Zeit nicht zurückdrehen. Wir haben sie verloren.

Ich mache diesem Knaben gar keinen Vorwurf. Wenn er es nicht wäre, wäre es irgendein anderer, es ist der Lauf der Welt. Tja, unsere Kleine ist jetzt allein unterwegs auf ihrer Reise durchs Leben, und wir sind nur noch der Hafen, zwei getrennte Häfen, und wenn alles gut geht, läuft sie uns in Zukunft immer seltener an und irgendwann gar nicht mehr. –

Natürlich rauche ich. –

Glaub mir, ich würde lieber auf sie Rücksicht nehmen und *nicht rauchen*! Aber sie ist nun mal nicht da, also rauche ich. –

Sie hat übrigens noch einen Brief geschrieben, nicht dir, sondern mir. Das hat mich tief getroffen. –

Nein, ich weiß nicht, was drinsteht. Sie hat es mir nicht gesagt, auch diesmal nicht. Ich weiß nur eins, es ist ein Abschiedsbrief. –

Entschuldige, du hältst mich jetzt sicher für einen Schlappschwanz, aber ich habe sie so geliebt, nicht nur sie als Einzelwesen, sondern vor allem das Ganze, Gemeinsame, uns, unsere kleine Familie. Und jetzt ist nichts mehr davon übrig, entschuldige, bitte. –

Danke. –

Danke, geht schon wieder. Es ist nur hart, verdammt hart, auf diesem Hügel zu stehen, mit Blick auf diese idyllische Küste und dieses makellos weiße Traumschiff, und zu wissen, du gehörst so langsam zu den einsamen, alten Säcken, zu denen du nie gehören wolltest. Nicht mehr lang, und du bist ihresgleichen. Verdammte Ironie! –

Nein, leg nicht auf! Noch ist es nicht so weit, es –

Wenigstens weiß ich es. Ich habe ein Bewusstsein für meine Peinlichkeit und das Pathetische daran, dass man Gefühle, bleibende Gefühle erst in einem Alter entwickelt, in dem sie einem nicht mehr zustehen und im Leben nichts mehr ändern. Weißt du was? –

Ich habe viel darüber nachgedacht, warum wir *Gäste* heißen, hier auf einem Schiff, ich dachte immer, wenn man an Bord geht oder *aufsteigt*, wie die Stewards sagen – sie sagen wirklich *aufsteigen* wie bei einem Pferd –, jedenfalls, ich dachte immer, auf einem Schiff spricht man von *Passagieren*. Aber wir werden hier ausschließlich *Gäste* genannt, bei jeder Durchsage, jeder Ansprache, vom Kapitän bis zum Reinigungspersonal, und ich verstehe jetzt, warum. Passagiere sind unterwegs zu einem Ziel, sie haben eine Bestimmung, und das Schiff ist das Vehikel für ihre Passage von A nach B, deswegen sind sie *Passagiere* und wir nicht. Wir sind nirgendwohin unterwegs. Für uns gibt es kein B, kein Ziel, keine Bestimmung. Wir sind Kreuzfahrer, wir fahren nur, um zu fahren, wir kreuzen nur hier und da, gleiten an allem vorbei, an Inseln, Menschen, Möglichkeiten, und kommen nirgendwo an. Und so ist es auch mit uns dreien, mit dir, mir und der Kleinen, wir sind auch nur so aneinander vorbeigeglitten, wir waren zusammen wie Gäste, einer im Leben des anderen, aber ohne gemeinsames Ziel. Entschuldige, es –

Es kommt nicht wieder vor. Bist du noch da? –

Es klingt vielleicht komisch, aber ich hätte ihr gerne die Trolle gezeigt. Ich bin vielleicht sogar noch trauriger als sie, dass wir keine sehen. Aber damals, als ich ihr vorgelesen habe, habe ich nicht daran geglaubt, und jetzt ist auch das pathetisch. Ich –

Ich will dir nicht den Abend verderben. Hab ich schon, ich weiß, aber –

Ich wollte dir nur sagen, dass es mir leidtut und dass ich froh bin, dass ich es dir endlich sagen kann: Es tut mir leid. –

Aber es ist ja nicht ganz trostlos. Ich freue mich, dass das Heimweh weniger wird. Ich kann es kaum erwarten, wieder richtiges Grün zu sehen. Und es ist schon ganz schön hier auf diesem Hügel vor Leknes, einem ganz normalen Hügel neben der Pier mit Heidekraut, Büschen und Beeren, nichts Besonderes eigentlich. Aber du glaubst gar nicht, was für eine Wohltat das ist nach der Kargheit der letzten Wochen. Und ich denke, auch wenn es natürlich nicht wahr ist, aber ich denke trotzdem die ganze Zeit: Wenn wir nur ein paar Tage früher hier gewesen wären, wenn wir diesen Hügel vorgestern oder vorvorgestern erreicht hätten, dann, vielleicht, wäre ich mit ihr zusammen hier hochgestiegen, und wir hätten ein paar Blumen gepflückt, Beeren gesammelt, sie rote, ich schwarze, wer mehr davon findet, und ich hätte es nicht eilig gehabt, von hier wegzukommen, und ihr wäre nie langweilig geworden, sondern wir hätten einfach die Zeit vergessen wie in einem wilden, verwilderten Garten, hallo? –

Hallo, bist du noch da?

Die Trauerrednerin

Die zwei grünen Männer fühlten sich sichtlich unwohl im Wohnzimmer. Es war ein Fehler gewesen, sie hereinzubitten. Sie wollten weder Kaffee noch Kuchen, sondern standen nur da mit ihren klobigen Schuhen und schauten noch missmutiger hinaus, als sie zuvor hereingeschaut hatten. Auf den Rücken ihrer Overalls stand übereinstimmend »Stadtgrün«. Es fiel ihr schwer, sich zu merken, mit welchem von beiden sie telefoniert hatte. Sie erinnerte sich nur an seine Stimme, doch die Männer sagten nichts. Einer von ihnen war mit ihrer Schulfreundin verheiratet, zu der sie aus der Ferne noch lose Kontakt hielt. Es war nie ihre beste Freundin gewesen, doch sie hatte Hilfe angeboten und ihren Mann samt Kollegen hergeschickt. »Wenn Sie mir bitte in den Garten folgen wollen«, sagte Katrin.

Ihr Vater hatte den Schwimmteich damals eigenhändig angelegt, nachdem sie das Haus und ihre Mutter wenig später ihn verlassen hatte. Als sie drei noch eine Familie gewesen waren, hatte auf dieser Seite des Gartens das Gewächshaus gestanden, neben einigen Hochbeeten und Rosensträuchern. All das hatte ihr Vater weggerissen, um Platz für den Schwimmteich zu schaffen. Das kam einem Racheakt gleich, und es blieb zeitlebens das Einzige, was er selbst an Haus und Garten verändert hatte. Noch nach über fünfzehn Jahren sah der Schwimmteich aus wie ein mit Wasser vollgelaufener Krater, keinerlei Uferbegrünung, nicht einmal Schilf, nur ein paar wahllos verteilte Findlinge, die Moos angesetzt hatten oder unter Teppichen von Kresse und Fadenalgen verschwanden. Ob ihr Vater jemals in diesem schwarzbraunen Wasser schwimmen gewesen war, wusste nur er allein. Es roch nach toten Muscheln.

Die Männer bauten sich mit verschränkten Armen am Ufer auf – sie erschienen ihr auf einmal viel größer und der Teich merkwürdig klein und missraten, so wie sie ihn begutachteten. Katrin wagte kaum, ihnen ins Gesicht zu sehen. Irgendetwas in ihr wollte sich für ihren Vater entschuldigen, doch sie sagte nur: »Wenn Sie noch irgendetwas brauchen ...«

Die Männer schüttelten die Köpfe und machten sich schweigend daran, den Schwimmteich trockenzulegen, indem sie zunächst die Findlinge beiseiteräumten und zu einem Haufen auftürmten. Jedes Mal, wenn die Steine aufeinanderschlugen, zuckte sie zusammen. Sicher war es lächerlich, was ihr Vater hier in mühsamer, zorniger Kleinarbeit zustande gebracht hatte, und es bedeutete ihm vermutlich nichts mehr. Dennoch fühlte sie sich nicht stark genug, um mit anzusehen, wie die Männer dieses sichtbarste Zeichen seines Hiergewesenseins beseitigten. Einen Moment schaute sie in den Himmel wie auf der Suche nach irgendetwas. Dann ging sie unter einem Vorwand wieder ins Haus.

Als sie das nächste Mal aus dem Fenster sah, waren die Männer schon dabei, größere Fetzen Teichfolie herauszureißen. Unwillkürlich blieb sie stehen und starrte hinaus auf das schlammige, schäumende Wasser, das in kurzen Wellen ans Ufer klatschte. Es war eine Art Wut darin, eine ohnmächtige, mutlose, erbärmliche. Sie musste sich setzen. Eine Weile saß sie einfach nur da.

Der Wasserspiegel war schon mehr als eine Handbreit gesunken, als ihr Telefon klingelte. Auf dem Display erkannte sie die Nummer der Klinik. Am anderen Ende meldete sich Swetlana, die polnische Pflegekraft, mit der sie sich am Krankenbett ihres Vaters abwechselte. Er war noch einmal zur Dialyse gebracht worden, vielleicht zum letzten Mal. Swetlana sagte das mit fester Stimme und ihrem harten polnischen Akzent, der die Worte in Silben zerhackte. Sie wirkte gefasst, beinahe gefühllos, doch das täuschte, im Moment täuschten alle Stimmen. Swetlana stand ihrem Vater am nächsten. Sie hatte die letzten fünf Jahre mit ihm in diesem Haus verbracht und ihn am Leben erhalten, sie war immer da gewesen, hatte nicht einen Tag Urlaub gemacht.

»Was ist mit dem See?«, flüsterte Swetlana, so als dürfte es sonst niemand hören, sie sagte immer »See« zu dem Schwimmteich. Er war ihr von Anfang an ein Dorn im Auge gewesen. Nicht nur, dass sie die Beschwerden der Nachbarn leid war, die sich über den Gestank beklagten, die vielen Mücken und das Ungeziefer, das dort brütete. Ihr war dieses Wasser zutiefst unheimlich, sie hatte Angst davor.

Irgendwann brachte Katrin nicht mehr die Kraft auf, Swetlana Widerstand zu leisten, und sie willigte ein, den »See« bei ihrem nächsten längeren Aufenthalt beseitigen zu lassen. Dass ihr Vater dann im Sterben liegen würde, hatte sie nicht bedacht. Doch Swetlana bestand darauf, auch wenn völlig ungewiss war, was mit ihr und dem Haus nach seinem Tod passieren würde.

Katrin richtete sich auf und trat einen Schritt vom Fenster zurück. Die Männer hatten eine Pumpe in Betrieb genommen und fluteten die Sträucher und Büsche in größtmöglicher Entfernung vom Haus. Es hatte lange nicht geregnet. Das Wasser ergoss sich über den festen, ausgetrockneten Boden wie Gallert und blieb dort unbewegt liegen, versickerte dann aber von einem Augenblick zum nächsten.

»Was ist mit dem See?«, fragte Swetlana noch einmal, noch leiser.

»Er wird immer weniger«, sagte Katrin. Erst dann fiel ihr auf, dass auch sie flüsterte.

Von Swetlana kam ein Seufzer – Erleichterung, Genugtuung, vielleicht auch Erschöpfung, sie war die ganze Nacht im Krankenhaus gewesen. Wie im selben Atemzug fügte sie hinzu: »Magst du kommen und mit ihm reden? Bei der Dialyse wacht er meistens auf.«

Katrin nickte einmal, zweimal, bevor sie Ja sagte. Dann legte sie auf.

***

Swetlana empfing sie am Eingang zur Dialysestation. Unter den Blicken der Schwestern legte Katrin Kittel und Mundschutz an, zog sich Latexhandschuhe über und ließ sich in das Zimmer führen, in dem ihr Vater lag. Richtig wach schien er nicht. Seine Augen waren groß und rund wie die eines verschreckten Kindes in dem ansonsten eingefallenen Gesicht, die Wangen hohl, aber nicht farblos, was vielleicht von der Dialyse kam, die Schädelknochen traten deutlich hervor. Eine Ader, die sie an ihm noch nie bemerkt hatte, schlängelte sich über seine Schläfe, sie war weder rot noch blau, sondern schwarz.

»Rüdiger, schau mal, wer da ist«, sprach ihn Swetlana laut an, doch er wandte den Kopf nicht und zeigte auch sonst keine Regung. Sein Mund war einen Spalt geöffnet, die Lippen geteilt wie in Erwartung von etwas, trocken, spröde, eingerissen. Katrin musste jedes Mal schlucken, wenn sie ihn sah, so sehr überkam sie das Gefühl, er würde verdursten. Doch sie setzte sich zu ihm ans Bett, ohne zu zögern – auf den Stuhl, auf dem Swetlana gesessen hatte. Behutsam legte sie ihre Hand auf die seine, beugte sich zu ihm vor und lauschte seinem Atem.

»Deine Tochter ist da, Rüdiger!«, rief Swetlana hinter ihr noch einmal harsch, offenbar war es die einzige Art, zu ihm durchzudringen. »Hast du gehört? Katrin bleibt jetzt bei dir.« Sie ließ ihre kräftige, kurzfingerige Pflegerinnenhand über Katrins Schulter gleiten, wie um ihr die Verantwortung zu übertragen. Unter der

Berührung straffte sich ihr Körper und wurde dann wieder weich. Am liebsten hätte sie Swetlana festgehalten, doch sie hörte nur ein Flüstern nah an ihrem Ohr: »Ich lasse euch jetzt allein.«

Katrin nickte tapfer und wartete auf das Schließen der Tür in ihrem Rücken. Danke, wollte sie Swetlana noch nachrufen, aber sie war sich ihrer Stimme nicht ganz sicher. Die Tür schloss sich mit einem saugenden, fast schmatzenden Laut – oder kam das von ihrem Vater? Halb erschrocken sah sie ihn an, musterte seinen malträtierten, ausgezehrten Leib, die blasse, schuppige Haut mit den Altersflecken, die immer größer zu werden schienen, wie für eine letzte Verwandlung. Ihr Mitgefühl für diesen Mann, der ihr im Leben so fern war und im Sterben so nah, kam und ging in Wellen.

»Katrin?«, fragte er plötzlich erstaunlich klar, »Katrin?« Seine Augen waren halb geschlossen, die runden, vorspringenden Augäpfel wanderten unter den Lidern hin und her, als würde er träumen.

»Ja, Papa, ich bin bei dir, ganz ruhig. Möchtest du etwas trinken, einen kleinen Schluck Wasser, oder darfst du wieder nicht?« Sie kannte die Antwort, aber sie hätte so gern ein Ja oder Doch von ihm gehört, um ihrer selbst willen. Sie wollte nicht schuld daran sein, dass er austrocknete bei lebendigem Leib.

Ihr Vater sagte nichts, aber er war wach und mühte sich, wach zu bleiben. Sie überlegte, ob sie ihm von dem Schwimmteich erzählen sollte und den Veränderungen, die in seinem Garten gerade vor sich gingen, doch es kam ihr wenig tröstlich vor. Als sie angereist war, um in seinen letzten Tagen und Stunden bei ihm zu sein, hatte es so viel gegeben, was sie ihn noch fragen wollte. Jetzt waren diese Fragen verstummt, nicht nur weil sie ihn nicht damit quälen wollte, sondern vor allem weil sie den Moment verpasst hatte und die Nähe des Todes wie ein Themawechsel war. Dieser Mann wollte nicht reden, er wollte sterben, und Katrin begriff, dass seine wichtigste Zwiesprache nicht mehr zwischen ihm und anderen Menschen stattfand, sondern zwischen Leben und Tod. Sie und Swetlana saßen dabei, standen ihm bei und nahmen Anteil, aber sie waren nicht gemeint. In diesem letzten Gespräch gab es ein anderes Gegenüber.

Vom Dialyseapparat kam ein gedämpftes Rütteln, eine Art Bremsen, gefolgt von leisen, fiependen Geräuschen, wie bei einem Geschirrspüler, der in einen anderen Waschgang umschaltet. Katrin wandte den Blick von ihrem Vater ab, dessen ganze rechte Seite durch Schläuche mit dieser Maschine verbunden war, die sein Blut umwälzte. Langsam sah sie sich im Zimmer um, so als wollte sie sich alles einprägen, das leere zweite Bett am Fenster, die gewellten, weißen Vorhänge, die Strahler an der Zimmerdecke. Sie fand nichts, woran ihr Blick sich halten konnte, und merkte daran erst, was sie suchte: einen Zeugen – irgendein Detail oder Ding, das bezeugte, dass sie wirklich hier war und ihren Vater sterben sah. Dann entdeckte sie schräg hinter sich das Bild. Es war ein einfaches Poster, angebracht in Blickrichtung des Patienten, die graublaue Wasseroberfläche eines Ozeans, durchbrochen von Schaumspitzen und Wellenrauten, uferlos und unerfindlich. Sie hätte zu gern gewusst, ob ihr Vater dasselbe sah, dasselbe dachte bei diesem Anblick wie sie. Doch vermutlich hatte er schon ungezählte zähe Stunden auf dieses Poster gestarrt, und es war für ihn längst kein Fenster mehr in der Wand.

Ich muss Swetlana sagen, dachte sie, ohne den Blick von dem Bild zu lösen, dass sie ihm nicht von »dem See« erzählen soll, sondern von »der See«.

Das Fiepen verstummte, der Apparat ging in einen ruhigen, fast unmerklichen Schüttelmodus über. Einen Moment lang mischte sich das monotone Surren der Maschine für sie mit der Vorstellung von Wellen, Brandung, Meeresrauschen. Dann fiel ihr wieder ein, dass es sich um das Blut ihres Vaters handelte, diesen müden, ausgelaugten, gifthaltigen Körpersaft. Sie versuchte, an gar nichts zu denken.

Seine Finger zuckten, regten sich nach und nach, sie befürchtete, er könnte Schmerzen haben. Doch er entzog ihr seine Hand und legte sie mit größter Anstrengung auf ihre, als müsste er sie trösten. Irgendetwas an dieser Geste rührte sie zutiefst, und sie schenkte ihm ein Lächeln, schenkte es ihm aus einer Dankbarkeit, die sie im Leben nie empfunden hatte.

Ihr Lächeln hielt eine Weile, dann war auch das vorbei.

Ihre Hand unter der Latexschicht fing an zu schwitzen, und sie fragte sich einmal mehr, ob diese Handschuhe ihren Vater vor den Krankheiten des Lebens schützen sollten oder das Leben vor ihm.

»Wie geht's?«, fragte er stimmlos, seine Zunge löste sich nur schwer von dem klebrigen Gaumen. Für einen Moment wusste sie nicht, ob er sie meinte oder sich, seinen Zustand. Ihre Blicke begegneten sich, und sie erschrak wieder über die Kinderaugen, mit denen ihr Vater sie ansah. Doch sie wich ihm nicht aus und glaubte zu erkennen, dass diese großen, weiten Spiegelaugen anders als die eines Kindes alles wussten, auch dass sein Ende gekommen war.

»Wie es mir geht?«, wiederholte Katrin. Noch vor Tagen hätte sie gedacht, wie absurd, dass er sie das fragte. Doch sie verstand jetzt, dass er eine Pause brauchte in seiner Unterredung mit dem Tod, die er mit all seinen Kräften, Nerven, seinem ganzen Körper führte. Also fing sie an zu erzählen, erzählte bereitwillig von sich, ihrer Firma, ihren Reisen. Die Begegnungen mit ihrer Mutter sparte sie aus, verplapperte sich nur einmal kurz und redete dann weiter über ihre Pläne in den nächsten Jahren. Sie wusste, wie gern er es hörte, wenn sie über ihre Zukunft sprach, obwohl ihnen beiden klar war, dass alles Gesagte weit über sein Leben hinausging.

Ich erzähle ihm Märchen von mir, dachte sie, als wüsste ich, wie die Welt einmal sein wird ohne ihn, ich erzähle ihm Märchen von morgen.

Bald ließ seine Aufmerksamkeit nach. Die kurzen Einwürfe, mit denen er ihr zeigen wollte, dass er noch da war, wurden seltener und unterblieben schließlich ganz. Sie hielt die Luft an und horchte nach seinem Atem. Sie kannte das rasselnde Geräusch mittlerweile, hatte aber immer wieder Angst, er könnte an dem Schleim und Speichel in seiner Kehle ersticken, und räusperte sich reflexartig wie an seiner Stelle. Als sie sich zu ihm hinüberbeugte, entdeckte sie in der Unterlippenkerbung gegen das Licht zwei lange, weißgraue Barthaare, die sich in verschiedene Richtungen streckten wie die Fühler eines kleinen verwirrten Insekts. Swetlana, die ihn rasierte, musste die Stelle mehr als einmal übersehen haben. Sein Bartwuchs hatte im Vergleich zu früher nachgelassen, war dünner, spärlicher geworden, ein fast jungenhafter Flaum.

Sie wartete, bis er schlief, bevor sie ein weiteres Mal hinter sich schaute – vielleicht waren ein, zwei Stunden vergangen, vielleicht auch nur eine halbe. Die Farbe des Wassers auf dem Bild hatte sich verändert, es war blauer, wärmer, nicht mehr so unverwandt. In den Vorhängen fing sich die Sonne.

Eine Schwester kam herein, um nach dem Rechten zu sehen und ihr zu sagen, dass der Dialysearzt sie noch einmal persönlich sprechen wolle. Er erwartete sie stehend in seinem kleinen kastenförmigen Büro, eine Krankenakte in den Händen. Ihr Vater und Swetlana hatten das Ende der Dialyse ausführlich mit ihm besprochen, doch der Arzt wollte offenbar sichergehen, dass sie als nächste Angehörige verstand, was es hieß, diese lebenserhaltende Maßnahme zu unterlassen. Der im Abbau begriffene Organismus würde sich ohne künstliche Blutwäsche allmählich selbst vergiften. Ihr Vater würde sehr bald sehr müde werden, dann in die Bewusstlosigkeit gleiten und schließlich in ewigen Schlaf.

Der Arzt sprach langsam, mit kleinen Pausen zwischen den Sätzen, wie um ihr Gelegenheit für Nachfragen oder Widerspruch zu geben, doch sie hatte nichts einzuwenden, nichts zu sagen. Swetlana und ihr Vater waren sich einig – welchen Sinn hätte es gehabt, um ein Leben zu kämpfen, das keiner wollte und von dem sie nichts wusste? Ihr Vater starb, wie er gelebt hatte, ohne sie. Katrin konnte nur staunen, wie all das an ihr vorbeiging und sie dennoch betraf. Ein wenig kränkte es sie, dass er sie in dieser letzten Frage nicht auch zurate gezogen hatte, sondern einzig und allein Swetlana. Gleichzeitig war sie unendlich froh, nicht gefragt worden zu sein.

Als der Arzt geendet hatte, nickte sie zustimmend. Ihr Gesicht war nass, aber sie weinte nicht, das hätte sie gerne hinzugefügt, eine rein körperliche Reaktion, sobald vom Tod ihres Vaters die Rede war, das kam einfach so.

»Wie lange noch?«, fragte sie.

»Drei Tage«, sagte der Arzt, »maximal vier.«

Er drückte ihr mitfühlend die Hand und begleitete sie zurück auf den Flur, wo sie ihm noch einmal dankte. Doch sie sah sich außerstande, in den Dialyseraum zurückzugehen, und blieb vor der Tür stehen. Es war nicht nur das nahe Ende ihres Vaters, was ihr zu schaffen machte, sondern auch das Leben, das an ihr zog und immer weiterging. Es war für sie schon kompliziert gewesen, sich die ganze Woche bis heute freizunehmen, vier weitere Tage waren praktisch unmöglich. Für die Welt draußen starb ihr Vater nicht schnell, nicht effektiv genug. Und sosehr sie die Zeit anhalten wollte, um eine Tochter zu bleiben, die einen Vater hatte, ein Teil von ihr hoffte doch, er würde sich beeilen. Sie musste zurück in die Firma, wenigstens für einen Tag, aber sie konnte hier nicht weg, zu groß war die Gefahr, dass sie ihren Vater nie wiedersah. Der Tod ließ nicht mit sich handeln. Vor ihm waren ein paar Arbeitsstunden im Büro bedeutungslos.

Doch das war ihr Leben.

Katrin ließ die Türklinke, die sie schon halb gedrückt hatte, wieder los. Auf einmal überkam sie eine große Angst, es nicht zu schaffen, ohne dass sie hätte sagen können, was »es« eigentlich war.

Einen Augenblick stand sie noch vor der Tür unter den skeptischen Blicken der Schwester, dann gab sie ihr ein Zeichen und ging telefonieren. Sie konnte jetzt noch nicht zurück in die Stille, den Stillstand, die Krokodilszeit, die um ihren Vater herrschte, diese fast schon amorphe Langsamkeit, die Stunden und Tage verschlang, unterschiedslos, ziellos scheinbar, bis auf den einen letzten Moment, in dem das Krokodilsmaul zuschnappen würde für immer.

Sie trat ins Freie und rief als Erstes in der Firma an. Zu spät fiel ihr ein, dass das Leitungsteam um diese Zeit seine tägliche Lagebesprechung hatte. Doch insgeheim war sie froh, mit niemandem sprechen zu müssen, und hinterließ auf zwei verschiedenen Mailboxen mehr oder weniger dieselbe Nachricht. Aus irgendeinem Grund tat es ihr gut, ihre eigene Stimme zu hören, wie sie Worte formte und funktionierte, trotz allem. Fast glaubte sie sich. Einen Moment lang sah sie zwei Tauben zu, die sich auf dem grau gepflasterten Innenhof einen Sandwichrest streitig machten. Dann dachte sie, dass es sich um Krankenhausessen handeln musste, und sie wählte Swetlanas Nummer.

Zu ihrer Überraschung schien Swetlana nicht allein zu sein. Im Hintergrund hörte sie Männerstimmen, Männerlachen, verkniff sich aber nachzufragen, wer das sei. Betont nüchtern berichtete sie von der Prognose des Dialysearztes, was Swetlana gelassen aufnahm, wohl deshalb, weil es ihr längst bekannt war.

»Ich habe Neuigkeiten«, wechselte sie das Thema, »du glaubst nicht, was wir gefunden haben auf dem Grund vom See …« – Natürlich sprach sie wieder vom See.

»Gefunden?«, fragte Katrin unwillig. »Was denn?«

»Einen halben Hausstand!«, platzte Swetlana heraus und erntete noch mehr Männergelächter. »Du musst es dir ansehen, dein Vater hat in seinem schrecklichen See einen halben Hausstand versenkt.«

»Wo bist du denn gerade?«, erkundigte sich Katrin, um nicht zu fragen: Wer ist bei dir?

»Ich stehe direkt davor, es ist wirklich unglaublich«, sagte sie, ihr Ton wurde ernster, geschäftsmäßiger. »Mir bleibt nichts anderes übrig, ich muss die Handwerker nach Hause schicken. Wir brauchen erst einen Container, um den See zu entrümpeln.«

»Den See entrümpeln!«, kam prompt das johlende Echo aus dem Hintergrund. Erst jetzt wurde ihr klar, dass diese lachenden, ausgelassenen Männer dieselben waren, die heute Morgen so missmutig und stumm vor ihr gestanden hatten. Was war bloß los mit ihr? Welche Wirkung hatte sie derzeit auf Menschen, wenn ihre Anwesenheit zwei fröhlichen Stadtgrün-Gesellen die Sprache verschlug?

»Ich gehe jetzt wieder zu Papa«, sagte Katrin und legte auf.

Sie nahm einen kurzen Umweg über die Cafeteria, um schnell noch einen Kaffee zu trinken, den sie jedoch nach ein paar Schlucken stehen ließ, weil er nach Medizin schmeckte. Als sie den Dialyseraum wieder betrat, lag ihr Vater in tiefem Schlaf. Sie hatte keine Wut auf ihn, nicht einmal das Bedürfnis, ihn zur Rede zu stellen. Was auch immer er mit dem Schwimmteich angestellt hatte, sie würde ihn gegen Swetlana und alle anderen in Schutz nehmen – nicht weil sie ihn verstand, sondern weil er ihr Vater war und sie nicht anders konnte. In Wahrheit machte er sie ratlos. Das war schon immer so gewesen. Und jetzt hatte er es wieder getan.

Katrin setzte sich nicht an sein Bett, dazu fehlte ihr die Ruhe. Stattdessen ging sie zum Fenster, schob die Gardinen ein wenig beiseite und sah hinaus in den schachtartigen Innenhof, der sogar bei steil stehender Sonne beinahe zur Hälfte im Schatten lag. Vor einer Glasschiebetür standen zwei ältere Herren in zerschlissenen Bademänteln, rauchten und schauten in verschiedene Richtungen. Irgendwie schien alles eine besondere Bedeutung zu haben, seit ihr Vater im Sterben lag. Sie sah die Dinge mit den Augen des

Abschieds, vielleicht sogar mit denen ihres Vaters, auch wenn sie keine Ahnung hatte, was in seinem Kopf vor sich ging. Doch sie stellte sich die Welt als eine zu verlassende vor und suchte nach etwas, das blieb. Als sie sich umdrehte und zu seinem Bett zurückging, konnte sie das Wasserbild an der Wand kaum anschauen in dem Wissen, dass ihr Vater es heute zum letzten Mal sehen würde und dann nie wieder.

Die Maschine surrte unverändert. Es fiel ihr schwer, nicht ständig daran zu denken, dass dies das Blut war, mit dem ihr Vater leben und sterben würde, seine letzte Reinigung. Sobald man ihm die Schläuche abnahm, lief die Uhr.

Während der zwei weiteren Dialysestunden wachte ihr Vater nicht mehr auf. Immer wieder ächzte und stöhnte er im Schlaf mit dem wenigen Atem, den er noch hatte. Seine Lippen zuckten, und das Insekt in seiner Unterlippenkerbung hob seine Fühler noch einmal. Doch es war kein Kampf mehr. Er rang nicht mit dem Tod, er rang mit dem Leben. Ihr Vater hatte die Seiten schon gewechselt – er hatte das Leben losgelassen und wartete nur noch darauf, dass das Leben ihn losließ.

Die Schwester kam herein, um die Dialyse zu beenden und ihn auf sein Zimmer zurückzufahren. Sie war sehr offen und freundlich, doch in ihrem Gesicht stand geschrieben: Wollen Sie sich den Anblick dessen, was jetzt kommt, nicht lieber ersparen?

Katrin bedankte sich bei ihr und ging vor die Tür. Schon von Weitem sah sie Swetlana über den Flur kommen. Es war also wieder Zeit. Katrin umarmte sie kurz, ließ die üblichen Küsschen über sich ergehen und die Wolke von schwerem Parfüm, die noch lange in ihren Kleidern hängen würde. Trotz oder vielleicht gerade wegen der seltsamen Entdeckung auf dem Grund des Schwimmteichs schien Swetlana bester Dinge zu sein, schließlich konnte sie sich bestätigt fühlen in ihren Vorurteilen gegen dieses Gewässer und seine unheilvolle Aura. Falls es noch eines Beweises bedurft hätte, dass der »See« wegmusste, dann war es seine unrechtmäßige Nutzung als Sperrmülldeponie.

Irgendwo in Katrins Hinterkopf tauchte die Frage auf, ob Swetlana davon gewusst hatte. Dieser Fund musste ihr gerade recht kommen. Alles, was ihren Schützling von seiner Familie und seinem normalen Umfeld entfernte, rückte ihn näher an sie. Doch Katrin beschloss, diesen Gedanken nicht weiterzuverfolgen.

Kurz und eher beiläufig erkundigte sich Swetlana nach dem Stand der Dinge. Dann maskierte sie sich und betrat, ohne zu zögern oder auch nur anzuklopfen, den Dialyseraum, um der Schwester zur Hand zu gehen. Noch in der Tür streifte sie ihre Handtasche ab, in der, halb sichtbar, ein dicker amerikanischer Thriller steckte, der ihr offenbar helfen sollte, die Nacht zu überstehen. Nein, dachte Katrin noch einmal, Swetlana war manchmal entwaffnend pragmatisch und dabei etwas grob, aber nicht arglistig. Bevor sie ihr irgendetwas unterstellte, musste sie sich selber eingestehen, dass Swetlanas Natürlichkeit und Vertrautheit im Umgang mit ihrem Vater sie nicht nur auf seltsame Weise eifersüchtig machte, sondern vor allem beschämte. Er war seiner Pflegerin näher als ihr.

Katrin folgte Swetlana, vom Schwung ihrer Ankunft wie mitgerissen, blieb aber unschlüssig in der Tür stehen und schaute zu Boden, während die beiden Frauen mit gut eingespielten Handgriffen ihren Vater versorgten. Sie sah nicht hin, horchte nur auf seinen Atem, sein Stöhnen. Einmal glaubte sie, seine Stimme zu hören, schwach, tonlos, nur ein Hauch. Ihr war, als fragte er nach ihr.

»Ich wollte ihm noch einmal auf Wiedersehen sagen«, erklärte sie sich, als die Schwester das Bett Richtung Gang schob und sie im Weg stand, obwohl sie sich längst verabschiedet hatte. »Ich wollte dir nur auf Wiedersehen sagen«, wiederholte sie, an ihren Vater gewandt, ohne rechte Überzeugung, dass er sie hörte. Es war mehr wie ein Nachtgebet, das man im Dunkeln aufsagt, um sich selbst zu beruhigen. »Erhol dich gut, Papa, morgen komme ich wieder.«

Sie zuckte zurück, als er plötzlich seine Kinderaugen aufschlug und sie ansah. »Morgen«, sagte er und murmelte etwas, das sie nicht gleich verstand. Doch sie traute sich nicht nachzufragen, sondern streichelte nur seine Bettdecke und nickte ihm aufmunternd zu. Ihr Vater schloss die Augen wieder. Erst als Swetlana und die Schwester ihn ein Stück weiter den Gang hinuntergeschoben hatten, hörte sie ihn noch einmal sagen: »Morgen bin ich eine Seele.«

Sie wollte ihm nachlaufen, hinterherrufen: Nein, Papa, so weit ist es noch nicht, du hast noch Zeit, wir haben noch Zeit, drei, vier Tage ... Doch sie konnte nicht, konnte ihm nicht widersprechen, weil sie insgeheim wusste, dass er recht hatte – etwas in ihr wusste es. Er war eine Seele, schon jetzt, und kein Kind, auch wenn sein ganzes Erwachsenenleben von ihm abgefallen war. Ein Kind hatte in seiner Nacktheit und Hilflosigkeit einen Körper, ihr Vater dagegen war entkleidet von allem, körperlos.

***

Sie ging direkt in den Garten, als sie nach Hause zurückkam, auch wenn ihre Neugier geringer war als die Angst vor dem, was auf dem Grund des Teiches zum Vorschein gekommen sein mochte. Nur die Ungewissheit war noch unerträglicher. Auf der Terrasse hielt Katrin kurz inne, verwundert über die Schwemmlinien und Pfützenränder aus Blütenstaub und Gräserpollen. Von einem Schauer hatte sie gar nichts mitbekommen. Dann wurde ihr klar, dass es sich um Spuren von Pumpenwasser aus dem Teich handeln musste, das offenbar auch Teile der Terrasse geflutet hatte. Es roch nur anders, nach Regen auf staubigen Steinen, nach wassergetränkter Erde und frisch gemähtem Gras. Der Fäulnisgeruch schien verflogen.

Katrin gab sich einen Ruck und schaute in das baugrubentiefe, lang gezogene Loch im Garten. Was sich unten auf dem Grund befand, war nicht leicht zu erkennen. Schlammiges, schwarzes Wasser stand hüfthoch um das Gerümpel, das auf den ersten Blick aussah wie der übliche Kram, der sich über die Jahre in Häuserkellern ansammelt. Erst auf den zweiten Blick entdeckte sie weiter hinten – neben der alten Stehlampe aus dem Nähzimmer – ein Damenfahrrad mit geschwungenem Lenker, einem Fahrradkorb vorn und einer großen, nostalgischen Klingel. Es musste das Lieblingsrad ihrer Mutter sein, das rote, das ihr angeblich gestohlen worden war. Himmel und Hölle hatte sie damals in Bewegung gesetzt, um es wiederzufinden. Jetzt war es alles, nur nicht mehr rot.

Warum ihr Vater das getan hatte, aus welchem Hass oder Zorn, wollte sie sich nicht weiter ausmalen. Dass er nicht nur ihre Mutter, sondern auch sie hatte treffen wollen, zeigte sich spätestens, als sie ihr altes Kinderbettgestell und die Überreste des tragbaren Fernsehers entdeckte, auf dem sie »Flipper« und »Lassie« geguckt hatte. Sie hatte ihn nicht mal vermisst.

Fassungslos starrte Katrin auf all das Vergessene, Verschwundene, das auf einmal in dieser Grube wieder auftauchte. Es war, als hätte ihr Vater versucht, das ganze Inventar ihrer Vergangenheit, ihrer gemeinsamen Geschichte zu versenken. Er hatte es sich aus den Augen geschafft, es ihnen genommen und weggeworfen, aber eben nicht ganz, nicht restlos, sonst hätte er es einfach abholen und entsorgen lassen. So aber blieben die Dinge bei ihm, all diese Erinnerungsstücke einer Familie, die es nach ihrem Weggang nicht mehr gegeben hatte. Sie waren ganz in seiner Nähe unter Wasser begraben. Und vielleicht hatte er sogar diesen Moment jetzt gewollt, den Schrecken des Wiedersehens, vielleicht gehörte das alles zu seinem Plan, und er hatte davon geträumt, dass sie eines Tages vor den Überresten ihrer Vergangenheit stehen würde, allein oder mit ihrer Mutter, und dass sie bereute – aber was? Ein schlechtes

Gewissen bekam – aber wofür? Vielleicht war das, was sie sah und dass sie es sah, sein letzter Wille, eine Art Vermächtnis oder Botschaft, das Einzige, was er ihr hinterlassen hatte: diese Fragen.

Eine unsagbare Traurigkeit überfiel sie. Es tat ihr leid, es war so schade um alles, aber vor allem um ihren Vater, diesen bitteren, alten Mann, der so verletzt war und so verletzend. In ihrer Erinnerung kam er ihr merkwürdig schwach vor und verloren, doch sie vergaß auch nicht, wie hart er manchmal sein konnte, ja grausam. Er war kein guter Mensch, nie gewesen, aber er war ihr Vater. Und sie wusste selbst nicht, ob sie ihn sich zurückwünschen sollte, so wie sie ihn gekannt hatte im Leben – oberflächlich, wie sich herausstellte, sehr oberflächlich –, oder ob sie nicht froh sein sollte, dass er starb und nichts mehr von ihm blieb, nichts von der Bitterkeit der letzten Jahre.

Katrin trat vom Ufer des Schwimmteichs, Schwimmsumpfs zurück, sie ertrug diesen Anblick nicht länger. Dennoch ging sie nicht gleich ins Haus, sondern musterte über die Hecken und Sträucher hinweg die Fenster nebenan, zu beiden Seiten, um zu sehen, was die Nachbarn sehen konnten. In den Scheiben links spiegelte sich der Abendhimmel, im ersten Stock rechts standen die Schlafzimmerfenster offen, von dort hatte man volle Einsicht. Katrins erster Impuls war, die Grube irgendwie abzudecken, eine Plane oder Ähnliches darüberzulegen. Normalerweise kümmerte es sie nicht, was andere Leute dachten, doch in diesem Fall ging es nicht um sie, sondern um ihren Vater. Katrin schämte sich für ihn, mit ihm, ihre Trauer hatte sich in Scham verwandelt. Wann immer man in Zukunft an ihn dachte, würde man an das hier denken, ohne dass er sich dagegen wehren konnte, ohne die geringste Chance, seine schiefe Geschichte geradezurücken oder wiedergutzumachen. Ihr Vater hatte keine Stimme mehr in diesem Leben, die Nachrede auf ihn hatte begonnen, das wurde ihr schlagartig klar.

Auf einmal bekam das Feixen und Lachen der Stadtgrün-Kollegen, das sie noch immer im Ohr hatte, einen anderen Klang.

Kurz entschlossen kramte sie ihr Handy hervor. Vielleicht konnte sie über den Krankenhausapparat ihres Vaters Swetlana erreichen und mit ihr beratschlagen, was zu tun war, vielleicht brachte er sogar selbst zwei, drei Sätze zustande, die ihr helfen würden, ein paar Dinge über ihn richtigzustellen. Doch als sie auf ihr Display schaute, war da eine von Swetlanas entwaffnenden Nachrichten, vier Wörter nur, ohne Anrede und Gruß: »Er lächelt im Schlaf.«

Katrin ließ ihr Telefon sinken. Sie spürte, wie der Drang und Zwang, ihren Vater zu verteidigen, sich mehr und mehr verflüchtigte. Offenbar lastete dieser Druck schon so lange auf ihr, dass er sie geformt hatte und ein Teil ihres Lebens geworden war. Jetzt wurde ihr leichter, unerhört leicht. Sie musste nicht länger Partei für ihren Vater ergreifen gegen alle anderen, gegen sich. Niemand erwartete es von ihr, am wenigsten er selbst. Der alte Mann war längst woanders, wer anders, über alles hinaus. Er konnte lächeln, und langsam – ganz langsam – lächelte sie auch: über sich und ihn und den alten Reflex, ihn in Schutz nehmen zu wollen, wie sie es immer getan hatte. Auch das war jetzt Vergangenheit, einfach Vergangenheit, wunderte sie sich und lächelte so lange, bis ihr die Tränen kamen. Sie weinte noch eine Weile mit nach oben gezogenen Mundwinkeln und genoss diesen seltsamen Schmerz, der ihr ein warmes Gefühl bereitete an einer Stelle, an der eigentlich nichts mehr war. Dann schaute sie wieder auf zu den Fensterreihen der Nachbarn. Nein, keine Plane, keine Abdeckung, sie würde die Grube lassen, wie sie war, halb Sumpf, halb Sickerwasser. Sollten die Leute sich darüber das Maul zerreißen, ihren Vater und sie ging das nichts mehr an. Fast empfand Katrin so etwas wie Stolz, eine kostbare Art von Stolz, weil sie den anderen etwas voraushatte, etwas ganz Wesentliches. Ihr Vater war dem Tod so nah. Durch ihn hatte sie einen Vorsprung zum Ende hin. Mit ihm war sie schon da.

***

Im Haus zog sie als Erstes die Vorhänge zu, dann streifte Katrin ihre Schuhe ab und goss sich ein Glas Wein ein. Auf Strümpfen ging sie die Treppe hoch und betrat das ehemalige Nähzimmer ihrer Mutter mit der Couch, auf der sie seit einer Woche übernachtete. Ihr einstiges Kinderzimmer hatte Swetlana bezogen, vor Jahren schon, und im Ehebett ihrer Eltern, das nun auch ihr Vater verlassen hatte, wollte sie nicht schlafen. Katrin nippte ein paar Mal an ihrem Glas, dann stellte sie es auf den Couchtisch und machte es sich bequem. Eine Zeitschrift war gerade nicht greifbar, also tippte sie noch ein wenig auf ihrem Handy herum. Erst jetzt fiel ihr auf, dass sich keiner ihrer Kollegen gemeldet hatte, überhaupt niemand aus der Firma, keine Reaktion, nicht einmal auf ihre Mailbox-Nachricht hin, dass sie noch länger ausfallen würde, obwohl sie damit den Zeitplan für mindestens ein Projekt gefährdete. Sicher wollte man sie nicht behelligen in dieser Situation, aus Rücksichtnahme oder gar Pietät. Doch der wirkliche Grund für das Schweigen ihrer Kollegen war, dass der Tod nicht nur ihren Vater, sondern auch sie berührt hatte. Sie war dem Endgültigen begegnet, sie hatte sich infiziert mit dem Virus der Sterblichkeit. Und alle Rücksicht auf sie war nur Angst, Angst vor der Ansteckung. Ihre Kollegen – all jene, die mitten im Leben zu stehen glaubten – hatten sie in stillem Einvernehmen unter Quarantäne gestellt.

Es war wirklich sehr still.

Katrin warf einen letzten Blick auf ihr Display. Swetlanas Nachricht war von kurz vor sieben, also nach der Abendvisite. Jetzt würde ihr Vater in seinem Schlaf nicht mehr gestört werden. Sie leerte das Glas, stellte ihr Handy auf laut, falls doch etwas sein sollte, und legte es neben sich. Dann ließ sie ihren Kopf auf die Sofalehne sinken und schloss die Augen.

Es war kein sonderlich bewegter Tag gewesen, dennoch schossen ihr die verschiedensten Bilder durch den Kopf: das Gesicht des Arztes, als er vom Ende der Dialyse sprach, Swetlana mit ihrem Krimi, die Krankenhausflure, die Tauben im Innenhof und immer wieder der Sumpf. Um zur Ruhe zu kommen, versuchte Katrin, sich auf etwas Bestimmtes zu konzentrieren, aber worauf? An ihren Vater wollte sie jetzt nicht denken, auch an ihre Kollegen nicht. Swetlana drängte sich dazwischen, gutmütig, hilfsbereit, plump, doch Katrin schüttelte sich unwillkürlich, schüttelte die Erinnerung ab. Schließlich landete sie bei dem Ozeanposter im Dialysezimmer, das ihr ein paar Mal entglitt, bevor sie es fixieren konnte in seiner anhaltslosen Bläue. Je länger sie dabei verweilte, desto mehr kam es in Bewegung, wechselte unmerklich die Farbe, wurde sonnengelb wie der Vorhangstoff, um dann wieder in Bahnen von Pollen und Blütenstaub zu zerfließen, verschlungene Ornamente, wie von einem einfallsreichen Wind gedreht und dem Wasser anheimgegeben.

In einem Winkel ihres Bewusstseins registrierte Katrin, dass sie dabei war, abzudriften in einen leichten, schleierhaften Schlaf, und sich nur treiben, immer weiter treiben zu lassen brauchte, damit es geschah. Dann war kein Gedanke mehr daran. Die Wasseroberfläche wurde plötzlich von blaugrauen, bleigrauen Fischrücken durchbrochen, wendige, wuchtige Körper, glänzend und von unglaublicher Eleganz. Es waren Tümmler, die aus dem wimmelnden Wasser emportauchten, hochstiegen, immer höher – Delfine, ein ganzer Schwarm von Delfinen in einem rauschenden Zug unter und über der Oberfläche, in Wellen und über den Wellen. Einige, die ausgelassensten und übermütigsten, katapultierten sich weit aus dem Wasser und wirbelten keckernd durch die Luft, um dann wieder in die Gruppe zurückzutauchen. Und davon ging ein solches Glücksgefühl aus, eine so helle Freude, als gäbe es nichts Schöneres. Nur dass dies Schnalzen und Schmettern immer lauter wurde, sehr laut und alarmierend in seiner Heftigkeit. Katrin riss die Augen auf. Draußen vom Garten her ertönte tatsächlich wieder und wieder dieses klatschende, peitschende Geräusch, für das es in ihrem Traum eine Erklärung gab, aber keine in Wirklichkeit.

Verwundert setzte sie sich auf und horchte, aber das Schnalzen ließ nicht nach, sondern wurde eher noch stärker, dringlicher. Katrin stand auf, von ihrem kurzen Schlaf ganz benommen. Eine Hand am Geländer, stieg sie die Treppe hinunter, zog die Vorhänge wieder auf und öffnete die Schiebetür zum Garten hin. Ihre schlimmste Befürchtung schien sich zu bestätigen: Es kam aus der Grube, dem Sumpf, dem Wasserloch, so als würde sich jemand zu retten versuchen und mit den Armen um sich schlagen. Katrin betete innerlich, dass es sich nicht um ein Tier oder Kind handelte, das in diesen Morast gefallen war und nicht wieder herauskam. Schon allein deshalb musste sie nachsehen, lieber jetzt als gleich, und eilte, ohne ihre Schuhe anzuziehen, über den Rasen, der sich unter der hereinbrechenden Dunkelheit ganz nass anfühlte, von Pumpwasser und Abendtau. Ihre Strümpfe sogen sich augenblicklich voll, und wenn sie mit der Ferse auftrat, meinte sie einzusinken, so aufgeweicht war der Boden unter ihren Füßen. Beklommen beugte sie sich über den Grubenrand. Es war noch immer nicht Nacht, nicht ganz, am Himmel hielt sich ein breiter Dämmerstreif. Graues Licht lag über dem Gewirr von Stangen und Gestellen, deren Umrisse im Halbdunkel verschmolzen wie zu einem einzigen Ding. Ansonsten war nichts in der Grube, gar nichts.

»Hallo?«, rief Katrin fragend, sie rief es zweimal, dreimal – keine Antwort, sogar das Klatschen schien zu verstummen. Ich muss in den Sumpf steigen und da unten weitersuchen, sagte sie sich, es geht nicht anders. Was, wenn das Kind oder Tier gerade im Schlamm versinkt?

Ohne aufzuschauen, umrundete Katrin den Teich oder was davon übrig war, fieberhaft auf der Suche nach einem Lebenszeichen, irgendeiner Unruhe oder Bewegung im Schlammwasser, auf dem sich das fahle Licht wie in Pfützen ausbreitete, glatt und beinahe gleichgültig. Dann sah sie es, auf der Rückseite des Schattenbergs, wo sich in einem Schlammbett eine größere Wasserlache gebildet hatte: Es waren Fische, Fischrücken, Fischschwänze, die peitschend um sich schlugen und im flachen, viel zu flachen Wasser mit den Schwanzflossen schnalzten. Ihr Traum hatte sie nicht getäuscht, nur handelte es sich nicht um das stolze Steigen der Delfine, sondern um den Todeskampf heimischer Fische, von denen einige schon an Land zappelten und verzuckten mit auf- und zuklappenden Kiemen, die silbrigen, großschuppigen Leiber gewunden, gekrümmt, die weißen Unterbäuche zuoberst gekehrt.

Katrin hatte keine Zeit, sich zu fragen, wie diese Fische in den Schwimmteich gekommen waren, ob ihr Vater sie ausgesetzt hatte oder überhaupt davon wusste. Sie brauchten Wasser, Frischwasser! Offenbar war der Pegelstand durch einen Riss in der Teichfolie immer weiter gesunken, bis die Wassermenge nicht mehr ausreichte und die Agonie begann. Katrin wusste sich nicht anders zu helfen, als den Gartenschlauch aufzudrehen und auf die Mulde mit den verendenden Tieren zu richten in der Hoffnung, dass sich das Wasser schneller sammeln und auffüllen würde, als es im Boden versickerte. Doch ihr war klar, dass sie sich sehr bald etwas Besseres einfallen lassen musste. Nachdem sie den Schlauch festgeklemmt hatte, lief sie in die Garage, um den größten Eimer zu holen, den sie finden konnte. Dann zog sie sich Gummihandschuhe und Gummistiefel an und kletterte in den Schlamm hinab. Mehrmals blieb sie bis zum Stiefelschaft im Matsch stecken. Es war überhaupt sehr schwer, die Fische zu fassen zu bekommen, die in ihr keine Rettung sahen, sondern das Ende, und in wilder Flucht über den Schlammgrund schmetterten. Immer wieder entwanden sich ihr die kräftigen, breiten Leiber, und selbst wenn sie einen Fisch gefangen und in den Eimer gesteckt hatte, sprang er oft wieder heraus und steilerte hart auf dem Boden. Es blieb eine verzweifelte, vergebliche Arbeit. Am Ende zählte sie in ihrem Eimer drei Fische, zwei große und einen kleinen. Der Rest lag wie über ein Schlachtfeld verstreut auf dem Grund, in den der Gartenschlauch Löcher und Lachen gespült hatte, zum Sterben zu viel, zum Leben zu wenig.

Doch sie hatte getan, was sie konnte, und gab auch jetzt nicht auf. Durchnässt und verdreckt, wie sie war, lud sie den Eimer in ihren Kofferraum und fuhr zum nächsten See – einem richtigen See, der nie versiegt! Sie stellte den Wagen am äußersten Ende des Parkplatzes ab, von dort aus war es nicht mehr weit bis zum Steg. Mit dem schwappenden Eimer vorm Bauch lief sie über den Schotter, das Deichgras, die Planken hinauf und schüttete die Fische ins Schwarze. Sie tauchten nicht wieder auf. Ihre Silberleiber verschwanden spurlos und wie nie gewesen.

Katrin blieb noch eine Zeit lang am Ufer stehen – einem richtigen Ufer – und sah auf das Wasser hinaus, das wirklich sehr schwarz war. Die Nacht hatte den Dämmerstreifen gelöscht und sich um die ganze Welt gelegt. Eine gewichtige Kühle senkte sich herab. Mit einem Gefühl der Befriedigung schaute Katrin zu, wie sich der See in Nebelkräuseln und Schwaden dagegen erhob. Dann ging sie zu ihrem Wagen zurück, klappte den Kofferraum zu und fuhr durch die leeren Straßen nach Hause.

Bevor sie ins Bett ging, duschte sie lange, so als würde auch ihr Körper Wasser brauchen. Es dauerte, bis sie das Gefühl hatte, den Geruch von Schlamm und Fisch und Gummihandschuhen losgeworden zu sein. Erschöpft, aber glücklich stieg sie die Treppe hinauf und warf, als sie sich ins Bett legte, einen kurzen, gewohnheitsmäßigen Kontrollblick auf ihr Handy, das noch immer auf dem Couchtisch lag.

Es war noch einmal eine von Swetlanas entwaffnenden Kurznachrichten, nur vier Wörter, ohne Anrede, ohne Gruß: »Er hat es geschafft.«

Katrin verstand nicht gleich, drehte den Satz mehrmals in ihrem Kopf herum, weil sie immerzu dachte: Aber ich habe es doch geschafft, ich, ich habe drei von ihnen gerettet! Dann erst wurde ihr klar, was das hieß. Und sie schluckte.

Hiob

Es war immer das Erste, was er machte nach einer langen Fahrt. Sobald er das Gepäck ausgeladen hatte, schnürte er seine Joggingschuhe und lief los. Seine Frau fragte schon seit Jahren nicht mehr, ob er nicht müde oder hungrig sei, und sein Sohn Benny war gerade erst sieben, hatte Beckenschiefstand und ein zu kurzes Bein. Also lief er allein. Er nahm nur einen Stock mit wie immer, um sich der Hunde zu erwehren.

Ihre Feindschaft reichte weiter zurück als seine Erinnerung. Schon bei seinen ersten Gehversuchen war er von dem sonst friedliebenden Rauhaardackel seines Onkels gebissen worden. Aus irgendeinem Grund meinten alle Hunde, denen er über den Weg lief, er laufe vor ihnen weg. »Schlechtes Gewissen«, hatte er als Kind immer wieder zu hören bekommen, »Hunde wittern ein schlechtes Gewissen.« Doch er war sich keiner Schuld bewusst. Er empfand nur eine sehr begreifliche Angst vor dem nächsten Biss, und diese Angst hatte er offenbar an seinen Sohn vererbt. Sie beide hassten Hunde, und die Hunde hassten sie, auch wenn Benny natürlich nicht so schnell laufen konnte.

Es ging ein bisschen hügelan. Die Ferienanlage mit ihren Blockhütten und Holzhäusern erstreckte sich über das Tal bis zum Ufer eines kleinen Sees, ringsum ein paar vereinzelte Gehöfte zwischen weiten Ackerflächen. Das nächste Dorf lag drei Kilometer entfernt. Er lief die Straße hinauf, die er vor einer halben Stunde hinuntergefahren war. Beim Blick aus dem Seitenfenster hatte er einen Feldweg entdeckt, der zwischen Äckern und Wiesen hindurch zu einem Wald führte. Davon versprach er sich Schatten und Feuchtigkeit.

Es war ein heißer Sommertag, einer der heißesten des Jahres, hatten sie im Autoradio gesagt. Über den Feldern flirrte die Luft. Es roch nach Heu.

Die Fahrt saß ihm noch in den Knochen, seine Gelenke waren steif vom langen Sitzen. Doch er hatte seine Dehnübungen weggelassen, dieses Eingeständnis, dass auch er nicht mehr der Jüngste war und Vorbereitungen benötigte, für die er früher nur Verachtung übriggehabt hatte. Er mochte es nicht, wenn seine Familie ihm dabei zusah, seine Frau mit ihrem kritischen Blick für alles Gymnastische und Benny mit seinen immer verwunderten, leicht erschrockenen Augen. Er wollte ein Vorbild für ihn abgeben, ein Beispiel dafür, dass man durch jeden Schmerz und Widerstand hindurchlaufen konnte. Benny war das einzige Kind auf der Schule, das noch zum Klassenraum getragen wurde und sich nicht lösen konnte, manchmal bis zum zweiten Klingeln nicht. Wenn der Kleine dann endlich zu seinem Platz in der vorletzten Reihe hinkte, schaute er sich nie um und sagte auch nicht auf Wiedersehen. So ging das schon ein ganzes Jahr. Jetzt waren Ferien, Bennys erste Sommerferien.

Der Feldweg war holprig, die vielen Schlaglöcher teils aufgefüllt mit bauschuttartigen Steinen, die sich verschoben unter seinem Tritt. Immer wieder kam er ins Schlingern und musste sich fangen. Er spürte ein Zwicken in der Wade und im hinteren Oberschenkel, doch damit kannte er sich aus und hoffte auf den Waldboden, auf federnde, wurzelfreie Pfade. Neben ihm, hangaufwärts, brannte ein frisch gepflügter Acker im Licht. Das mächtige, in Schollen aufgeworfene Erdreich erstreckte sich bis hinauf zu der langen, leicht geschwungenen Kammlinie am Horizont. Mit seinem Blick folgte er dem Furchenmuster gleichmäßig gepflügter Bahnen, die sich um einen Strommast wanden, der auf einer Insel aus strohigen Feldblumen und Grasbatzen stand. Die schweren, durchhängenden Hochspannungsleitungen summten unter der Sonne.

Er nahm die restliche Steigung in großen Schritten. Der Schmerz war nur noch eine leise Warnung, die er belächelte. Er war kein Kranker, dem es besser ging als vielen anderen Kranken, er war ein Gesunder mit Wehwehchen. Doch diese Gewissheit, an die er sich hielt, war auch eine traurige. Sie trennte ihn von Benny.

Niemand hätte ihm deutlicher zeigen können als sein Sohn, dass ein Kranker die Sprache der Gesunden nicht verstand. Seine ganzen Ermutigungen und Aufmunterungen mussten sich in Bennys Ohren wie gelogen anhören. Denn die kleinen Fortschritte, die einem Gesunden leicht und machbar erschienen, waren ein Ding der Unmöglichkeit, wenn man nicht in einer Welt des Handelns lebte, sondern in der des Erleidens wie sein Sohn und immer mehr auch seine Frau. Gesunde und Kranke konnten einander nicht verstehen, so wenig wie Unsterbliche und Sterbliche einander verstanden. Sie lebten nicht dasselbe Leben, weil ein anderer Tod sie umgab, ein Gefühl der Gefährdung, von der er als Gesunder zwar wusste, doch nur wie vom Hörensagen. Benny dagegen wusste es zutiefst. Der Wald kam näher. Er war noch fünfhundert Meter entfernt.

Inzwischen hatte er die Hügelkuppe erreicht, den höchsten Punkt dieser Gegend, und schaute zurück auf die Ferienanlage in der vagen Hoffnung, das Holzhäuschen entdecken zu können, das er gerade mit Frau und Kind bezogen hatte. Doch er sah nur ein paar schiefergraue Dächer zwischen Kastanienbaumkronen und Birnbaumspitzen. Die meisten Blockhütten duckten sich in die Talsenke um den See, der träge in der Sonne lag, von Mückenschwärmen und Wollgras wie verschleiert. Hier und da ragte aus dem Buschwerk ein Steg ins Wasser, Boote und Kanus ruhten am Schilfrand, unbemannt und menschenleer. Die gesamte Wasserlandschaft war von einer seltsam beglückenden Ausgestorbenheit und schien verwaist bis zu den fernen Pappelreihen, die eine größere Straße säumten, von der windähnliches Rauschen und Reifensingen zu hören war. Sonst bewegte sich nichts. Er hoffte sehr, dass Benny in dieser Ruhe und Abgeschiedenheit seine Angst verlieren würde vor der Schule und vor allem anderen – diese Angst, die in der Sprache der Gesunden Lebensangst hieß, die aber in Wirklichkeit eine Angst vor dem Tod war. Irgendwo bellte tatsächlich ein Hund.

Er packte den Stock fester und schlug ein paar Mal zur Probe vor sich durch die Luft. Es war gutes Holz, kein Windbruch, nicht sonderlich lang, aber hart, befand er und ballte die Faust um diesen Knüppel, den er mitgenommen hatte zu seiner Verteidigung und der jetzt seine Waffe war. Von nun an wollte er kein Gejagter mehr sein, sondern Jäger. Er jagte diesen Hund, wie er alles jagen würde, was Benny Angst machte. Es fühlte sich an wie etwas, das er längst hätte tun sollen. So lief er in den Wald.

Was aus der Ferne gewirkt hatte wie eine grünschwarze Schattenmasse, erwies sich schon nach wenigen Metern als ordentlicher Forst. In geraden Reihen standen die Tannen und Fichten, in immer gleichen Abständen. Der Boden war mit Nadeln bedeckt wie mit einem braunen, ausgeblichenen Fell, die Luft harzig und sonnendurchsiebt. Von einem Hund oder seinem Herrchen keine Spur. Aber er musste Geduld haben, natürlich, das gehörte zum Jägersein.

Eine Zeit lang hatte er sich ein zweites, ein gesundes Kind gewünscht, obwohl es ihm wie ein Verrat an Benny erschien. Es gab niemanden, dessen Vater er lieber gewesen wäre, und doch kehrte dieser Wunsch immer wieder, gesellte sich zu ihm wie ein Gefährte, wenn er beim Laufen ins Träumen kam auf den langen Strecken. Aber das konnte er sich kaum eingestehen und seiner Frau schon gar nicht. Sie mied dieses Thema, und er mied es auch, ihr zuliebe und aus Liebe zu Benny, für den ein gesundes Geschwisterchen, ein »Spielkamerad« in der Familie eine Heimsuchung gewesen wäre. Also schwiegen sie, und er blieb allein mit seinen Gedanken und der Angst, Benny nicht ein Leben lang beschützen zu können.

Der Waldweg bestand aus einer breiten Schneise, die für Nutzfahrzeuge und Holztransporte geschlagen worden war. Links und rechts stapelten sich entastete Baumleichen, die schon lange auf Abholung zu warten schienen und allmählich verrotteten. Das Hundegebell hob wieder an, doch wie aus großer Entfernung. Es schien aus dem Tal zu kommen, so wie es heraufschallte und verhallte in der Stille zwischen den Baumreihen. Er hatte das Gefühl, immer weiter ins Leere zu laufen, und wollte gerade umkehren, als er eine Weggabelung erblickte. Sogar eine Wetterhütte stand da mit einem Wegweiser Richtung Dorf und einem entgegengesetzten zum See, dem er folgte.

Auf einmal ging es steil hangabwärts. Offenbar war der Hügel höher oder das Tal tiefer als gedacht. Er bremste jetzt im Laufen bei jedem Schritt, was in die Knie ging, aber nicht sehr. Der Wald wurde lichter, zog seine Schattenhand zurück und offenbarte ein Narbengelände: Halden mit einzelnen Baumgerippen, aufgeforstete Abhänge mit Bäumchen so mickrig, als würden sie nie wachsen. Hinter dem spärlicher werdenden Fichtenbestand funkelte es. Das Wasser, das sich nach einer letzten Wegkehre vor ihm ausbreitete, war eine weithin glitzernde Fläche. Er zögerte einen Moment, mitten in der Bewegung – war das noch derselbe See?

Blinzelnd hielt er nach der Pappelreihe Ausschau und horchte auf das Singen der Lkw-Reifen, an das sich sein Gehör so gewöhnt hatte, dass er es kaum noch wahrnahm. Es war der See, nur viel weiter östlich. Der Forstweg teilte sich hier in die Zufahrt zur Umgehungsstraße und einen Trampelpfad, der sich am Ufer entlangschlängelte und ihn zurück zur Ferienanlage führen würde, früher oder später. Wenn ihn sein Orientierungssinn nicht täuschte, kam das Hundegebell von dort.

Der Pfad war schmal, er konnte kaum vom Boden aufschauen. Deswegen sah er das Baumhaus erst, als er schon fast davorstand, ein rechteckiges kleines Häuschen in der Luft, getragen von zwei breiten Seitenästen einer mächtigen Eiche. Es war zu fachmännisch zusammengezimmert, zu durchdacht, um das Werk abenteuerlustiger Jungs zu sein. Vielleicht lebte hier sogar jemand den Sommer über, und möglicherweise, dachte er auf einmal, gehörte der Hund zu dem einsamen Baumhausbewohner, was es nicht gerade leichter machen würde, ihn zu erschlagen. *Betreten verboten – Eltern haften für ihre Kinder* stand auf einem gelben Baustellenschild, das jemand mitgenommen und an den Stamm der alten Eiche genagelt hatte. Darüber waren einzelne Keile in die rissige Rinde geschlagen, die offenbar als Sprossen dienten.

»Hallo?«, rief er zweimal, dreimal. Er war in Schritttempo verfallen, hatte den Baum umrundet und trabte jetzt auf der Stelle. Keine Antwort. Auch das Hundegebell war verstummt. Am äußersten Ende eines der tragenden Äste hing ein dickes Seil, mit dem man sich ins Wasser schwingen konnte. Doch weder Seil noch See verrieten irgendeine Bewegung.

Er widerstand der Versuchung, hinaufzuklettern und sich dort oben umzusehen. Besser, er kam mit seinem Sohn wieder her. Für einen Moment malte er sich aus, wie sie beide dieses Baumhaus in Besitz nehmen würden. Dann wurde ihm klar, dass er sich einen gesunden Jungen vorstellte, nicht Benny, der keinen Fuß auf diese Sprossen setzen würde. Seltsam enttäuscht lief er weiter.

Nach ein paar Serpentinen um Schilffelder und Sumpfbuchten steuerte der Pfad direkt auf eine massive, etwa zwei Meter hohe Backsteinmauer zu, die sich zu einem mit Zinnen besetzten Sims verbreiterte. Diese rittergutähnliche Einfriedung der Ferienanlage war ihm schon bei ihrer Ankunft aufgefallen, nur dass sie ihm jetzt, von der anderen Seite aus, nicht mehr so nostalgisch erschien, sondern tatsächlich etwas Wehrhaftes, Abweisendes hatte. Nach seinen Berechnungen musste ihr Häuschen das nächste hinter der Mauer sein. Er spielte mit dem Gedanken hinüberzuklettern, ließ es dann aber. Stattdessen zog er seine Sachen aus, band sie mit seinen Laufschuhen zu einem Bündel zusammen und warf es über die Brüstung. Er behielt nur den Stock, mit dem er sich durch Huflattich und Brennnesseln den Weg zum See freischlug, um die mit einem Stachelgitter verlängerte Absperrung zu umschwimmen. Das Wasser war warm und morastig. Mit seinen Füßen störte er bei jedem Schritt Luftblasen auf, die einen Geruch von Fäulnis und Gärung verbreiteten.

Für den Bogen um das Sperrgitter herum benötigte er nur ein paar Züge. Er brauchte den Stock nicht einmal aus der Hand zu legen und stocherte beim Ausstieg damit vor sich her, um unter Wasser nicht gegen einen Stein oder eine Wurzel zu stoßen. Das Ufer auf Seiten der Ferienanlange war steiler, ausgehoben vermutlich oder dank der Arbeit der Gärtner weniger verschlammt. Er musste sich sehr strecken und einen halben Spagat riskieren, um an Land zu kommen. Sein Oberschenkel meldete sich mit einem stechenden Schmerz. Augenblicklich ging er in die Knie und stützte sich auf alle viere, während ihn die krampfende Muskulatur regelrecht lähmte, so kurz vor dem Ziel. Keine drei Meter entfernt im Ufergras lagen seine Kleider. Daneben stand der Hund.

Für einen Moment geschah nichts, der Hund und er starrten sich nur an, Auge in Auge. Vermutlich waren sie beide überrascht. Doch er fürchtete, mit dieser Ruhe würde es vorbei sein, sobald er sich seinem Bündel näherte. Langsam setzte er die Arme vor, kroch im Zeitlupentempo voran, während der Hund treu und wachsam jede seiner Bewegungen verfolgte. Es gelang ihm, das schmerzende Bein nachzuziehen, er kam bis auf anderthalb Meter an seine Kleider heran. Weiter konnte er nicht. Das Hecheln des Hundes, die hängende, hellrosa Zunge, die Reißzähne zwischen den nassschwarzen Lefzen – er konnte einfach nicht weiter. Ohne hinzusehen, den Blick gesenkt, versuchte er, das Bündel zu angeln. Doch als er die Hand mit dem Stock hob, bellte der Hund auf einmal los, ihm ins Gesicht. Es war das Bellen, das er bis in den Wald gehört hatte, laut und durchdringend. Er musste sich ducken vor so viel Schall, hielt den Kopf gesenkt und hoffte, dieser Lärm würde vorbeigehen oder der Schmerz in seinem Bein so weit nachlassen, dass er es wagen konnte, aufzustehen und den Hund mit ein paar gezielten Hieben in die Flucht zu schlagen.

»Sie müssen den Stock werfen«, hörte er plötzlich eine Stimme, »werfen Sie einfach den Stock!« Der Mann, der zwischen den Rhododendronbüschen aufgetaucht war, sah ihn freundlich und hilfsbereit an.

»Ist das Ihr Hund?«, keuchte er mühsam hervor und versuchte, seine Nacktheit zu verbergen. Der Hund bellte immer aufgeregter.

»Das ist ein Golden Retriever, er will Ihnen nur den Stock wiederbringen, keine Angst, werfen Sie einfach!«, rief ihm der Mann über das Hundegebell zu. Doch er dachte gar nicht daran, seine Waffe wegzuwerfen, das Einzige, was er noch hatte.

»Geben Sie mir meine Sachen!« Er bemühte sich, nicht zu schreien, sondern so bestimmt zu klingen wie möglich, um wenigstens etwas Würde zu bewahren. Doch der Mann schien gar nichts dabei zu finden, dass er nackt war und auf allen vieren, sondern brach kurzerhand einen Ast von einem der Büsche und warf ihn in den See. Der Hund raste hinterher und stürzte sich ins Wasser.

Die Verhärtung – es war eine Verhärtung und kein Krampf, so wie es sich anfühlte – hinderte ihn daran, sich wieder aufzurichten. Er kroch das letzte Stückchen und setzte sich schnell neben sein Bündel ins Gras. Der Oberschenkel schickte ihm auch jetzt noch, wie um ihn zu strafen, Stromschläge von Schmerz. Nur mit äußerster Mühe konnte er sich weit genug vorbeugen, um seine Laufhose über die Fußspitzen zu streifen.

»Tut mir leid, wenn wir Sie erschreckt haben«, sagte der Mann mit Blick auf seinen Hund und stellte sich neben ihn, »aber Retriever müssen jeden Stock, den sie sehen, apportieren, das ist ihre Natur.«

»Ich wollte mich nur kurz abkühlen und dachte, ich bin hier ungestört.« Er hatte nicht vor, sich zu rechtfertigen, ganz und gar nicht, doch genauso hörte es sich an. Mit einem Ruck gelang es ihm, seine Hose hochzuziehen.

»Sind Sie Sportler, ich meine, Leistungssportler?«, erkundigte sich der Mann.

»Nein, nur Hobby«, antwortete er, ohne es zu wollen.

»Dann scheinen Sie Ihr Hobby ja sehr ernst zu nehmen …«

Er fand, für jemanden, der mit einer Oberschenkelverhärtung halb nackt im Gras saß, führte er das falsche Gespräch, doch irgendwie schmeichelte es ihm. »Kennen Sie sich aus mit Sport?«

»Ich bin Fotograf, Sportfotograf, leider nur nebenberuflich. Damit wir uns Urlaube wie diesen leisten können, arbeite ich halbtags bei einer Versicherung«, sagte der Mann lachend. Der Hund kam aus dem Wasser zurück, schüttelte sich kurz am Ufer, dass die Tropfen flogen, legte seinem Herrchen den Stock vor die Füße und sah erwartungsvoll zu ihm auf. »Ich heiße übrigens Andreas«, fügte der Mann hinzu, ohne den Hund zu beachten. »Scheint so, als wären wir Nachbarn, wir wohnen in Haus elf.«

Er wunderte sich ein wenig, woher »Andreas« das wusste und ob dieser vertrauliche Ton in der Ferienanlage üblich war. Doch er fragte nicht nach, sondern stöhnte nur zustimmend, während er mit seinem Funktions-T-Shirt kämpfte, das beim Überziehen in Röllchen auf seinem nassen Rücken kleben blieb. Er erinnerte sich, dass Benny bei ihrer Ankunft festgestellt hatte, es gäbe kein Haus dreizehn, also waren sie wohl in Nummer zwölf.

Der Golden Retriever bellte wieder los, so durchdringend und laut wie zuvor, nur dass er die Aufforderung jetzt verstand. »Wenn man einmal damit anfängt, ist es schwer, wieder aufzuhören«, seufzte der Mann, »aber Ihr Sohn wollte unbedingt …«

»Benny?« Er zuckte zusammen, »Benny hat mit Ihrem Hund gespielt?«

»Es ist eine ›Sie‹, eine alte Dame, Marlene. – Darf ich?« Ohne eine Antwort abzuwarten, nahm der Hundebesitzer seinen Knüppel, hob ihn über den Kopf und warf ihn weit auf den See hinaus. »So, jetzt haben wir ein paar Minuten Ruhe.«

»Ich muss gehen«, entgegnete er absichtlich unhöflich. Er fühlte sich von seiner Familie verraten, von Benny, weil er mit dem Hund gespielt hatte, der ihr Feind war, von seiner Frau, weil sie es zugelassen hatte. Er nahm seine Schuhe in die Hand – sie am Boden vor dem anderen anzuziehen, kam nicht in Frage – und ging barfuß über den Rasen in Richtung Ferienhaus.

»Sie müssen da lang«, rief ihm der Hundebesitzer nach und deutete, unverändert freundlich, mit der Hand auf den Weg an der anderen Seite der Büsche vorbei. Er folgte dem Hinweis, ohne jeden Dank.

Sie waren in Haus Nummer zehn. Benny winkte ihm freudestrahlend von der kleinen podestartigen Terrasse zu, er hatte zwei Habichtsfedern gefunden und spielte Raubvogel. Von dem Hund sagte er nichts. Im Haus packte seine Frau die Koffer aus und verstaute Kleiderstapel in den verschiedenen Schränken. Auch sie sagte nichts von der Begegnung mit ihrem Nachbarn, sondern mahnte ihn nur mit einem Blick auf die Uhr, dass sie gleich zum Abendessen ins Hotelrestaurant wollten, Benny habe Hunger. Er nickte, ging ins Badezimmer, ohne das Bein nachzuziehen, und stellte sich unter die Dusche.

Das warme Wasser tat gut. Er drehte es heißer, brennend heiß, und fuhr mit dem Duschkopf über die verhärtete Stelle auf der Oberschenkelrückseite. Mit geschlossenen Augen spürte er den sich langsam lösenden Fasern nach – vielleicht war es doch nur ein Krampf. Die Entspannung wanderte durch seinen ganzen Körper. Er befestigte den Duschkopf wieder in der Halterung und ließ das Wasser auf sich herunterprasseln. Eine ganze Weile stand er so da, an die Kacheln gelehnt, wunsch- und gedankenlos. Seine Lungen füllten sich mit dem Dampf in der Duschkabine, als könnte er die Wärme um sich herum trinken.

»Ist dir nicht gut?«, hörte er seine Frau hinter den beschlagenen Scheiben.

»Doch, doch«, rief er, seine Stimme klang hohl.

»Du bist schon eine halbe Stunde da drin …«

Er bezweifelte das, fand aber nicht die Kraft zu widersprechen. Mit dem Schmerz hatte sich auch sein ganzer Antrieb verflüchtigt, alles, was ihn zusammenhielt. Er war an den Fliesen hinabgesunken und kauerte in der Hocke mit um die Knie geschlungenen Armen. Vielleicht hatte er doch einen Moment geschlafen. Die Haut auf seinem Rücken spannte wie bei einem Sonnenbrand.

»Beeil dich, bitte, wir wollen los!«

»Nein, nein, geht nur ohne mich«, sagte er und schraubte an den Armaturen, »ich hab keinen Hunger und leg mich ein bisschen hin.«

Die Dusche versiegte mit einem letzten heißkalten Schwall.

»Aber wir haben nichts im Haus, nur ein bisschen Reiseproviant«, sagte seine Frau besorgt. Er konnte jetzt ihre Silhouette hinter der Scheibe sehen. Sie hatte Licht gemacht. »Bist du sicher, dass es dir gut geht?«

Er wusste nicht, was er sagen sollte, zuckte mit den Achseln, was sie wahrscheinlich nicht sehen konnte, und sagte dann »ja«. Nie hätte er gedacht, dass er damit durchkommen würde, doch sie widersprach nicht, sondern schloss die Tür.

Er wartete, bis Benny und sie gegangen waren, dann erst verließ er das Bad mit einem Handtuch um die Hüften. Ziellos streifte er durch die Zimmer, die er noch nicht kannte. Er überlegte, ob er sich ein kühles Bier genehmigen sollte, auch wenn das direkt nach dem Laufen unvernünftig war, aber es gab keine Minibar, und der

Kühlschrank in der kleinen Behelfsküche war leer. Also nahm er sich eine Flasche Mineralwasser aus der Reisekühltasche, trank ein paar Schlucke und legte sich ins Bett. Von draußen hörte er Stimmen, Gesprächsfetzen, doch noch bevor er sie sinnvoll zusammensetzen konnte, war er eingeschlafen. Er wachte erst wieder auf, als seine Frau neben ihm im Bett ihr Buch beiseitelegte und die Nachttischlampe löschte.

»Vielleicht kannst du morgen früh die Spinne unter dem Waschbecken im Badezimmer wegmachen, Benny wollte sich deswegen nicht die Zähne putzen«, sagte sie.

Er sagte Ja. Dann sagten sie sich gute Nacht.

Am nächsten Morgen fühlte er sich erfrischt und munter. Es war erst kurz nach fünf, doch er hatte fast elf Stunden geschlafen, das Doppelte seines üblichen Pensums. Unter dem Waschbecken fand er zwei Spinnen, eine etwas dickere Kreuzspinne in ihrem Netz und eine dünne, langbeinige Jagdspinne. Er tötete beide. Dann putzte er sich ausgiebig die Zähne und wippte dabei auf den Zehen, völlig schmerzfrei.

Auf der Suche nach etwas Koffeinhaltigem ging er in die Küche, zog die Vorhänge auf und sah, dass seine Frau die Kaffeemaschine schon vorbereitet hatte, er brauchte nur noch auf den Knopf zu drücken. Sogar an ein Kännchen Milch hatte sie gedacht. Während der Kaffee durchlief, schlich er über den Flur und schaute vorsichtig durch den Türspalt ins Kinderzimmer. Benny hatte sich im Bett wie immer freigestrampelt, das zu kurze Bein angewinkelt, das andere lang gestreckt, die Arme über Kopf geschwungen wie ein Tänzer. Sein Gesicht sah wächsern aus, vielleicht ein dünner Schweißfilm, vielleicht nur seine glatte Haut im fahlen Licht der Morgendämmerung. Er wirkte so pausbackig, so mädchenhaft zart, als sei er nicht gemacht für dieses Leben, doch er atmete, und die Pupillen unter seinen Augenlidern schossen hin und her.

Für einen Moment versank er in dem Anblick. Dann zog er behutsam die Tür wieder zu, ging in die Küche und goss sich einen Becher Kaffee ein. Den Rest füllte er in die von seiner Frau bereitgestellte Thermoskanne, auf der ihre Initialen standen. Sie nahm diese Kanne überall mit hin, doch sie vergaß nie den Extrabecher für ihn. Ein Anflug von Reue überkam ihn, weil er sie gestern Abend so allein gelassen hatte. Das würde nicht wieder vorkommen.

Er nahm seinen gewohnten Schuss Milch und setzte sich mit dem dampfenden Kaffee nach draußen auf die Terrasse. Auf dem Tisch lag noch die Zeitung von gestern, die er in der Hektik des Reisetages nicht hatte lesen können. Er trank den ersten, schönsten Schluck und überflog die Seiten. Anders als zu Hause erschienen ihm die Meldungen und Artikel hier im Grünen, mit Blick auf den See, die Kastanienbäume und ihre kerzenförmigen Blüten wie Nachrichten von einem anderen Planeten. Der Kaffee erfüllte ihn mit einem warmen, pochenden Behagen. Er las ein wenig *Aus aller Welt*, geriet ins Nachdenken über irgendwas. Seinen Nachbarn bemerkte er erst, als der Hund schon auf seine Seite des Rasens gelaufen kam.

Der Golden Retriever war angeleint, sonst hätte er etwas gesagt, aber er wollte den Frieden dieser Morgenstimmung nicht stören. Den Gruß von nebenan erwiderte er mit einer minimalen Kopfbewegung, die man unmöglich als Einladung verstehen konnte. Dennoch kam Andreas näher – »Andreas«! Dass er sich diesen Namen überhaupt gemerkt hatte, ärgerte ihn. Im selben Augenblick fiel ihm wieder ein, dass der Hund eine Hündin war und Marlene hieß.

»Na, ausgeschlafen?«, rief Andreas auf halbem Weg und strahlte ihn an.

Er nickte sparsam, doch auch das hielt seinen Nachbarn nicht davon ab, am Fuß der Terrasse in Stellung zu gehen, Hände in den Hüften, und mit ihm zusammen die Aussicht zu begutachten.

»Was für ein herrlicher Morgen«, sagte Andreas, als würde es sich um eine tiefe Erkenntnis handeln. Im Gegenzug stellte er sogar das Nicken ein.

»Ich hoffe, wir haben Ihnen Ihre Frau gestern Abend nicht zu lange entführt«, wandte sich sein Nachbar wieder an ihn, »aber sie meinte, Sie hätten sich beim Laufen völlig verausgabt und würden schlafen wie ein Murmeltier …«

Irgendetwas daran traf ihn, doch er hielt still im Gesicht.

»Sie haben was verpasst. War ein schöner Abend«, fuhr Andreas fort, »sehr unterhaltsam! Ich muss schon sagen, Sie haben wirklich eine tolle Frau.«

»Ja«, sagte er, hatte aber nicht übel Lust zu widersprechen. Was wusste dieser Hundebesitzer schon von der schweren Zeit nach Bennys Geburt, von der Rennerei zu allen möglichen Ärzten und der unausgesprochenen Frage, die zwischen ihnen stand, wessen Schuld es sei, dass sie kein ganz gesundes Kind bekommen hatten.

»Aber das holen wir nach, nicht wahr? Hat Ihre Frau Ihnen schon gesagt, dass Sie heute Abend bei uns zum Essen eingeladen sind?«

»Ich weiß Bescheid«, log er, um dem anderen nicht den Triumph zu gönnen. Es gelang ihm halbwegs, seinen Unmut zu verbergen. Aber er nahm sich vor, mit seiner Frau ein ernstes Wort zu reden.

»Was für Getränke sollen wir denn für Sie besorgen? Ihre Frau meinte, Sie trinken keinen Wein …«

»Wasser«, sagte er, »nur Wasser.« Er hatte nicht vor zu kommen. Marlene zerrte hechelnd an ihrer Leine. Mit aller Macht zog es sie hinunter zum See, und für einen Moment glaubte er, sie zu verstehen.

»Sitz!«, befahl ihr Herrchen kopfschüttelnd. »Sie ist ganz wild auf diesen Stock. – Lass, Marlene! Lass den Stock jetzt!«

Es war nicht irgendein Stock, es war der Knüppel, der ihm gehörte, getränkt mit seinem Schweiß und seiner Wut.

»Sie entschuldigen mich«, erhob er sich und trank im Stehen seinen Becher leer. »Ich muss mal nach meiner Familie sehen …« Er konnte ebenso gut ins Haus gehen, die Morgenstimmung war passé.

»Bis später«, rief der Mann ihm hinterher, »ich hoffe, der Kaffee hat einigermaßen geschmeckt.«

Er fragte nicht, wieso, blieb aber stehen.

»Ich habe Ihnen gestern noch ein bisschen Milch vorbeigebracht, weil Ihre Frau meinte, sonst schmeckt Ihnen der beste Kaffee nicht.«

»Sehr nett«, sagte er nur, nahm den Becher und ging.

Nachdem er die Tür hinter sich zugemacht hatte, stand er eine Zeitlang regungslos im Flur und lauschte. Von seiner Frau aus dem Schlafzimmer kam kein Laut, aus dem Kinderzimmer nur Bennys seufzender Atem. Er beschloss, die beiden schlafen zu lassen, und ging in die kleine Küche. Der Kaffee hatte seinen Organismus in Gang gebracht, er verspürte ein leises Hungergefühl. Das Letzte, was er gegessen hatte, war ein Butterbrot auf der Herfahrt gewesen, vor knapp zwanzig Stunden. Einmal mehr kramte er in der Reisekühltasche, fand aber bloß ein paar Cracker und entschied sich, seinen Hunger lieber aufzuheben. Er musste auf jeden Fall mit der Familie zusammen frühstücken, schon allein um zu verhindern, dass Andreas sich zu ihnen an den Tisch setzte und diese Unterhaltung hinter seinem Rücken weiterging. Er warf die Zeitung ins Altpapier, stellte sich ans Küchenfenster und spähte im Schutz der Gardine hinaus. Sein Nachbar und der Hund waren verschwunden. Der See lag unter einer weißen Nebeldecke.

Er wäre gern schwimmen gegangen, wollte aber nicht die Schränke im Schlafzimmer nach seiner Badehose durchwühlen und dabei seine Frau aufwecken. Stattdessen versuchte er, seinen Kaffeebecher unter dem Wasserhahn über der Spüle so geräuschlos wie möglich abzuwaschen, doch es hörte sich an wie Platzregen auf einem Blechdach. Irgendwann hatte er von der Heimlichtuerei genug, schnappte sich seine Laufhose aus dem Bad und streifte über das feuchte Gras hinunter zum See. Er war noch nicht weit gekommen, als er den Stock im Gras liegen sah – seinen Knüppel. Hatte Marlene also doch gehorcht und ihn liegen lassen! Mit einer gewissen Befriedigung hob er ihn auf, wog ihn ein wenig in der Hand und ging damit zum Ufer. Er war tatsächlich der Einzige am Wasser, sein Nachbar hatte sich in Luft aufgelöst, und die übrigen Gäste schienen noch zu schlafen. Leichtfüßig bestieg er eine floßähnliche Badeplattform und starrte hinaus auf den Dunstteppich über dem See. Das Wasser war wärmer als die noch nachtkühle Luft. Für einen Moment schloss er die Augen. Dann warf er den Stock so weit, wie er konnte, und sprang hinterher.

Das Wasser fühlte sich frischer an als bei seinem kurzen Schwimmausflug gestern. Er tauchte mit dem Kopf unter bei jedem Zug und verschlang dann die Luft, die auf dem Wasser lag, ihre weiche, sommerliche Süße. In den Bäumen und Büschen am Hügel fing sich die Morgensonne, die allmählich die Schilfreihen flutete. Er vergaß fast zu schwimmen, es war so verboten schön.

Eine Weile trieb er mit fächelnden Handflächen im Kreis, wälzte sich gemächlich auf den Rücken und sah in den Himmel, dieses bodenlose Blau. Lange hatte er sich nicht mehr so gefühlt, so verloren und geborgen zugleich. Ihm fiel der Stock wieder ein, den er geworfen hatte – oder hatte er das nur vorgehabt? Ein wenig verwundert schaute er sich um und entdeckte ihn schon von Weitem, im Wasser dümpelnd wie der Rücken eines großen Fischs. Er hielt darauf zu, zielstrebig jetzt. Der Hunger, der ihn an Land in Unruhe versetzt hatte, verlieh ihm im Wasser ein Gefühl der Leichtigkeit. Beinahe schwerelos glitt er dahin. Gerade hatte er den Stock gepackt und wollte umkehren, als er seinen Sohn auf der Badeplattform stehen sah, im Schlafanzug, wie eine Erscheinung, die dünnen Arme einander umfassend und eng an den Körper gepresst – ein Frierender an einem Sommermorgen. Ihre Blicke trafen sich. Selbst über die Entfernung meinte er, den Ruck zu spüren, der durch diesen schmächtigen Körper ging. Doch alles war gut. Benny löste sich aus der eigenen Umklammerung, winkte ihm mit seinen viel zu langen Ärmeln, und er winkte zurück, den Stock weithin übers Wasser schwenkend. Dann schwamm er geradewegs auf ihn zu, im Gesicht ein Lächeln, das er mit in den See nahm, wenn er tauchte.

»Ist dir nicht kalt?«, rief er, als er in Hörweite war. Benny schaute erstaunt wie immer, wenn man ihn ansprach, und schüttelte leicht verzögert den Kopf.

»Ich hab geträumt, dass du hier bist, Papa.« Der See trug sein Stimmchen bis zu ihm.

»Schon in Erfüllung gegangen, wie du siehst …« Lachend unterbrach er das Auf und Ab seiner Züge, klatschte mit beiden Händen aufs Wasser und schlug Wellen wie zum Beweis, dass er wirklich war.

Benny sah ihn fragend an. »Hast du den Stock?«

»Ja, natürlich.« Doch er hatte kurz losgelassen und bekam ihn im Wasser nicht gleich zu fassen.

»Bringst du ihn mir?« Benny streckte ihm die Hand entgegen. Aus dem Bündchen seines Ärmels schauten nur die Fingerspitzen hervor.

»Ich ihn dir bringen? Du spinnst wohl, ich bin doch kein Hund!«, knurrte er scherzhaft und bellte ein paar Mal. Er hielt sich mit beiden Händen am Floß fest und stemmte sich aus dem Wasser. Den Stock hatte er nur einen Moment beiseitegelegt, doch Benny schnappte ihn sich sofort und lief damit zum anderen Ende der Plattform.

»Na warte!« Triefend und mit ausgebreiteten Armen stapfte er hinter seinem Sohn her, wie um sich auf ihn zu stürzen. Als Benny jauchzend zur Seite auswich, ließ er sich platschend ins Wasser fallen.

»Nicht getroffen, Schnaps gesoffen! Nicht gefangen, schiefgegangen!«, skandierte der Kleine und hüpfte übermütig auf den Holzplanken hoch und runter.

Der Spaß, den er gerade noch gehabt hatte, schlug augenblicklich um in Sorge. »Pass auf, dass du nicht ins Wasser fällst, du Strauchdieb, Holzdieb, Stockdieb!« Er versuchte, seine Ermahnung noch ins Lustige zu wenden, doch in Wahrheit hatte er Angst um Benny. Irgendwann, vor Jahren schon, war all seine Liebe zu diesem Kind Mitleid geworden.

»Hol ihn dir! Hol ihn dir!« Bennys Stimmchen überschlug sich fast, während er mit dem Stock herumfuchtelte, Würfe und Wurfrichtungen antäuschte und doch nicht losließ.

»Nicht so wild, Benny! Vorsicht!«

»Selber Vorsicht! Duck dich lieber!«, schrie Benny jetzt, ganz aufgeregt. Schwer zu sagen, was die größere Gefahr war, dass der Junge sich mit dem Knüppel ein Loch in den Kopf schlug oder das Gleichgewicht verlor und ins Wasser fiel. Doch ehe er nah genug an ihn heranschwimmen konnte, um ihn notfalls zu retten, wirbelte plötzlich ein Schatten durch die Luft. Er zuckte zusammen, zog den Kopf ein. Der Stock flog hoch über ihn hinweg und weit, viel weiter, als er es für möglich gehalten hätte.

»Hol ihn dir! Hol ihn dir!«

»Das war ein ziemlich guter Wurf, Benny«, sagte er anerkennend.

»Das ist noch gar nichts! Hol ihn jetzt!«

»Nur wenn du mir versprichst, nicht zu nah an den Rand zu gehen …« Er machte sich wirklich große Sorgen. Doch Benny stampfte fordernd von einem Bein aufs andere, so energisch, dass er damit sogar die Plattform zum Schwanken brachte.

»Wetten, dass ich noch viel weiter werfen kann, Papa?!«

»Bleib, wo du bist!«, warnte er ihn, ganz im Ernst. Dann kraulte er los und brachte den Stock so schnell wie möglich wieder, angetrieben von der Angst, seinen Sohn sonst nicht rechtzeitig aus dem Wasser ziehen zu können.

»Der hier wird doppelt so weit, guck doch!« Benny riss den Stock an sich, nahm Anlauf und holte weit aus. Kurz vor der Plattformkante kam er zum Stehen. Das Holz zischte voller Wucht durch die Luft – nicht doppelt so weit, aber doch weiter als beim ersten Mal. Sein Erstaunen darüber war nur zum Teil gespielt.

Benny übertraf sich mit seinen Würfen tatsächlich immer wieder selbst. Dafür lobte er ihn und bestätigte seine Fortschritte jedes Mal, wenn er ihm den Stock zurückbrachte, ruhig und ohne Überschwang. Er wollte ihn nicht noch mehr anstacheln. Benny schwitzte wie im Fieber, die Haare klebten an seiner Stirn. Seine Frau hätte das Treiben längst beendet und Benny in die heiße Badewanne gesteckt, damit der Junge sich nicht erkältete. Seine Logik war eine andere: Benny musste warm und in Bewegung bleiben, deswegen beeilte er sich noch mehr. Bei seinen kurzen Sprints hin und zurück spürte er seine Wade wieder und den hinteren Oberschenkel, doch da sein Sohn endlich einmal mit ihm spielte wie ein gesundes Kind, durfte er ihn auf keinen Fall enttäuschen. Immer wenn der Krampf sich festzusetzen drohte, beruhigte er sich mit dem Gedanken, es könne nicht mehr lange dauern, Benny würde sicher bald müde werden und aufgeben. Aber der Kleine schien gar nicht genug zu kriegen. Wieder und wieder schleuderte Benny den Stock weit auf den See hinaus, sprang hoch und klatschte in die Hände: »Schneller! Schneller!«

Zwei, drei Mal war er kurz davor abzubrechen, weil er glaubte, den Krampf nicht mehr abschütteln zu können. Doch wann immer er Benny sah, seine Freude am Spiel und an der Bewegung, brachte er es nicht fertig. Dann plötzlich, als er sich schon damit abgefunden hatte, dass er womöglich den ganzen Vormittag für seinen Sohn hin- und herkraulen musste, ließ Benny die Schultern hängen, senkte den Kopf und flüsterte: »Ich möchte so gern einen Hund, einen wirklichen Hund, Papa, bitte.«

Einen Moment lang starrte er seinen Sohn an, vom Wasser aus, eine Hand an der Plattform. Benny sah über ihn hinweg, traurig und versonnen, wie in Erwartung einer Antwort, von der er wusste, dass sie ihn unglücklich machen würde. Dann drehte er sich um und schlurfte ohne einen Blick zurück den Hügel hinauf nach Hause. Der Stock blieb einfach liegen.

Aus irgendeinem Grund war er nicht böse oder wütend, nur niedergeschlagen. Er versuchte, Bennys Wunsch nach einem Hund nicht persönlich zu nehmen, doch er fühlte sich gedemütigt und zurückgesetzt. Eigentlich war er gut darin, Entschuldigungen für sein Kind zu erfinden, diesmal wollte es ihm nicht gelingen. Er hatte sich ganz vergeblich zum Narren gemacht.

Müde stemmte er sich aus dem Wasser, seine Wade zog sich zu einer Kugel zusammen, er musste sich auf die Planken setzen, das Bein durchstrecken und die Fußspitze zu sich ziehen, aber er stöhnte nicht, atmete nur. Als der Krampf endlich nachließ, war das Wasser auf seiner Haut schon so gut wie getrocknet. Er rubbelte sich mit dem Handtuch kurz die Haare und warf es dann über die Schulter. Mit einem hohlen, lauernden Kribbeln in den Beinen stieg er seinem Sohn hinterher.

Schon auf halbem Weg hörte er seine Frau mit Benny reden, sanft, aber mit Nachdruck. Vorsichtig näherte er sich, um vielleicht das eine oder andere Wort aufzuschnappen. Doch ihre Vorhaltungen schienen bereits beendet, sie schickte den Jungen ins Haus. Als er aus der Deckung trat, sah er sie auf der Terrasse sitzen, auf dem Tisch vor ihr die Thermoskanne, neben ihr Andreas. Für einen Moment stand er still.

Seltsamerweise war der erste Vorwurf, der sich in ihm gegen sie erhob, wie sie es zulassen konnte, dass Benny sich so verausgabte, am See, im Schlafanzug, in Schweiß. Offenbar hatte sie sich so angeregt mit ihrem Besuch unterhalten, dass ihr gar nicht erst der Gedanke gekommen war, einzugreifen und sich um ihren Sohn zu kümmern.

Andreas grüßte unverändert freundlich und lobte die starke Leistung, die Ausdauer wie überhaupt seine beeindruckende Form. Es vergingen ein paar Sekunden, bis er begriff, dass sein Nachbar nicht Benny meinte, sondern ihn.

»Nein, wirklich«, insistierte Andreas, »so viele Sprints hintereinander! Und nicht bei einem Einzigen hätte ich mithalten können ohne anschließendes Sauerstoffzelt!«

Er wollte einwenden, dass er gegen Ende den Beinschlag hatte schleifen lassen, verkniff es sich aber. Stattdessen sagte er vorwurfsvoll: »Ich glaube, Benny braucht ein heißes Bad.«

»Sie müssen doch einen Wahnsinnshunger haben«, erkundigte sich Andreas. Offenbar sah man es ihm an, und es ärgerte ihn, dass sein Nachbar das bemerkte, nicht aber seine eigene Frau.

»Ich geh schon«, seufzte sie. – Sie meinte natürlich wegen Benny und der Badewanne.

»Nein, nein, ich mach das!« Wenn er etwas noch weniger wollte, als dass sie mit Andreas zusammensaß, dann war es, mit Andreas allein zu sein. »Ich muss ohnehin duschen. Kümmer du dich um unsere Gäste.«

»Oh, bitte, nur keine Umstände, ich will wirklich nicht stören!« Im Gegensatz zu seiner Frau verstand Andreas ihn sofort. Doch sie legte ihrem Besuch beschwichtigend eine Hand auf den Unterarm, als wollte sie ihn auf seinem Stuhl festhalten.

»Wo ist eigentlich Marlene?« Er wunderte sich, wie selbstverständlich ihm dieser Hundename über die Lippen kam.

»Bei Benny«, sagte seine Frau. Ohne ein weiteres Wort stand sie auf und ließ ihn mit Andreas zurück. Sein erster Impuls war, ihr nachzugehen und sie zur Rede zu stellen. Doch der fremde Hund in seinem Haus hielt ihn davon ab.

»Ich bin auch gleich weg«, sagte Andreas fast schuldbewusst und senkte die Stimme, »ich wollte Ihnen nur kurz die Bilder zeigen und um Ihr Einverständnis bitten …«

In Gedanken haderte er noch mit seiner Frau, deswegen bemerkte er die Kamera mit dem gewaltigen Teleobjektiv erst, als Andreas sich danach bückte und sie aus der Fototasche zu seinen Füßen hob.

»Was für Bilder?«

Andreas stand auf und stellte sich mit der Kamera neben ihn. »Ihre Frau war so freundlich, mir die Erlaubnis zu geben, aber natürlich haben Sie das letzte Wort. Wenn es Ihnen nicht recht ist, lösche ich die ganze Serie sofort!«

Auf dem Kameradisplay erschienen in schneller Folge Fotos, auf denen er zu sehen war, wie er ins Wasser hechtete, kraulte und sich wieder auf die Plattform stemmte. Dann folgten ausführlich seine Dehnübungen am Schluss. »Meinen Sohn haben Sie nicht drauf?«, fragte er, unschlüssig, was er davon halten sollte.

»Ich bin Sportfotograf«, sagte Andreas und tippte zurück an den Anfang, um die Bilder noch einmal durchlaufen zu lassen. »Das hier ist ziemlich gut, oder?«

Andreas hielt ihm die Kamera hin mit einer Großaufnahme seines Torsos, während er sich auf die Plattform stemmte.

»Ich interessiere mich für Definiertheit«, erläuterte Andreas ruhig, »für eine definierte Muskulatur und kann nur sagen, ich kenne Spitzensportler, deren Körper nicht annähernd so klar ist wie Ihrer.« Es folgten zwei Rückenansichten, Rückenreliefs, in der Anspannung vor dem Sprung. »Aber, wie gesagt, wenn Sie etwas dagegen haben …«

»Wofür – ich meine, was haben Sie damit vor?«

Andreas ließ die Kamera sinken. »Das weiß ich jetzt noch nicht, aber ich würde in jedem Fall vor einer Veröffentlichung fragen. Wenn Sie also nicht kategorisch Nein sagen –«

»Ich müsste mir die Bilder einmal in Ruhe ansehen …«

»Sie bekommen heute noch Abzüge, provisorische, versteht sich, per Drucker auf Fotopapier, nicht farbecht, und die Auflösung ist miserabel, aber Sie werden sich wiedererkennen.«

Er zögerte noch, weil er wusste, dass er über diese Daten keinerlei Kontrolle mehr haben würde, wenn er Andreas jetzt gehen ließ.

»Sobald ich wieder zu Hause im Labor bin, schicke ich Ihnen die ganze Serie in Hochglanz. Man hält ja seine Bestform gerne fest für alle Zeiten, wer weiß, wie lange man sie in natura halten kann.«

»In natura …«, echote er beinahe höhnisch.

»Nun ja, vom biologischen Standpunkt sind wir Normalsterbliche Mitte zwanzig auf dem Höhepunkt unserer körperlichen Leistungsfähigkeit, danach beginnt der Verfall, bei dem einen schneller, bei dem anderen langsamer …« Andreas sah ihn nicht an, sondern betrachtete mit einer merkwürdigen Mischung aus Kennerschaft und Bewunderung das nächste Bild, das sich auf dem Display aufbaute, und das Merkwürdigste an diesem Gesichtsausdruck war vielleicht, dass etwas fehlte: Neid.

Sogar er selbst war neidisch auf diese Fotos, weil sie seine Vergänglichkeit nicht zeigten, nichts von den Schikanen, Qualen, Handicaps, mit denen er seit zwei, drei Jahren kämpfte. Auf diesen Bildern hatte er die Kraft, die Zeit zu besiegen. Und alles in ihm wollte ihnen glauben.

»Kann ich den Schluss noch mal sehen?«

Rasch tippte Andreas weiter und verlangsamte dann, als die Fotostrecke mit den Dehnübungen kam, für die er sich schämte, seit er sie brauchte. Doch davon verrieten die Bilder nichts, nicht einmal der Schnappschuss, der ihn im Sitzen auf der Plattform zeigte, mit leicht verzerrtem Gesicht über sein Bein gebeugt. Es wirkte wie eine Pose, nicht wie ein Problem. An keiner Stelle seines Körpers kam etwas Weiches zum Vorschein. Über seiner Bauchmuskulatur und den Hüften kräuselte sich seine Haut nur leicht wie Falten auf einer Stirn.

Andreas grinste mit einer Art von Genugtuung, er hatte dasselbe gesehen – und gesehen, dass er es sah. Für einen Moment herrschte ein seltsames Einverständnis zwischen seinem Nachbarn und ihm.

»Also gut«, sagte er, »wenn Sie jetzt und hier alle Bilder löschen, auf denen ich mit dem Hundestock zu sehen bin, dann von mir aus …«

Bereitwillig klickte Andreas sämtliche Fotos mit Stock an, ließ sie ihn begutachten, und wenn er fand, dass er darauf ein bisschen zu sehr Hund spielte, wurden sie vor seinen Augen gelöscht. Es waren nur vier oder fünf. Auf den Rest gaben sie sich die Hand. Andreas verstaute seine Kamera, schulterte die Fototasche und verabschiedete sich mit einer leichten Verbeugung.

»Hey, und Ihr Hund«, rief er ihm nach, »wollen Sie Ihren Hund nicht mitnehmen?«

»Er geht mit Benny zum Frühstück, das habe ich mit Ihrer Frau schon besprochen, mir reicht morgens ein Kaffee …« Andreas winkte noch einmal über die Schulter, zog den Riemen seiner Fototasche hoch und schleppte sich weiter zum Haus Nummer elf.

Pünktlich nach dem Schwimmen meldete sich sein Hunger zurück. Doch es dauerte eine ganze Weile, bis Benny gebadet und angezogen war, Vorgänge, von denen er wusste, dass sie sich durch sein Zureden nicht wesentlich beschleunigen ließen, also hielt er sich mit Anweisungen und Kommentaren zurück. Er nahm sogar hin, dass nach Benny auch noch seine Frau meinte, sich für das Frühstücksbüfett schick machen zu müssen. Wieder einmal zeigte sich, dass die größte Herausforderung für einen Familienvater nicht in den körperlichen Strapazen bestand oder in der Fähigkeit zu jahrelangem Schlafentzug, sondern in Geduld, schierer, unerschöpflicher Geduld.

Er nahm sich vor, Benny selber laufen zu lassen und ihn nicht zu tragen, auch wenn sich das Frühstück dadurch noch mehr verzögerte. Zu oft schon waren sie schief angesehen worden, wenn er mit einem siebenjährigen Jungen auf dem Arm in ein Lokal oder Restaurant kam. Nachdem die übrigen Gäste Bennys Behinderung bemerkt hatten, wandelte sich ihr Unverständnis meist in Bedauern. Das kränkte ihn sogar noch mehr.

Wie immer stand er als Erster fertig draußen vor der Tür, wippte auf den Zehenspitzen und blickte in die Landschaft, nur um wieder einmal festzustellen, dass man nicht gleichzeitig warten und die Aussicht genießen konnte – seine Frau nestelte noch an Bennys Socken und Schuhen. Als die beiden endlich so weit waren, streckte er den Arm aus, um den Kleinen an die Hand zu nehmen, ein Kompromissangebot, das es ihm ermöglichen würde, das Tempo notfalls ein bisschen anzuziehen. Doch zu seiner Überraschung lief Benny mit dem Hund voraus, schief zwar und hinkend, aber mit einer Wildheit, die er von ihm nicht kannte. Es war seine Frau, die zu ihm aufschloss und seine Hand nahm. Einen Moment standen sie still beisammen und sahen ihrem vorausstürmenden Sohn zu. Es musste ihr so wehtun wie ihm, mit anzusehen, wie Benny sich beim Laufen die Knochen stieß. Immer wenn der Kleine auflebte und ungestüm wurde wie ein ganz normaler Junge, zeigte sich seine Behinderung erbarmungslos. Fast sah es aus, als würde der Hund sogar Benny imitieren und ihm zuliebe ebenfalls ein bisschen humpeln. Doch es war ein sehr alter Hund, mit reichlich Grau um die Schnauze und kahl gescheuerten Stellen an den Hinterläufen; vermutlich hatten sich nur zwei Lahme gefunden.

»Benny mag diesen Hund wirklich sehr«, sagte seine Frau leise. Er nickte stumm und sah den beiden nach. Es hätte ein Foto für das Familienalbum sein können, ein Junge und sein Hund, wie sie den grünen Hang hinaufrannten.

»Ich fürchte«, sie flüsterte jetzt fast, »es wird Benny sehr schwerfallen, sich von ihm zu trennen.«

»Es ist eine ›Sie‹«, stellte er klar, »und sie ist nicht mehr die Jüngste.« Dann umschloss er ihre Hand und setzte sich in Bewegung.

Insgeheim hatte er gehofft, dass Hunde nicht mit in den Frühstücksraum durften, aber Marlene war den Kellnern bestens bekannt und gehörte offenbar zu den Stammgästen. Als er mit seiner Frau ins Restaurant kam, saß sie bereits zu Bennys Füßen an einem Tisch auf dem großzügigen, sonnenbeschienenen Balkon und sah ihn hechelnd mit hochgezogenen Augenbrauen an. Einen Napf mit Wasser hatte man ihr schon serviert.

Seine Frau bestellte Kaffee, er eine große Flasche Mineralwasser. Dann machte er sich auf zum Frühstücksbüfett, Seite an Seite mit Benny, der bei dem reichhaltigen Angebot aus Müsli, Obst, Quarkspeisen und Joghurt zögerlich blieb, sich nur widerwillig ein Mohnbrötchen nahm und erst zulangte, als sie vor den Wurst- und Schinkenplatten standen. Da Benny sonst immer süß frühstückte, war das leicht zu durchschauen. Der Aufschnitt sollte nicht für ihn sein, sondern für den Hund. Einen Moment lang rang er mit sich, ob er ihm das durchgehen lassen sollte. Als sie sich wieder an den Tisch setzten, stellte er die Regel auf, dass man wenigstens die Hälfte dessen, was man auf dem Teller habe, selber essen müsse, nur die Reste dürfe man verfüttern. Benny schaute ihn wie immer verwundert und verwundet an, ohne zu widersprechen, würgte dann aber fast zehn Minuten an einer einzigen Scheibe Schinken herum, die sich in seinen Backentaschen zu einem unzerkaubaren Klumpen ballte. Er erhob keinen Einspruch, als Benny, bebend vor Ekel, den farblosen Faserkloß in eine Serviette spuckte und mit dem übrigen Fleisch – neun Zehntel des Tellers – den Hund fütterte.

Seine Frau mischte sich in seine Erziehungsversuche nicht ein. Als Marlene ihren Kopf vorstreckte und sie von unter dem Tisch fragend ansah, nickte sie ihr lächelnd und voller Wohlwollen zu.

Nach einem halben Mohnbrötchen stand Benny auf und bat darum, mit dem Hund draußen auf der Wiese spielen zu dürfen. Mehr als ein Achselzucken hatte er dem nicht entgegenzusetzen, sein pädagogischer Elan war erloschen. Aus den Augenwinkeln sah er noch, wie der Kleine im Hinausgehen vom Büfett drei Bockwürstchen mitgehen ließ, sagte aber nichts, sondern beschloss, es lausbübisch lustig zu finden.

»Ist es für dich eigentlich in Ordnung, wenn wir heute Abend mit Andreas essen?«, fragte ihn seine Frau, als sie allein waren.

»Es führt wohl kein Weg daran vorbei …«, gab er jede Gegenwehr auf. Immerhin würde er mit Andreas gut über Sport reden können. »Hast du die Fotos gesehen, die er gemacht hat?«, erkundigte er sich so beiläufig wie möglich.

Sie goss sich Kaffee nach. »Welche Fotos?«

»Na, er hat doch mit diesem riesigen Teleobjektiv fotografiert, als ich mit Benny unten am Wasser war. Er meinte sogar, du hättest es ihm erlaubt …«

»Vielleicht hat er so was erwähnt, ja«, sagte sie teilnahmslos.

»Erwähnt? Ich dachte, du seist dabei gewesen!«

Sie setzte langsam ihre Kaffeetasse ab und sah ihn an. »Was ist eigentlich los mit dir? Du bist so gereizt.«

Er fand sich selbst ganz und gar nicht gereizt, sondern zu Recht fassungslos darüber, wie es ihr so gleichgültig sein konnte, dass ein Fremder ihre Familie fotografierte, aber er wusste, dass er noch gereizter wirken würde, wenn er darauf beharrte, also sagte er bloß: »Ich dachte nur …«

»Hast du noch Hunger?«, fragte sie, wartete aber seine Antwort nicht ab. »So reizbar bist du sonst nur, wenn du Hunger hast.«

Er schüttelte den Kopf und kratzte einen letzten Rest Müsli von seinem Teller.

»Entspann dich«, sagte sie besänftigend, »du hast Urlaub …«

»Ja«, gab er nach, seine Frau kannte ihn wirklich gut, »ja, ich weiß.«

Sie stützte beide Ellbogen auf den Tisch und beugte sich zu ihm vor. »Hast du was? Komm, ganz ehrlich, was ist los?«

»Vielleicht esse ich noch eine Banane …« Er wich ihrem prüfenden Blick aus und schaute sich vage nach dem Büfett um. Doch so leicht ließ sie ihn nicht davonkommen.

»Hey!«, sagte sie und brachte ihn dazu, ihr in die Augen zu sehen, in denen nichts Boshaftes lag.

»Ich schätze, ich bin hier einfach noch nicht richtig angekommen«, lenkte er ein, mehr eine Geste als ein Geständnis. Sie legte eine Hand auf seinen Unterarm und strich mit den Fingerspitzen sacht über die Mulde seiner Armbeuge – eine Zärtlichkeit, die ihm ein wenig therapeutisch vorkam. Er brauchte keine Streicheleinheiten. Aber er zog seinen Arm nicht zurück.

»Wir haben es doch ganz gut getroffen«, sagte sie lächelnd und unterbrach ihr Fingerspitzenspiel für einen kurzen Wink in Richtung Park, wo Benny zwischen Kastanien und Birnbäumen mit Marlene über den Rasen tollte, »und Benny ist so froh …«

»Ich bin ja auch froh«, sagte er, »nur –«

»Schsch!«, machte sie und legte den Zeigefinger erst auf ihre, dann auf seine Lippen.

»Ich bin mir nur nicht sicher, ob es gut ist, wenn Benny sich so eng an diesen Hund bindet«, setzte er noch einmal an, leiser, sanftmütiger jetzt. »Wir werden ihm sehr wehtun müssen in einer Woche oder schon ein paar Tagen, falls Andreas noch vor uns nach Hause fährt.«

»Denk doch nicht jetzt schon an unsere Abreise …« Sie ließ ihre Hand in seinen Nacken wandern und zog seinen Kopf zu sich hin. Es war nicht der Kuss, den sie ihm gab, sondern die Nähe zwischen ihren Gesichtern, die Wärmeströme zwischen Haut und Haut, die ihn daran erinnerten, wie lange er nicht mehr von einem anderen Menschen berührt worden war oder sich hatte berühren lassen.

Er atmete schwer, ihr Gesicht blieb noch einen Moment vor dem seinen. Dann rutschte seine Frau auf ihren Stuhl zurück und strich ihm wie zum Abschied über die Wange. »Ich muss mich jetzt leider beeilen«, seufzte sie leichthin.

»Beeilen?«, fragte er überrascht.

»Andreas und ich wollten zum Einkaufen ins Dorf fahren, nur ein paar Getränke und ein bisschen was zum Knabbern, damit wir nach dem Essen noch gemütlich zusammensitzen können. Möchtest du was Bestimmtes?«

»Ja, aber – Moment mal!«

»Ich muss los«, sagte sie mit einem Blick auf die Uhr, »die Apotheken schließen um zwölf, wir sind auf dem Land, weißt du?«

Er schüttelte den Kopf, ihm ging das alles zu schnell.

»Wir haben kaum noch Globuli für Benny, und Andreas braucht dringend irgendwas zur Desinfektion.«

»Wenn Andreas das Zeug so dringend braucht«, wurde er ärgerlich, »warum fährt er dann nicht allein?«

»Sag bloß, du bist …«, unterbrach sie sich selbst und sah ihn ungläubig an, »du bist doch nicht etwa eifersüchtig?«

»Ich bin nicht eifersüchtig! Ich verstehe nur nicht, warum Andreas nicht eben selbst ins Dorf fahren kann!«

»Er hat kein Auto«, sagte sie schlicht.

»Ach, und wie ist er dann hergekommen?«

»Mit seinem Freund, der hier aus der Gegend stammt. Er besucht mit dem Wagen gerade seine Verwandtschaft.«

Irgendetwas an der Art, wie sie das sagte, irritierte ihn. »Was für ein Freund?«

»Sein Lebensgefährte«, erklärte sie geduldig.

Er wollte etwas erwidern, hielt es dann aber für klüger zu schweigen.

Als sie zum Haus Nummer zehn zurückkamen, wartete Andreas schon vor der Tür und winkte ihnen von fern – ein bisschen zu neckisch, wie er fand. Er wollte seiner Frau einen vielsagenden Blick zuwerfen, doch sie sah ihn nicht an, sondern ging auf Andreas zu, der mehrere Bögen Fotopapier über dem Terrassentisch ausbreitete. »Bevor wir losfahren, sehen Sie sich das an! Mein Reisedrucker ist nicht farbecht, wie gesagt, von der Auflösung ganz zu schweigen, aber die Bilder als solche … Phänomenal!«

Mit einer geschraubten Geste machte Andreas seiner Begeisterung Luft und stemmte die Hände dann in seine weichfleischigen Hüften. Seine Stimme klang nasal, die Satzmelodie ging wie gesungen nach oben. Unfassbar, dass ihm das bisher nicht aufgefallen war!

Seine Frau sah sich die Bilder an, offenbar wirklich zum ersten Mal, er beobachtete Andreas, der mit gekreuzten Beinen dastand und gelegentlich Kommentare einstreute, meist unterstrichen von kurzen, ausgreifenden Handbewegungen, die schnell wieder am eigenen Körper landeten.

Lange hatte er die Annäherungsversuche seines Nachbarn mit Misstrauen beäugt, jetzt fand er sie eher amüsant, zumal Andreas in die Fotos von ihm geradezu verliebt zu sein schien. Im Gegensatz zu seiner Frau. Sie wirkte abgelenkt, fast desinteressiert. Immer wieder schaute sie über die Bilder und das Terrassengeländer hinweg nach Benny, der auf ihre Anweisung vor dem Haus spielte, weit weg vom Wasser. Etwas mehr hätte sie diese Fotos schon würdigen können, fand er.

»Wir müssen jetzt wirklich los«, sagte sie geistesabwesend, noch bevor Andreas ihr den letzten Fotobogen zeigen konnte, den mit den Dehnübungen, die seine »Definiertheit« besonders gut zur Geltung brachten. »Passt du so lange auf Benny auf? Wir sind in einer Stunde zurück.«

Seine Zustimmung voraussetzend, stieg sie die Terrasse hinunter und drückte Benny zum Abschied einen Kuss auf den Scheitel, sogar Marlene strich sie kurz über den Kopf.

»Der Autoschlüssel«, rief er und warf ihn ihr zu. Sie fing den Schlüsselbund im Nachfassen und ging ohne ein weiteres Wort. Es war nicht einmal böse gemeint, sondern einfach nur Alltag. Unterdessen legte ihm Andreas eine Hand auf die Schulter, wo sie für sein Empfinden eine Spur zu lange liegen blieb. »Ich lasse Ihnen die Abzüge da, vielleicht – wenn Sie möchten – kreuzen Sie Ihre Lieblingsmotive an, kleines Häkchen genügt, ich vergrößere sie Ihnen dann. Bis gleich!«

Er sagte nicht Danke, sondern brummte nur vage, während Andreas seiner Frau Richtung Parkplatz nacheilte. Im Laufschritt wirkte sein Gang tänzelnd, fast prinzenhaft. Es war alles so offensichtlich, dass er über seine eigene Blindheit nur den Kopf schütteln konnte. Die Fotobögen schob er beiseite, er mochte sich selbst jetzt nicht sehen. Stattdessen ging er zu Benny und fragte, ob sie nicht gemeinsam etwas unternehmen wollten. Doch der Junge war vollauf mit dem Hund beschäftigt und beachtete ihn gar nicht. Von irgendwoher hatte Marlene einen Ball aufgetrieben, einen kleinen roten Gummiball, den Benny mit erstaunlicher Härte den Hang hinaufschoss. Noch nie hatte sein Sohn freiwillig mit einem Ball gespielt. Eine Weile stand er nur da und sah den beiden zu. Dann, als der Ball dicht an ihm vorbeikullerte, setzte er kurz entschlossen den Fuß drauf. Jetzt konnten sie ihn nicht mehr wie Luft behandeln.

»Wollen wir ein bisschen Boot fahren?«, fragte er, während Benny und Marlene gleichermaßen entsetzt auf seinen Schuh starrten, unter dem das Objekt ihrer Begierde so plötzlich verschwunden war. Anstatt zu antworten, schien Benny nur darauf zu warten, dass er den Ball wieder freigab.

»Ich würde mal an der Rezeption fragen, ob man sich eins von den Booten am Ufer ausleihen kann, dann könnten wir ein bisschen paddeln«, sagte er ruhig. »Hast du Lust?«

Benny nickte, ohne den Blick von seinem Schuh zu lösen.

»Warte hier, ich bin gleich wieder da.« Er hob seinen Fuß, ließ ihnen den Ball und ging, ohne dass Benny oder Marlene sich rührten. Sie schienen durch sein Einschreiten paralysiert. Doch als er oben vom Hang noch einmal zurückschaute, waren sie schon wieder im Spiel.

Er ließ sie gewähren, auch nachdem er den Schlüssel für eines der angeketteten Paddelboote bekommen hatte. Sollten sich die beiden noch ein bisschen austoben, bis das Boot startklar war, ein schmales, olivgrünes Kanu mit einer verwitterten Fahne am Bug und zwei Sitzen, auf denen offenbar schon länger niemand mehr gesessen hatte. Die Sitzflächen waren voller Vogeldreck, im Fußraum hatte sich reichlich Regenwasser gesammelt – zumindest hoffte er, dass es Regenwasser war. Er schöpfte es aus, reinigte die Sitze mit einem alten Lappen und drehte dann eine Runde zur Probe. Es ging besser als gedacht. An die leichte Drehung beim Eintauchen der verschieden gewinkelten Ruderblätter gewöhnte er sich schnell, das Kanu machte Fahrt und glitt durch die seidige Stille über dem See. Er hätte endlos so weiterpaddeln können, doch er wollte sein Versprechen halten und mit seinem Sohn fahren, auch wenn Benny vielleicht gar nicht so erpicht darauf war.

Mit dem Ruder im Wasser stochernd, lenkte er das Kanu an seinen Ausgangspunkt zurück und kramte unter seinem Sitz eine Schwimmweste hervor, die er auf dem Steg für Benny bereitlegte. Dann rief er den Jungen, der natürlich nicht hörte, sondern sich erst in Bewegung setzte, als er auf zwei Fingern pfiff, so wie er es bei Andreas gesehen hatte. Im Grunde kam Marlene, und Benny folgte ihr.

»Kann sie mit?«, war seine erste Frage.

»Das Boot ist eigentlich nur für zwei Personen«, unternahm er einen halbherzigen Versuch, das Unvermeidliche abzuwenden, registrierte aber augenblicklich die Mischung von Enttäuschung und Trotz in Bennys Miene, der nach Kleinkindart schmollend Kiefer und Unterlippe vorschob. Er wusste, dass er das Nachsehen haben würde, wenn er ihn vor die Wahl stellte, entweder der Hund oder ich. »Andererseits kann man Marlene ja nicht als Person bezeichnen, hab ich recht?«, ging er lächelnd über seine drohende Niederlage hinweg. Doch der Jubel, der bei Benny unverhohlen ausbrach, zeigte ihm deutlich, wo er stand.

Als hätte Marlene zugehört, sprang sie mit einem beherzten Satz ins Boot und kletterte über den Vordersitz zum Bug. Offenbar saß sie nicht zum ersten Mal in einem Kanu. Der Kleine tat sich mit dem Einsteigen deutlich schwerer, brachte das Boot zum Schwanken und brauchte eine helfende Hand. Doch kaum hatte sich Benny auf dem Sitz vor ihm niedergelassen, bellte Marlene ungeduldig auf den See hinaus. Sie war der Kapitän, er nur der Steuermann.

»Auf geht's«, sagte er mehr zu sich selbst und paddelte los. Schon nach zwei, drei Ruderschlägen war er auf Kurs, zog voll durch und machte Geschwindigkeit. Sie waren schon weit draußen auf dem See, als ihm die Schwimmweste einfiel. Er drehte sich um. In ihrem verblichenen Orange lag sie auf dem Steg in der Sonne wie ein Warnsignal und andererseits nur ein Tupfer. Jetzt wieder zurückzufahren und sie Benny aufzunötigen, war so ziemlich das Gegenteil des Abenteuers, das er ihm versprochen hatte. Also wies er den Kleinen nur darauf hin, dass Kinder eigentlich Schwimmwesten tragen müssten, und ermahnte ihn, vorsichtig zu sein, wohl wissend, dass es im Ernstfall nichts nutzte.

»Marlene hat auch keine Schwimmweste«, murmelte Benny, immer noch trotzig.

»Marlene ist erstens kein Kind, und zweitens kann sie schwimmen!«, brachte er zwischen Ruderschlägen hervor. Er paddelte jetzt nicht mehr so schnell, sondern schlug eine Art Spaziertempo an. Sie hatten die Mitte des Sees erreicht. Die Sonne stand schon hoch, die Uferlandschaft flimmerte in der Hitze, doch über dem Wasser lag eine geheime Kühle, die sich auftat, wenn man sie mit dem Bug des Kanus durchschnitt. Marlene hielt den Kopf in den Fahrtwind. Härchen flatterten, Fellbüschel verlegten sich. Lautlos schoben sie sich über den See.

Von der Hügelkuppe herab spiegelten die Scheiben eines Autos Lichtreflexe ins Tal. Langsam, fast unmerklich näherte es sich dem Parkplatz der Ferienanlage. Es war nicht sein Wagen, sondern ein amerikanisches Modell, doch er musste daran denken, wie er mit seiner Familie hier angekommen war, gestern erst. Vom Wasser aus wirkten die einzelnen Häuschen, der Park mit seinen wohlgestaffelten Bäumen und das Hotelrestaurant miniaturhaft fremd wie die Landschaft einer Spielzeugeisenbahn.

Alarmiert sah er, wie Benny sich zur Seite beugte, die Arme über den Bootsrand baumeln ließ und mit den Händen im Wasser spielte. Jeder Junge hätte das getan, die Oberfläche mit den Fingerspitzen gekämmt und mit dem Handgelenk Bugwellen aufgeworfen, aber er musste es Benny verbieten.

»Passt auf, ich zeig euch was«, rief er aus und brachte Benny dazu aufzumerken. Er würde mit den beiden zum Baumhaus fahren, warum war er nicht längst darauf gekommen! Auf der Stelle wendete er das Boot und beschleunigte seine Schläge. Benny saß jetzt wieder aufrecht, voller Erwartung, was es zu sehen geben würde. Schon bald schob sich die große Eiche am Ufer in ihren Blick.

Von der Seeseite sah das Baumhaus aus wie ein kleines schwebendes Fort. Das Seil über dem Wasser schien leicht zu schaukeln, so als hätte sich gerade jemand vom Baum in den See geschwungen, doch es gab keine Wellenkreise oder Luftblasen, nirgends. Langsam ließ er das Boot parallel zum Ufer entlanggleiten auf der Suche nach einer geeigneten Anlegestelle und zugleich auf der Hut vor dem Baumhausbewohner, der möglicherweise hier irgendwo steckte und sie beobachtete. Plötzlich nahm Marlene Witterung auf, spitzte die Ohren, wandte ruckartig den Kopf. Bevor Benny und er ihrem Blick folgen konnten, schlug sie an und sprang mit einem Riesensatz über Bord, so kraftvoll, dass er das Ruder fallen ließ, um Benny in dem schwankenden Kanu festzuhalten. Wild, mit wütenden Schlägen kraulte sie ans Ufer und verschwand kläffend im Unterholz. Zickzack strich sie umher, geduckt, fast geisterhaft, bis auf das lang gezogene Knurren, das sie hören ließ, um an anderer Stelle wieder in Gebell auszubrechen. Zwei, drei Mal zeigte sich noch ihre buschige, wedelnde Schwanzspitze zwischen Huflattich und Brombeersträuchern, ein undeutliches Rascheln hier und da, dann nichts mehr. Benny und er saßen im Boot, er hielt ihn noch immer umklammert, während sie auf die Büsche und Sträucher starrten – nichts.

Irgendwann löste er seinen Klammergriff, zog aber seine Hände nicht ganz ab, sondern hielt sie beinahe beschwörend über Bennys Rücken, bereit, jederzeit wieder zuzupacken. Er hatte noch immer Angst, der Kleine könnte dem Hund hinterherspringen.

»Wahrscheinlich eine Ente oder ein Dachs«, versuchte er ihn zu trösten, obwohl er eher an die Fallen und Gefahren dachte, die von Menschen drohten. »Marlene wird schon wieder zurückkommen, keine Sorge. Retriever kommen immer zurück, es ist ihre Natur …«

Der Junge zuckte nur kurz mit dem Kopf wie über ein lästiges, zu lautes Geräusch und starrte weiter ins Uferlaub.

»Vielleicht ist sie auch schon nach Hause gelaufen, den Weg kennt sie ja.« Vorsichtig machte er sich daran, das Ruder aus dem Wasser zu fischen, das ein paar Meter abgetrieben war. Doch als er anfangen wollte zurückzurudern, fuhr Benny empört herum.

»He! Was machst du?«

»Es hat keinen Sinn, hier länger Däumchen zu drehen, wir paddeln jetzt nach Hause. Ich wette, Marlene liegt da schon gemütlich auf der Matte und wartet auf uns.«

»Und wenn nicht? Wir müssen sie doch suchen!« Benny klang verzweifelt.

»Falls sie wirklich noch nicht zu Hause sein sollte, kommen wir mit Andreas zurück«, versprach er, »der weiß ganz sicher, wie man sie einfängt. Die Stelle merke ich mir.«

Benny schien noch immer nicht überzeugt, irgendetwas beunruhigte ihn. »Aber sag Andreas nicht, dass sie mir weggelaufen ist, das darfst du ihm nicht sagen!«

»Versprochen.« Begütigend strich er über Bennys dünnes Haar. Er verstand, dass Benny Angst davor hatte, in Zukunft nicht mehr alleine mit Marlene spielen zu dürfen. Doch das war nicht alles. Das Gesicht, das Benny ihm zuwandte, war das Vorwurfsgesicht seiner Frau. Offenbar gab der Junge ihm die Schuld, weil er hierhergerudert war, weil er ihn festgehalten hatte, anstatt Marlene nachzujagen, weil er sich vom ersten Moment an gewünscht hatte, dass Marlene aus ihrem Leben verschwand – und so war es auch.

»Andreas wird bestimmt nicht böse sein«, gab er sich zuversichtlich, »das ist ihm sicher auch schon tausend Mal passiert, und für solche Fälle hat er wahrscheinlich eine Hundepfeife …«

»Eine Hundepfeife?« Benny horchte auf.

»Ja, so eine Pfeife, die nur Hunde hören«, ging er schnell darauf ein, er wusste, dass er jetzt auf dem richtigen Weg war. »Der Ton ist zu hoch, zu dünn für das menschliche Ohr, aber Hunde können ihn hören, und wenn man in so eine Pfeife bläst, erkennen sie diesen Ton und kommen von selbst zurück.«

Es war unglaublich, wie leicht er Benny noch immer zum Träumen bringen konnte. Jeder Vorwurf schien vergessen, man konnte sehen, wie es in seinem Kopf arbeitete und seine Gedanken sich verloren in einer Welt der unhörbaren Töne und der Hunde, die ihnen gehorchten.

»Und wie bauen Menschen Hundepfeifen, wenn sie nicht hören können, ob sie funktionieren?«, fragte Benny wie von fernher.

»Es gibt Messgeräte, weißt du? Messgeräte für Frequenzen, die Schall in Licht umwandeln, sodass wir die Hundetöne sehen können, genau wie die Ultraschalltöne von Fledermäusen …« Er nahm das Ruder in beide Hände, jetzt konnte er in Ruhe nach Hause paddeln.

Kaum an Land, humpelte Benny voraus, zu Haus Nummer zehn und weiter zu Nummer elf. Er folgte mit großen Schritten. Sie mussten mehr als anderthalb Stunden unterwegs gewesen sein, doch seine Frau und Andreas waren noch nicht zurück.

»Du hast deine Wette verloren!«, rief Benny ihm zu.

»Was?«, fragte er, von dem Anstieg merkwürdig außer Atem.

»Du hast gewettet, dass Marlene schon da ist, wenn wir kommen. Du hast deine Wette verloren«, wiederholte Benny ernst, aber ohne Feindseligkeit.

Er blieb stehen und schaute sich um. »Kannst du mir vielleicht erklären, wo deine Mutter bleibt?«, fragte er nun wirklich gereizt, immerhin hielt sie sich nicht an ihren Teil der Abmachung. »Benny, halt! Wo willst du hin?«

Der Kleine hatte sich schon wieder in Bewegung gesetzt und antwortete, ohne sich umzudrehen: »Zurück zu der Stelle, hast du doch gesagt!«

»Wir müssen auf Andreas warten, sonst hat es doch keinen Zweck!« Er merkte selbst, wie hilflos das klang. »Pass auf! Du setzt dich hier hin, ich hole kurz mein Handy und rufe Mama an, dann wissen wir, wie lange sie noch brauchen, und je nachdem …«

Zu seiner Überraschung hörte Benny auf ihn, machte kehrt

und ließ sich in die alte Hollywoodschaukel auf Andreas' Terrasse fallen. Eilig lief er hinüber in ihr Häuschen, schnappte sich sein Handy, das hier tatsächlich Empfang hatte, und hoffte, dass seine Frau nicht in einem Funkloch steckte. Der Anruf ging durch, doch schon beim ersten Rufsignal hörte er es im Haus klingeln. Sie hatte ihr Telefon auf dem Ladegerät gelassen.

Unverrichteter Dinge ging er zu Benny zurück, der auf der Hollywoodschaukel saß, ohne zu schaukeln. Seinem fragenden Blick wich er aus. »Sie kommen gleich«, sagte er vage, »aber ich könnte an der Rezeption nach einer Hundepfeife fragen, vielleicht ist mal eine liegen geblieben oder einer von den Angestellten hat selbst einen Hund …«

Der Junge sagte nichts, schaute nur in die Ferne. Das Zauberwort wirkte nicht mehr.

Er setzte sich zu ihm. Eine Weile verharrten sie schweigend. Es war die Art von Warten, bei dem man erst alle Hoffnung verlieren muss und das Erwartete nicht mehr für möglich halten darf, sonst tritt es nicht ein.

»Wollen wir ihnen entgegengehen?« fragte er, um nicht restlos zu versinken.

Von Benny kam keine Antwort, und er gab seinem Schweigen innerlich recht. Erst als er den Arm um ihn legte, spürte er, dass seine schmalen Schultern leicht zuckten. Der Junge weinte leise in sich hinein.

Als er schließlich – später noch als schließlich – Stimmen hörte und Schritte, schien Marlenes Verschwinden schon fast nicht mehr wahr. Seine Frau kam den Hügel hinab, Andreas war nicht bei ihr, jemand von der Rezeption begleitete sie, mit einem Schlüsselbund in der Hand. Ohne ein Wort der Entschuldigung schritt sie zügig an Benny und ihm vorbei. Der Hotelangestellte schloss ihr die Tür auf, sie traten ein. Benny und er wechselten einen Blick und folgten den beiden, wagten sich aber nur zögernd vor bis in den Flur von Nummer elf. Im Schlafzimmer sah er seine Frau Wäsche in eine Sporttasche packen, eine Weile schaute er ihr zu wie einer Fremden, dann wandte sie sich an ihn. »Der Zeckenbiss, den Andreas desinfizieren lassen wollte, ist stark entzündet, Borreliose höchstwahrscheinlich, mit Verdacht auf Meningitis. Er bekommt Antibiotika, Spritzen und bleibt zur Beobachtung vorläufig im Krankenhaus.«

»Borreliose?«, fragte er. »Aber ich dachte, je höher man im Norden ist, desto geringer die Wahrscheinlichkeit …«

»Das dachte ich auch und Andreas und viele andere«, sagte sie bitter. »Die Chance, dass man sich hier infiziert, beträgt eins zu fünfhunderttausend, meinte der Arzt, aber irgendwann gerät irgendwer an die fünfhunderttausendste Zecke.« Sie raffte die Tasche, zog den Reißverschluss zu und trug sie hinaus. Er wollte ihr nach, ihr behilflich sein, doch da zwängte sie sich schon durch die Tür.

»Borreliose?«, fragte Benny, verwundert, verwundet, wieder einmal. »Was ist Borreliose?«

»Eine Gelenkentzündung, die durch Zecken übertragen werden kann«, sagte er und senkte die Stimme, »wahrscheinlich ist Andreas mit Marlene irgendwo im Gebüsch unterwegs gewesen und …« Er sprach nicht weiter. Der Hotelangestellte musterte Benny und ihn mit einem Stirnrunzeln, während er sich an ihnen vorbeischob. Was hatten sie hier zu suchen, mit welchem Recht hielten sie sich hier auf? Woher sollte der Mann auch wissen, dass sie die Hundepfeife finden mussten, falls es in diesem Haus eine gab. So unauffällig wie möglich schaute er durch die halb offene Tür ins Seitenzimmer, das bei ihnen Bennys Kinderzimmer war. Die Gardinen waren zugezogen, der Raum verdunkelt. Doch in Umrissen erkannte er auf einem Stativ die Kamera mit Teleobjektiv, ausgerichtet auf den senkrechten Lichtschlitz zwischen den Gardinen, der mit dem Spalt unter dem Rollladen so etwas wie ein Fadenkreuz ergab. Auf einmal interessierte ihn nichts brennender als das Bild in der Linse: Er musste wissen, was Andreas im Visier gehabt hatte.

»Wir kommen sofort!«, rief er und lauerte auf einen unbeobachteten Moment, in dem er sich ins Zimmer schleichen und auf das Display schauen konnte. Doch der Hotelangestellte stand schon in der Tür und klapperte mit seinem Schlüsselbund. Ihm blieb nichts anderes übrig, als Benny am Ärmel zu fassen und mit sich nach draußen zu ziehen.

»Ich fahre ins Krankenhaus und bringe Andreas die Tasche, diesmal dauert es wirklich nicht lange.« Seine Frau war bereits im Aufbruch, tätschelte flüchtig Bennys Kopf. »Passt du so lange auf Marlene auf, mein Großer? Das soll ich dir von Andreas nämlich ausrichten: Er würde sich sehr freuen, wenn du dich um Marlene kümmerst, bis er wieder gesund ist. Traust du dir das zu?«

»Ja, Mama«, hauchte Benny, den Blick zu Boden gesenkt. Man sah ihm sein schlechtes Gewissen sofort an, doch seine Mutter hatte andere Sorgen.

»Aber fang dir bloß keine Zecken ein, hörst du?«, fügte sie wie im selben Atemzug hinzu. »Geh nicht mit Marlene in die Büsche, und zieh dir am besten was Langärmeliges an, ja?«

Benny nickte zuerst tapfer, doch seine Gewissensnot wurde nur noch größer – auf seinen Wangen, seinem Hals bildeten sich rote Flecken. »Mama …«, stieß der Kleine hervor und holte tief Luft, brachte es aber nicht über sich, ihr zu sagen, dass ihnen Marlene längst weggelaufen war und sie den Hund ohne Andreas' Hilfe wohl niemals wiederfinden würden.

»Du machst das schon!« Sie ging vor Benny kurz in die Hocke und gab ihm einen Kuss auf die Stirn. Der Junge lief vollends rot an.

»Oder möchtest du lieber mit Mama fahren und dir von Andreas noch ein paar Tipps geben lassen …«, versuchte er, Benny zu Hilfe zu kommen.

Sein Sohn nickte, seine Frau seufzte – offenbar war ihr das überhaupt nicht recht. »Möchtest du wirklich in deinen Ferien ins Krankenhaus?«

»Aber ich muss doch, wenn Andreas krank ist, Mama, bitte!«, bettelte der Kleine und sprang ungelenk auf der Stelle, als wisse er vor Aufregung nicht, wohin mit sich. Vielleicht hoffte er wirklich auf einen guten Rat von Andreas, vielleicht war er auch einfach nur froh, von hier wegzukommen.

»Na schön«, sagte sie, »aber wenn du danach wieder Albträume kriegst, beklag dich nicht bei mir!« Ihre Drohung schien auf Benny keinen sonderlichen Eindruck zu machen.

»Ich kümmere mich so lange um alles«, sagte er gönnerhaft, als gäbe es etwas, worum er sich zu kümmern hätte. Er wollte seiner Frau das Gepäck abnehmen, doch der Hotelangestellte war bereits mit der Sporttasche vorgegangen.

Nachdem der Wagen hinter der nächsten Wegbiegung verschwunden war, atmete er auf. Jetzt hatte er Zeit. Scheinbar absichtslos schlenderte er den Hang hinunter, steuerte aber nicht auf ihr Ferienhaus zu, sondern blieb wie zufällig vor Nummer elf stehen, genau auf Höhe des Seitenzimmerfensters. Er stellte sich auf die Zehenspitzen und ließ den Blick langsam wandern, um herauszufinden, was Andreas im Fadenkreuz seiner Kamera gehabt haben könnte. Sein Schlafzimmer war von hier aus zu sehen, aber auch ein größerer Ausschnitt der Terrasse und das Seeufer mit der Badeplattform. Von hier oben hatte Andreas die perfekte Aussicht auf sein Leben.

Für einen Moment tat er nichts, nahm nur die Bilder in sich auf, die wirklichen und die möglichen. Er hatte keine Eile, keine Angst, so sicher war er sich, dass ihm niemand gefolgt war. Eine mittägliche Ruhe und Trägheit lag über allem. Näher konnte man der Illusion von Friedlichkeit kaum kommen. Dann langte er mit einem Arm in den Schlitz unter dem Rollladen, schob die Lamellen etwas höher, um den Spalt zu verbreitern, und bekam das Teleobjektiv auf der anderen Seite zu fassen. Es war der entscheidende Augenblick, das wusste er: Wenn er jetzt weitermachte, würde es kein Zurück mehr geben. Doch er konnte nicht anders. Er zog die Kamera am Objektivhals zu sich hin, das Stativ drinnen scharrte über die Holzbohlen, irgendetwas fiel zu Boden, klirrte – er hielt inne: Außer seinem Atem, der heftig, immer heftiger ging, blieb es still. Er arbeitete sich weiter vor zu dem Stativkopf auf der Suche nach einem Knopf oder Hebel für den Auslösemechanismus, und ertastete einen kleinen Griff, den er auf gut Glück hinunterdrückte. Es machte »klick«, das Stativ rumpelte ein bisschen, die Kamera sprang ab, fast hätte er sie fallen lassen, doch er erwischte noch eine Schlaufe des Umhängegurts. Das Teleobjektiv schlug leicht auf, keine Scherben, schätzte er, er würde sich das später ansehen. Erst musste er den Rollladen weiter aufstemmen, um die Kamera möglichst unbeschadet herauszuziehen. Mit der ganzen Kraft seines linken Arms drückte und schob er die Lamellen weiter zusammen, doch sie waren sperriger als gedacht. Es ging nur millimeterweise voran. Er kam ins Schwitzen, musste eine kurze Pause einlegen, gleichzeitig wurde die Kamera in seiner Rechten immer schwerer. Verzweifelt rüttelte er an dem Rollladen. Dann hörte er auf einmal Schritte hinter dem Haus und ein Keuchen, das nicht das seine war. Er hielt den Atem an. Was er hier machte, war schwer zu erklären, am Fenster eines fremden Hauses, einen Arm ins Zimmer gestreckt, verdammt schwer zu erklären. Der Schweiß lief ihm über die Brauen und brannte in seinen Augen. Er kniff sie zusammen, riss sie wieder auf und sah, dass es kein Mensch war, der da um die Ecke bog, sondern ein Hund.

»Marlene … da bist du ja!«, stöhnte er und bemühte sich um einen ruhigen, beschwörenden Tonfall. »Du kennst mich doch, Marlene, nicht wahr, du kennst mich, ich bin's, ich habe hier auf dich gewartet. Die anderen sind alle unterwegs, weg, weggefahren, aber ich habe immer gesagt, dass du von selbst zurückkommst, dass du wieder hierherfindest, ganz von allein, braver Hund, braver Hund!«

Er konnte nur hoffen, dass Marlene in ihm nicht den Einbrecher sah, der er war, sondern ein bekanntes Gesicht, den Vater des Jungen von nebenan, den Ruderer ihrer Bootspartie. Er war ihr ausgeliefert. Wenn sie losbellte, wenn sie ihn stellte, in dieser Lage … Ein Retriever ist kein Wachhund, ein Retriever ist ein Jagdhund, sagte er sich, ihm würde nichts passieren, so lange er Ruhe bewahrte, nur die Ruhe. Diesmal hatte er wirklich ein schlechtes Gewissen.

»Wo hast du denn gesteckt, Marlene, hm? Wir haben uns Sorgen um dich gemacht«, redete er weiter mit ihr wie mit einem Kind, unsicher, ob er sie nun unterschätzte oder überschätzte. »Na, was gab es denn bei dem Baumhaus? Ein Kaninchen? Einen Dachs? Einen anderen Hund? Was hast du da aufgespürt?«

Er fand, dass er schlecht log, sehr schlecht. Es konnte also nicht stimmen, was man ihm von klein auf hatte weismachen wollen, dass Hunde die Angst riechen, sonst hätte Marlene ihm längst an den Kragen gehen müssen. Stattdessen legte sie den Kopf schräg und schaute ein bisschen wie Benny, verwundert, aber treu.

Offenbar glaubte sie ihm.

»Hör zu, Marlene, ich … ich repariere eben noch das Fenster, ich mach das hier schnell wieder heile, und dann werfen wir Stöcke am See, ja? Lauf du voraus, ich komme sofort nach, na los, lauf, Marlene!« Er wünschte, er hätte jetzt seinen Knüppel zur Hand gehabt, irgendwas, um sie von hier wegzulocken. Was er sagte, schien sie nicht zu verstehen – oder sie verstand alles.

»Komm jetzt, auf, Marlene! Lauf zum Wasser!«

Marlene setzte sich auf ihre Hinterläufe und sah ihn weiter an, genauso verwundert, genauso treu. Es half alles nichts. Er musste weitermachen, ganz langsam, vor ihren Augen. Vorsichtig führte er seine linke Hand, die er reflexartig an die Hosennaht gelegt hatte, hinauf zum Rollladen, der wieder abgesackt war und schwer auf seinem rechten Arm lastete. Dieses Gewicht war das Einzige, was er noch spürte. Seine Hand, mit der er die Kamera umklammerte, war taub.

Er setzte wieder unter den Lamellen an, drückte fester und schaute über die Schulter, ob Marlene das zuließ, dann stemmte er sich langsam mit seinem ganzen Körper dagegen. Doch der Mechanismus sperrte sich. Es ging weder vor noch zurück. Sein Arm klemmte unter dem Rollladen fest, und er konnte sich nicht einmal mit Gewalt befreien, denn vor ihm saß dieser Hund und bewachte ihn.

Der Schweiß lief jetzt wie aus offenen Schleusen, tropfte ihm von der Nase, vom Kinn. Er konnte keine Rücksicht mehr darauf nehmen, was Marlene von ihm dachte, falls sie etwas dachte. Es war nur eine Frage der Zeit, bis ihn jemand bemerkte, jemand kam. Marlene saß da mit gespitzten Ohren, heraushängender Zunge, aber sie schlug nicht an, noch nicht. Er nahm sich vor, nicht länger hinzusehen, vermutlich verriet ihn sein ständiger Blick über die Schulter mehr als alles andere, er musste nur freikommen, egal, wie! Kurz entschlossen setzte er einen Fuß gegen die Wand, stieß sich ab, sein Arm rutschte heraus bis zum Handgelenk, bis zur Faust. Jetzt war es nur noch das Objektiv, das blockierte. Doch er bekam es mit den Fingerspitzen seiner anderen Hand zu fassen, drehte es heraus und ließ es drinnen zu Boden poltern, während die Kamera selbst so leicht und flach war, dass sie sich ohne Weiteres am Umhängegurt durch den Spalt ziehen ließ. Er war frei, endlich frei, und er hatte sie! Wie zum Jubeln drehte er sich um und streckte die Arme in die Luft.

Marlene sprang auf, griff ihn aber nicht an, sondern wich ein, zwei Meter zurück – kein Wachhund, ein Jagdhund – und lief dann, so als hätte sie nur auf ihn gewartet, hinunter zum Wasser. Er folgte ihr ganz selbstverständlich, ohne die Kamera zu verstecken, er dachte gar nicht daran. Vielmehr ließ er sie wie eine Trophäe am Umhängegurt neben sich baumeln. Der See glänzte, zu hell und zu grell für sämtliche Filme der Welt. Am Ufer blieb er stehen, Marlene zu seinen Füßen, und starrte ins Licht. Dann hob er die Kamera wie für ein Foto, knipste zurück zu den letzten Bildern, die Andreas gemacht hatte, und starrte mit zusammengekniffenen Augen auf das Display, das noch tadellos funktionierte. Es war kaum etwas zu erkennen bei der Sonneneinstrahlung, doch er sah genug, um zu wissen, dass er auf diesen Bildern war, sein Körper, seine »Definition«, so wie er immer sein und bleiben wollte. Und zum ersten Mal, seit er angefangen hatte, sich eine Form zu geben und anzukämpfen gegen den Verfall, zum ersten Mal seit langer, langer Zeit spürte er eine Art von Liebe zu sich. Dann warf er die Kamera in hohem Bogen auf den See hinaus, wo sie ins Wasser klatschte und schwamm. Sie schwamm wirklich oben, eine ganze Weile, als wollte sie nie untergehen, und sank dann doch. Weder Marlene noch er sprangen ihr nach.

Der Fetzenfisch

Der Große Fetzenfisch (Phycodurus eques) lebt in den kühleren Gewässern der südaustralischen Küste. Mit seinen blattförmigen Auswüchsen ähnelt er vorbeitreibenden Algenbüscheln. So ist er in den Kelp-Wäldern der Felsenriffe bestens getarnt und perfekt an seinen Lebensraum angepasst.

Zoo Berlin

Ich mag das Licht, dieses Unterseeische. Früher habe ich Stunden hier vorm Aquarium gesessen mit Fabian auf dem Schoß, und Jessika lief die ganze Zeit vor uns an den Scheiben entlang, mit rudernden Armen, und ist ihrem Lieblingsfisch gefolgt, wie hieß er noch? Er hatte so schleierartige Flossen, bunt, aber nicht grell, die Schwanzflosse wie eine Schleppe aus Seide, die sich im Wasser leicht kräuselt und wellt, so als würde sie bewegt, anstatt sich zu bewegen. Ein schöner Fisch, wirklich. Ich muss Jessika unbedingt nach dem Namen fragen, wenn wir hier fertig sind. Wahrscheinlich weiß sie ihn auch nicht mehr.

Jedenfalls, danke, dass du gekommen bist.

Ich kann gar nicht sagen, wann das aufgehört hat und warum, aber wir haben unsere Dauerkarte schon vor Jahren verfallen lassen, vielleicht wollten die Kinder nicht mehr, vielleicht hatten wir auch alles gesehen. Fabian kannte sämtliche Tiere und ihre Herkunftsländer auswendig – mit fünfeinhalb! Inzwischen sind sie wahrscheinlich längst tot oder ausgetauscht, bis auf die Schildkröten, die uns alle überleben werden. Vielleicht schaue ich mal bei ihnen vorbei auf dem Rückweg, falls wir die Zeit haben.

Ich hoffe, ich langweile dich nicht.

Die Kinder wollten natürlich nicht mit. Ich musste sie erpressen, nach allen Regeln der Kunst, sonst hätten sie nie ihre Zimmer verlassen. Aber ich dachte mir, wir gehen jetzt in den Zoo, und wenn es das Letzte ist, was wir zusammen unternehmen. Kaum zu glauben, wie sie sich früher darum gerissen haben und wie egal ihnen jetzt alles ist.

Er hieß »Seidenfisch«, glaube ich, oder jedenfalls irgendwas mit Seide, der Lieblingsguppy von Jessika. Doch wie es aussieht, gibt es ihn nicht mehr.

Was ich sagen wollte: In meinem nächsten Leben werde ich Vater. Väter haben immer einen gewissen Abstand, ein Verhältnis von Nähe und Distanz zu ihren Kindern, was beiden Seiten so viel Freiheit lässt, dass man sich ein Leben lang ertragen kann. Mütter dagegen sind immer zu nah, zu eng, zu unmittelbar. Säuglinge und kleine Kinder brauchen Mütter, als Erwachsener braucht sie kein Mensch. Wie alles Symbiotische ist Mutterliebe nur eine Phase, die Kinder entwickeln sich weiter, aber du bleibst Mutter dein Leben lang.

So was sollte ich dir eigentlich gar nicht erzählen.

Und dann sehe ich Jessika, und mir wird ganz schlecht, wenn ich daran denke, was alles noch auf sie zukommt und wie schwer sie es haben wird. Wenn sie wüsste! Aber sie weiß nichts, und das muss wohl so sein. Sie muss an das große Versprechen glauben, dass die Welt gut zu ihr sein wird und eine Ausnahme mit ihr macht. Neunzig Prozent aller Bewerber bei uns in der Firma glauben das. Aber ich habe in zwanzig Berufsjahren noch nie erlebt, dass jemand verschont bleibt. Das wirkliche Leben macht keine Ausnahmen. Umso bitterer ist es, mit anzusehen, wie sehr Jessika sich das Mädchen aus dem Gesicht schminkt und sich beeilt, eine Frau zu sein, mit vierzehn, als würde sie es nicht bleiben müssen für den Rest ihres Lebens, als würde danach noch irgendwas kommen, irgendein Wunder!

Naja, und Fabian … Er ist so ziemlich das Gegenteil von frühreif. Alles, was Jessika nach außen kehrt, kehrt er nach innen. Seine Entwicklung findet gewissermaßen unter Ausschluss der Öffentlichkeit statt, auch der schulischen, im Stadium der Verpuppung. Manchmal denke ich, er schweigt noch ein paar Jahre so in sich hinein, durchläuft noch ein paar Akne-Blüten, bis es dann eines Tages »plopp« macht: Und aus der ölig glänzenden, leicht ranzigen Schale tritt, frisch geduscht und strahlend, ein junger Erwachsener, schwingt sich auf seinen Motorroller und studiert Medizin in, sagen wir, Tübingen. Aber vielleicht studiert er auch Informatik in Braunschweig und bleibt sein Leben lang ein Nerd. Ihn konnte ich immerhin noch für die Raubkatzen begeistern. Keine Ahnung, was er dort macht, vermutlich die Tiger mit seinem starren Blick in den Wahnsinn treiben. Jessika ist vorgegangen in das Café, wo wir uns wieder treffen. Dort sitzt sie vermutlich die anderthalb Stunden ab mit übereinandergeschlagenen Beinen und guckt so blasiert und gelangweilt wie eine russische Nutte.

Ich hätte nie gedacht, dass wir einmal Gegner sein würden, schon gar nicht damals auf unseren Ausflügen hierher. Keine Ahnung, wie es so weit kommen konnte, aber seit ein, zwei Jahren hindern wir uns nur noch gegenseitig am Leben.

Wie war eigentlich dein Weihnachten?

Das Neueste ist, Jessika hat einen Freund. Sie spricht von »einem« Freund, aber ganz offensichtlich ist es »ihr« Freund. Die Nachricht war sozusagen meine Bescherung. Nicht, dass er der erste wäre, aber der erste mit Auto und Führerschein. Der Junge ist achtzehn, also eigentlich ein junger Mann. Gut erzogen, höflich, das muss man ihm lassen, zumindest kann er die Hand geben, Guten Tag sagen und einem dabei in die Augen sehen, was schon eine Verbesserung ist. Lambert meint auch, er weiß, was sich gehört, aber Lambert geht sowieso jedem Konflikt aus dem Weg. Er hat sich noch nie mit Jessikas Verehrern angelegt, dabei wäre das eigentlich sein Job als Schwiegervater in spe, sich die Jungs mal richtig zur Brust zu nehmen, unter Männern. Doch Lambert ist selbst so ein Jessika-Verehrer und möchte es sich nicht mit ihr verscherzen. Schon beschämend, wie er um die Liebe seiner Tochter buhlt, scherzhaft natürlich, aber sein ganzer sogenannter Humor ist im Grunde nur eine Art Werbung für sich, der verzweifelte Versuch, bitte, bitte nett gefunden zu werden. Und Lambert ist ja auch nett, tausendmal netter als ich. Nein, wirklich, ich wollte nie nett sein, sonst wäre ich nicht in der Personalabteilung. Wenigstens den Zwang muss ich mir nicht antun.

Insofern habe ich Jessikas Kavalier, als er sie mit seinem »Wagen« bei uns abholen wollte, gleich ins Gesicht gesagt, ich würde ihn wegen Verführung Minderjähriger verklagen, wenn er ihr nur die Hand aufs Knie legt. Da hat er geguckt. Lambert ist natürlich prompt dazwischen, lachend wie über einen Witz, die Hand zum Gruß gestreckt: »Hallo erst mal, guten Abend, wie geht's? Wollen Sie nicht reinkommen …« – Das ganze Programm. Er tut immer so, als müsste er die Situation retten, dabei rettet er sich vor der Situation. Ich habe Jessikas Freund dann noch erklärt, ich hätte gar nichts gegen ihn persönlich, doch bevor ich jemanden in mein Haus lasse, würde ich gerne klarstellen, wo die Grenzen sind, und sexueller Missbrauch ist so eine Grenze.

Ich glaube, das hat er verstanden.

Er war überhaupt sehr einsichtig und verständnisvoll für einen Achtzehnjährigen, der unter Mittelstufenschülerinnen wildert. Vielleicht ist das der Vorteil von älteren Freunden. Er schien sich jedenfalls sehr gut in uns Eltern hineinversetzen zu können, was einerseits ganz angenehm war, andererseits auch wieder erschreckend. Jessika hat sich ihr Leben lang noch nie in irgendwen hineinversetzt, schon gar nicht in mich, sonst könnte sie gar nicht die sein, die sie ist. Wir sind dann ein bisschen ins Plaudern gekommen, weil ich dachte, es kann nicht schaden, eine persönliche Beziehung zum Täter aufzubauen. Er soll wissen, mit wem er es zu tun hat und wessen Leben er zerstört, das erhöht in der Regel die Hemmschwelle. Und es lief gut. Es war wirklich nicht schwer, menschlich mit ihm anzuknüpfen. Für einen potenziellen Kinderschänder war er unglaublich offen und kommunikativ. In den fünf Minuten, die er bei uns am Abendbrottisch saß, habe ich mehr von ihm erfahren als von Fabian in den letzten fünf Monaten. Aber wahrscheinlich wollte er uns einfach nur einlullen, mich und Lambert sowieso – nicht dass es dazu viel gebraucht hätte.

Wenn es nach mir gegangen wäre, hätten wir den ganzen Abend verquatscht, um Schlimmeres zu verhindern. Doch Lambert, Jessikas Liebediener, meinte schon nach ein paar Minuten, die jungen Leute würden sich sicher langweilen – »die jungen Leute«, ich hätte ihn erschlagen können! Als müsste ausgerechnet Lambert mich daran erinnern, dass ich nicht mehr dazugehöre. Natürlich wollte er nur Jessika nach dem Mund reden, nach ihrer Miene. Am Gespräch hat sie sich nicht beteiligt, das war unter ihrer Würde. Sie hatte es sichtlich eilig wegzukommen mit Blick auf die bevorstehenden Festtage und die Weihnachtssippenhaft zu Hause. Du hättest sie sehen sollen! Sie konnte es überhaupt nicht vertragen, dass ich mich einigermaßen angeregt mit ihrem Freund unterhalte. Es war ihr so peinlich, auch vor Nadine, ihrer Freundin, die sie auf Schritt und Tritt begleitet, sogar aufs Klo. Die beiden haben ständig mit den Augen gerollt, unterm Tisch SMS verschickt und hysterisch in sich hineingekichert, also genau die Art von gestörtem Sozialverhalten, das heute normal ist. Irgendwann sind sie sogar Jessikas Freund dermaßen auf den Wecker gegangen, dass er sich entschuldigt hat, mit echtem Bedauern, wie mir schien, er müsse jetzt leider ungemütlich werden – er hat wirklich »leider« gesagt und »ungemütlich«, das fand ich bemerkenswert, »Gemütlichkeit« als Kriterium von einem Achtzehnjährigen. Ich glaube, wenn es nach ihm gegangen wäre, hätte er wirklich lieber ein vernünftiges

Gespräch geführt, als diese Tussis zwischen irgendwelchen Schülerfeten hin und her zu kutschieren. Er tat mir fast ein bisschen leid, und das habe ich ihm auch gesagt. Jessikas Reaktion: ein demonstrativ geseufztes »Oh, Mama!«

Natürlich war sie eifersüchtig.

Ich habe ihn dann noch zum Auto gebracht, wie immer nach Vorstellungsgesprächen, wenn ich mir bei dem Bewerber nicht ganz sicher bin – habe ich bei dir ja auch gemacht, falls du dich erinnerst. So ein Auto erzählt mehr über einen Menschen als anderthalb Stunden Intensivinterview. Dabei geht es weniger um die Marke als darum, wie das Innenleben aussieht. Ist es picobello sauber und ordentlich, hat man es mit einem Zwangsneurotiker zu tun, ist es vollgemüllt, mit einem Messi. In beiden Fällen: Finger weg!

Weißt du noch, wie du mich davon überzeugen musstest, dass es gar nicht dein Auto war, sondern das von einem Kumpel?

Er fährt einen Punto, den Drittwagen seiner Mutter vermutlich, aber wenigstens zu eng für Sex auf irgendeinem Waldparkplatz, es sei denn, man ist unter eins fünfzig und lässt die Beine rausgucken. Das war dann auch meine letzte Frage, wie klein die Mädchen sein müssen, die er in dieser Seifenkiste flachlegt. Da hatte Lambert schon aufgegeben, so zu tun, als sei das meine Art von Humor. Und weißt du, was Jessikas Freund zu mir gesagt hat, an seinen Punto gelehnt, mit einem leichten Lächeln auf den Lippen? Er hat gesagt: »Ich kann warten.« Ist das nicht unglaublich?

»Ich kann warten.«

Eine Weile habe ich ihm noch nachgesehen, ziemlich perplex. Ich meine: Dein Satz aus dem Mund des Mannes, der möglicherweise meine Tochter entjungfert, falls er es nicht schon getan hat – was denkt sich das Schicksal dabei? Er hat diesen Aufkleber am Heck seines Wagens, dieses Fischzeichen, du weißt schon, so eine geschwungene Linie in Fischform, leicht reflektierend, was ja wohl heißen soll, dass er Christ ist oder zumindest sein Auto oder seine Mutter. Und natürlich musste ich darüber nachdenken, ob es nun dafür steht, dass er Sex vor der Ehe ablehnt oder wenigstens Sex in Fiat Puntos. Aber dann dachte ich, dass ich jetzt überhaupt darüber nachdenke, ist völlig verkehrt, verkehrte Welt! Jessika ist vierzehn, gerade geworden! Wie lange will er denn warten? Zwei Jahre? Bis er ein größeres Auto hat und sie sechzehn ist?

Verstehst du? Dieser Satz, dieser Fisch, das sind doch alles Zeichen, Warnsignale, Stoppschilder! Da muss man sich doch fragen: Auf was für einem Weg sind wir eigentlich? Und dann ist auch noch Weihnachten, und während ich so dastehe und der Fisch am Heck des Fiat Punto in die Dunkelheit entschwindet, überkommt mich plötzlich das Gefühl, es könnte unser letztes sein, also eigentlich Ostern, Karfreitag. Ja, mir war, als würde ich dieses Weihnachten meine Familie beerdigen, ohne Wiederauferstehung. Deswegen hatte ich mir so gewünscht, dass wir an Heiligabend noch einmal alle zusammen in die Kirche gehen. Ich hatte Jessika sogar angeboten, Hendrik mitzubringen – er heißt »Hendrik«, ihr Stecher –, aber Hendrik wollte oder musste am Vierundzwanzigsten frühmorgens unbedingt mit seinen Eltern in den Skiurlaub fliegen, und Jessika hatte schon ein anderes Geschenk für mich, irgendein Parfum, das sie selber nicht mochte, und auf Kirche hatte sie absolut keine Lust. Deshalb ist dann auch Lambert zu Hause geblieben, und ich bin allein gefahren mit Fabian, dem Weihnachtsschreck, der sowieso kein Wort sagt, geschweige denn singt, dabei hat er früher mal so schön gesungen, glasklarer Sopran, vor seinem Stimmbruch. Inzwischen weiß ich nicht mal, ob er Bariton ist oder Bass, so selten macht er den Mund auf.

Doch kampflos aufgeben wollte ich auch nicht, du kennst mich, weshalb wir dann Heiligabend drei viertel vier zur Kirche gefahren sind, ich und Fabian – Fabian und ich, wobei es eigentlich gar keine Kirche war, sondern eher eine Art Friedhofskapelle, achtzig Plätze vielleicht, ganz intim, ganz »gemütlich«, wie Hendrik sagen würde. Ich ertrage ja diese Menschenverkleinerungskirchen nicht, in denen du hockst wie ein Häuflein Elend und über dir die ganze Erhabenheit des Himmels. Aber diese Kapelle war selber winzig und dadurch irgendwie wärmer, wohnlicher, menschenfreundlicher. Sie sah aus wie ein Schiff, viel Holz, dicke Balken und Schnitzwerk, wie der Bauch eines Schiffes. Und die ganze Gemeinde saß da, dicht gedrängt, überwiegend Weihnachtsbesucher kurz vor der Bescherung, Familien mit kleinen Kindern, die noch das Krippenspiel sehen wollten, um sich dann zu Hause auf die Geschenke zu stürzen, alle wie in einem Boot oder in Gottes guter Stube.

Es hatte wirklich etwas Familiäres, auch die Art und Weise, wie gesungen wurde. Orgel gab es zwar, aber kein Einschüchterungsinstrument mit Registern, die dir in die Gedärme fahren, sondern mehr die Hammondorgel für den Hausgebrauch, heimelig halt. Und dann die Kleinen beim Krippenspiel: leiernd, unbeholfen, aufgeregt, die frohe Botschaft halb verstolpert, halb verschluckt, doch auch mit stillen, selbstvergessenen Momenten, wie unter einem großen gemeinschaftlichen Tannenbaum, wo jedes Kind ein bisschen was vorspielen oder aufsagen muss, bevor es erlöst wird von der heiligen Aufmerksamkeit. Wirklich schade, dass wir nur zur Hälfte da waren. Nicht mal der Pfarrer hat gestört und missionarischen Eifer verbreitet. Die Kanzel war viel zu niedrig, um von oben herab zu sprechen. Es war auch nicht der Augenblick für große Worte und Bekehrungsversuche, zumal im Mittelgang inzwischen krabbelgruppenartige Zustände herrschten. Anstatt lange zu predigen, hat er immer wieder singen lassen, noch mal und noch mal, durch alle möglichen Seiten des Gesangbuchs, Lieder, die ich weder konnte noch kannte. Doch mittlerweile hatte sich die Gemeinde dermaßen eingesungen, dass es keine Rolle mehr spielte, man wurde einfach mitgezogen, eingesogen vom Chor, gab auf Verdacht irgendwelche Töne von sich und schwang sich dann ein wie eine singende

Säge, Gott, was habe ich da herumgeeiert! Aber in dem Moment gab es kein Richtig und Falsch, ich konnte stimmlich noch so danebenliegen, früher oder später bin ich mitten im Lied gelandet, mit allen zusammen, und wahrscheinlich ging es den meisten so, dass sie sich auf einmal Melodien singen hörten, die sie noch nie gehört und gesungen hatten. Jedenfalls dachte ich die ganze Zeit, das bin doch nicht ich, das ist nie und nimmer meine Stimme. Es war, wie wenn man im Traum auf einmal fließend eine Fremdsprache kann.

Gut, für Außenstehende hat es sich wahrscheinlich furchtbar angehört, aber ich war so froh, so hocherfreut über diese Klänge, die da aus mir heraus … ja, quollen, flossen, ich hätte am liebsten immer weitergesungen, falls ich es überhaupt war, die da sang. Dann fiel mein Blick auf Fabian, seine Hände, seine Knie. Er saß eingezwängt neben mir auf der Kirchenbank, den Kopf gesenkt. Ich konnte sein Gesicht nicht sehen, wollte aber unbedingt heraushören, was für eine Stimme er hat, Bass oder Bariton. Doch da war nichts, kein Laut in diesem wogenden Schwall und Schall, dieser chorvollen kleinen Kapelle, die in einem mächtigen Unisono durch das Liedgut schlingerte. Alle hatten mit eingestimmt, auch die Kleinsten sangen aus vollem Halse, nur er, mein Sohn, war wieder nicht dabei, wurde kein Teil davon, nicht mal an Weihnachten.

Ich war so enttäuscht in dem Moment, so traurig und wütend, dass ich Fabian am liebsten einen Klaps auf den Hinterkopf gegeben hätte. Doch ich konnte mich auf der Bank selbst kaum bewegen, stieß und stupste ihn nur so von der Seite an, bis ich plötzlich merkte, dass er ganz starr war inmitten dieser großen Gelöstheit und Gemeinsamkeit, ein totenstarrer, stiller Körper, der Unerlösteste von allen, mein Sohn. Und auf einmal tat er mir leid, unendlich leid, weil er so einsam war, so mutterseelenallein.

Und ich konnte nichts daran ändern.

Ich habe dann keinen Ton mehr gesungen, sondern nur stumm

dagesessen, Fabian neben mir, Schulter an Schulter, aber ohne das Gefühl von Berührung. Ich wusste, dass ich ihn nicht mehr erreiche, dass die Verbindung endgültig abgerissen war. Und sollte er sich jemals aus dem Gefängnis seiner selbst befreien, würde er ein anderer sein, jemand aus einem Land, das ich nicht kannte und für das es keine Sprache gab.

Die Lieder – auf einmal waren es wieder vertrautere – gingen zu Ende, wir erhoben uns zum Gebet, Fabian auch, immerhin blieb er nicht sitzen. Ich senkte den Kopf und faltete die Hände, aber ich konnte nicht mitbeten, nicht »Vater unser« sagen – »Vater«, »Mutter«, was hieß das noch? Jessika war mir längst entglitten und Fabian eben jetzt. Ist dir eigentlich schon mal aufgefallen, dass kein Wort dafür existiert? Frauen, die ihre Männer verloren haben, heißen Witwen, Kinder ohne Eltern heißen Waisen, aber für Eltern, die ihre Kinder verlieren, gibt es keinen Namen. Dabei geht es uns im Grunde wie Gott.

Wie auch immer. Es war Weihnachten, stille Nacht, heilige Nacht, da ist man nie ganz Herrin seiner Gefühle. Ich habe es auf diese Lieder geschoben, Jahresend-Sentimentalität, Schwamm drüber. Der Jahreswechsel bringt schließlich viel Gutes, nicht wahr? Deine Festanstellung vor allem, auch wenn du es erst einmal schwer haben wirst im Vertrieb, aber Hauptsache, du bist übernommen, und zwar auf ausdrücklichen Wunsch von Meyer-Giesing. Jetzt kann niemand mehr behaupten, dass ich dich protegiere oder Günstlingswirtschaft betreibe, ganz abgesehen davon, dass unsere Beziehung – um das böse Wort zu gebrauchen – den Tatbestand der Unzucht mit Abhängigen ab sofort nicht mehr erfüllt.

Wir haben wirklich lange gewartet, länger als jeder andere. Kein Mann in meiner Position hätte solche Skrupel gehabt, er hätte sich einfach genommen, was er wollte. Wahrscheinlich wäre das leichter gewesen: ein Paukenschlag, ein Ende mit Schrecken, klare Verhältnisse! Wobei es ja auch haufenweise unklare Männer gibt, siehe

Lambert. Aber wir haben es uns nicht leicht gemacht, und ich finde, es spricht für unsere Leidenschaft, dass sie so lange so still sein konnte. Dafür danke ich dir. Nein, wirklich, danke, dass du mir die Zeit gegeben hast! Seien wir froh, dass sie vorbei ist. Und lass uns nicht mehr über Kinder reden. Nur eins noch: Wenn du es dir anders überlegen solltest, in ein paar Jahren, also falls … Ich wäre nicht abgeneigt, auch wenn es sich im Moment anders anhört, ich hätte wirklich gerne noch einmal Kinder, einfach um es besser zu machen beim nächsten Versuch, aber ich verstehe natürlich.

Ich verstehe vollkommen.

Irgendwie ist es ein bisschen dunkler geworden, oder, das Licht, ein bisschen grüner, algiger, findest du nicht? Wahrscheinlich muss ich langsam mal aufhören, überall Zeichen zu sehen. Aber es war einfach ein bisschen viel auf einmal, dieser Fisch am Heck vom Wagen von Jessikas Freund, dann dieser schreckliche Gottesdienst, und jetzt sitzen wir hier im Aquarium zwischen all diesen Fischen und …

Ich mag übrigens Neons am liebsten, weil sie die kleinsten sind. Irgendwie denke ich immer, von allen Fischen, allen Tieren hier sind sie am wenigsten eingesperrt. Sie vermissen das Meer vielleicht gar nicht. Bei den großen fühle ich mich immer schuldig. Und ein bisschen ist es mit den Kindern auch so. Mehr sage ich nicht dazu. Vielleicht ist das auch alles, was man sagen kann.

Den Gottesdienst habe ich kaum bis zum Schluss ertragen. Mir war gar nicht bewusst, wie schlimm das »Vaterunser« eigentlich ist, wie negativ und niederschmetternd. Es geht wirklich nur um Schuld, Versuchung und das Böse, deshalb konnte ich dazu nicht Ja und Amen sagen. Was weiß Gott denn schon.

Wir sind dann wortlos raus aus der Kapelle und zurück zum Auto, Fabian und ich, er immer einen halben Schritt hinter mir. Das ist der Vorteil, wenn man so selten in die Kirche geht, es kann einem egal sein, was die Leute denken. Im Wagen musste ich noch einmal tief durchatmen, bevor ich so weit war loszufahren. Für einen Sekundenbruchteil kam das Ganze wieder hoch, so ein Echo von allem, dem Gebet, den Gesängen und Gedanken, aber nur ganz kurz. Ich war eigentlich schon wieder startklar, als Fabian mir plötzlich eine Hand auf die Schulter legte und sagte: »Es tut mir so leid, Mama, aber ich kann dir nicht helfen.«

Seine Stimme war erstaunlich tief, mehr Bass als Bariton, und seine Hand ganz warm.

Einen Moment lang war ich wie gelähmt, vollkommen handlungsunfähig. Ich dachte nur, er weiß es, er weiß alles! Dabei ist Fabian nun wirklich der Letzte, der irgendetwas von uns wissen kann, und wenn doch, hätte ich ihm vermutlich nicht leidgetan, sondern er sich selbst. Er weiß nichts, keine Sorge. Es hat mich nur überrascht, dass er mich überhaupt wahrnimmt, dass Fabian – der Stumpfeste, Verstockteste von allen – registriert, wie sehr ich mit mir ringe, mich verleugnen muss, um für ihn und alle anderen jeden Tag dieselbe zu sein. Das hat mich sehr gefreut, auch wenn es mir natürlich lieber gewesen wäre, ich hätte es verbergen können, unser Geheimnis und das ganze Hin-und-hergerissen-Sein zwischen dir und dem Rest meines Lebens. Aber Fabian hat es gemerkt, mir angemerkt, dass es mich zerreißt, dass ich total zerrissen bin. Und nun weiß ich nicht, ist das jetzt schlimm oder ein Zeichen der Hoffnung? Jedenfalls dachte ich, bevor ich unsere ganze Tarnung auffliegen lasse, muss ich mit dir reden, schließlich geht es auch um deine Zukunft, es geht um uns, oder nicht?

Oder was denkst du?

Ich finde, wir haben mittlerweile so lange gewartet, da kommt es auf ein paar Tage früher oder später nicht an, und vielleicht schauen wir erstmal, wie es sich entwickelt, wie wir uns entwickeln? Warum fängst du nicht im Vertrieb an, fasst ein bisschen Fuß, und wer weiß, vielleicht kommt uns der Altersunterschied am Ende gar nicht mehr so groß vor, und du kannst dir eine Familie mit mir vorstellen?

Aber du hast natürlich recht: Der Zeitpunkt könnte nicht ungünstiger sein, falls es so etwas wie den richtigen Zeitpunkt überhaupt gibt und die entscheidenden Dinge im Leben nicht immer zur Unzeit passieren. Familien werden ja nicht gegründet, Familien ereignen sich … Ich weiß, es klingt komisch, wenn ausgerechnet ich das sage, aber vielleicht ist das der größte Unterschied zwischen Kindern und Karriere: Karrieren sind eine Frage der Planung, Kinder eine des Schicksals, das habe ich mir damals schon bei Jessika gesagt.

Keine Angst, ich will dich zu nichts überreden. Ich sage nur, dass es schwer ist, eine schwere Entscheidung, und dass sie Zeit braucht, noch mehr Zeit, fürchte ich. Ich will dich wirklich nicht länger hinhalten, nach allem, was wir hinter uns haben, den Lügen, dem Versteckspiel, glaub mir, aber kommt Zeit, kommt Rat, vielleicht ist es das. Wir müssen noch ein bisschen weiterlügen, noch ein bisschen länger still sein. Es tut mir wirklich leid, Enrico, aber du musst warten. Kannst du noch?

Komm, ich bring dich zum Auto.

Lenz

Es ist die falsche Jahreszeit, um zu gehen, das Haus zu verlassen, das Gut, das alles. Es ist zu früh, zu früh im Jahr. Wir sitzen am Holzofen in der Küche und trinken Getreidekaffee aus getöpferten Bechern. Es ist zu früh, um zu reden, es ist noch nicht Tag. Wortlos sehen wir hinaus in den dämmernden Morgen. Man lernt das Morgengrau wirklich kennen hier draußen. Es ist eine Spur heller als gestern noch, leuchtender, Märzmorgengrau. Vielleicht bekommen wir heute einen Sonnenaufgang und Farben. Wie lange hatten wir keine Farben mehr. Sogar die Sonne schien, wenn sie schien, grau wie die Brachen und Stoppelfelder, grau wie die Erde, die Gräser, das Moos.

Wir haben zu lange Winter gehabt. Wir haben dem Schnee zugesehen, wie er fiel, um weiß und still zu sein. Er war, wie Schnee sein muss, ein helles Tuch in dunkler Zeit und für die Kinder ein Zauber. Aber er schmolz nicht, er wurde grau und zu Staub und liegt noch immer über allem, Schneestaub auf den Totholzzäunen, den Feldsteinmauern, den Kiefern und Birken. Wie lange waren die Birken nicht mehr weiß.

Nur die Kirche ist immer dieselbe, festgemauert im Glauben an dieses Dorf, aus lehmgelbem Backstein, auf dem der Schnee erlischt wie auf Schwefel: eine Schwefelkirche mit einem von Schwefelmauern umfriedeten Kirchhof, auf dem mehr Tote liegen als Menschen gelebt haben ringsum. Hier ruht die Gemeinde, die nie zusammenkam. Die Kirche ist leer, schon seit Langem, das schmale, steil aufragende Schiff nur ein Hallraum und Echo ohne Wort. Doch die Gräber scharen sich um sie, suchen ihre Nähe, die Lücken im Erdreich zwischen den Friedhofswegen, die immer mehr zuwachsen, Pfade nur noch, Grenzlinien, und dann nichts als Gras. Auf den Steinen und Kreuzen dieselben Namen, ein Reim der Zeiten und Generationen, ein Refrain aus vier, fünf Familien, von denen so viele Kinder und Kindeskinder das Leben hier fliehen und nur zurückkehren zum Sterben. Auch wir werden weggehen, jetzt ist es beschlossen, nur gibt es für uns kein Zurück, nicht einmal im Tod. Die Erde hat kein Gedächtnis, für uns nicht. Unsere Namen sagen ihr nichts, zu kurz war die Zeit, zu früh unser Abschied. Wir waren nie wirklich hier.

Wir könnten die Kirchhofmauern sehen von der Ofenbank aus, ohne die Köpfe zu recken, gleich nebenan die Spitzen der zwei höchsten Grabkreuze, eins aus Stein, eins aus Holz, aber wir schauen nicht hin. Wir könnten die Kirchglocke schlagen hören, sechs Mal, sechs Schläge müssten es sein, aber wir hören sie nicht, nicht mehr, so wenig wie ein Müller in seiner Mühle den rauschenden Bach. Wir hören nur, wenn sie schweigt. Aber die Zeit schweigt nicht. Die Stunde rückt näher.

Wir schauen den Fliegen zu, die es über das Jahr geschafft haben, Letztjahresfliegen. Sie haben die Wärme gesucht und gefunden bei uns in der Küche, obwohl vor dem Fenster am Spülstein der Walnussbaum steht, der sie fernhalten sollte im Sommer. Sie wurden zu unseren Begleitern, auch wenn wir an den langen Abenden gelernt haben, wie man sie mit einer Hand fängt, einer kurzen Drehung des Handgelenks, einem Zucken nur, aber tödlich. Wir konnten es richtig gut. Doch irgendwann waren wir zu müde von der Feldarbeit und unsere Hände zu schwer. Also ließen wir sie gewähren, obwohl die Klebefallen unter den Lampen übersät waren mit Fliegen und lückenlos schwarz. Wir hörten auf, ihnen nachzujagen, und warteten nur noch, bis sie tot von den Scheiben fielen, auf der Fensterbank lagen mit nach oben gestreckten Beinchen, brüchig vor Trockenheit und leicht wie nichts. Inzwischen warten wir nicht mehr. Wenn sie die Tischkanten entlanggelaufen kommen, schieben wir ihnen die letzten Krumen zu und sehen mit einer Art Sorge, wie sie gegen die Scheiben dengeln. Sie dürfen nicht sterben.

Aber die Hunde. Das lastet auf uns. Ihr Schweigen. Der stumme Vorwurf in ihren unterwürfigen Blicken. Unentwegt schleichen sie um uns herum, ruhelos, aber geduckt, ein Winseln, das zur Bewegung geworden ist, das sie umtreibt, ohne dass sie es uns hören lassen. Zu groß scheint ihnen die Gefahr.

Sie spüren, dass etwas anders ist an diesem Morgen. Sie wissen, dass etwas passieren wird. Sie haben uns zugehört und verstanden, obwohl wir sie nicht mehr beim Namen nennen, seit feststeht, dass wir gehen müssen, ohne sie. Wir haben zuletzt nicht einmal mehr »Hund« gesagt. Wir nennen sie nur noch »sie«, aber sie wissen, wenn sie gemeint sind.

Die Schweine wurden abgeholt, vor Tagen schon, unsere Kuh auch und das Kalb, die Hühner gestern, die ganze Schar, eingefangen, verladen und ab. Es ging erstaunlich schnell, und in den Ställen war Ruhe. Sogar die Hunde haben nicht mehr angeschlagen. Sie wissen, dass etwas begonnen hat, was nicht mehr zum Leben auf dem Gut gehört, sondern zu seinem Ende, zum Anfang der Zeit danach, nach uns. Wie lange haben wir sie nicht mehr bellen hören. Es ist so still heute Morgen. So still war es nie, auch nicht, als der Schnee fiel und frisch war. Schnee nimmt die Geräusche und bewahrt sie in seinem Kristallfutteral. Diese Stille ist anders. Sie ist die Abwesenheit von allem.

Außer den Hunden.

Wir haben versucht, sie abzugeben, vergeblich. Mit den anderen Hunden im Dorf vertrugen sie sich nicht. Als sie von unseren Verwandten und Bekannten abgeholt werden sollten, haben sie sich verkrochen und mit Zähnen und Klauen gewehrt. Sie wollten nicht verteilt werden, hierhin und dorthin. Ihr Platz war bei uns. Da hatten wir sie längst verraten und dachten nur noch daran, sie loszuwerden. Umso mehr hingen sie an uns. Sie haben unseren Verrat durchschaut und darüber hinweggesehen. Sie haben uns unsere Lügen verziehen. Sie waren schlauer und treuer als wir. Aber sie wissen auch nur, was in ihrer Welt wahr ist, und nichts von Zahlungsrückstand, Bank und Bankrott.

Die Kinder kommen, die Großen vorneweg, fertig angezogen, sogar schon im Mantel, die Kleinen noch halb verschlafen, aber mit ihren Köfferchen in der Hand. Die Kinder sehen die Hunde an, die Hunde sehen die Kinder an. Dann sehen sie aneinander vorbei, und die Hunde nehmen ihre Winselgänge wieder auf, lautlos, geduckt unter Tischen und Bänken hindurch. Die Kinder entscheiden nichts, das wissen sie, und vielleicht wissen sie auch, dass wir nichts entscheiden, so lange die Kinder im Raum sind.

Wir machen den Kleinen die Milch warm, die letzte von unserer Kuh, die vielleicht schon tot ist. Der Rahm riecht süß und ein bisschen nach Butter. Es riecht wie in den guten Tagen. Doch die Kinder senken die Köpfe und schauen zu Boden, ihre Füße sind unruhig. Wir sagen uns, dass es der Abschied ist, natürlich ist es der Abschied. Doch in ihren Füßen steckt die Ungeduld der Hunde, dieselbe Angst vor dem Aufbruch.

Sie sollen ihre Koffer in die Ecke stellen und sich setzen, sagen wir. Die Kleinste geht zur Tür und sieht nach den Mäusen auf der Matte, die der Kater gebracht hat. Wir nehmen an, dass es der Kater ist, der uns jeden Morgen die zu Tode getanzten Mäuse der Nacht vor die Tür legt wie eine Zeitung.

»Es sind vier, Vater, Mutter, Kind, Kind«, sagt die Kleinste. Dann schließt sie die Tür.

Während die Kinder ihre Milch trinken, reden wir von den Katzen. Dass es wilde Katzen sind, keine Hauskatzen, dass sie es schaffen werden ohne uns, dass sie mehr zum Hof gehören als zu irgendwem. Es tut gut, von den Katzen zu reden. Es beruhigt die Kinder, es beruhigt auch uns und vielleicht sogar die Hunde. Fast ist es, als redeten wir über sie. Es fühlt sich so an, obwohl wir immerzu »Katzen« sagen. Solange es Mäuse gibt, sagen wir, gibt es Katzen, und Mäuse wird es immer geben, hier auf dem Hof, und selbst wenn es den Hof irgendwann nicht mehr geben sollte, gibt es immer noch die Kirchenmäuse im Schwefelreich nebenan, dann werden sie Friedhofskatzen. Und es tut gut, das zu sagen. Wenn man es oft genug sagt, glaubt man es irgendwann. Und auch wenn es nie und nimmer Friedhofshunde geben wird, ist es doch so, als würden wir auch von den Hunden reden.

Und tatsächlich kehrt Ruhe ein. Die Hunde werden langsamer, beschwichtigt von unserm Tonfall. Es klingt so versöhnlich, und die warme Milch riecht so süß nach Kinderatem und Vergangenheit. Und die Hunde stehen still, den Kopf leicht geneigt, als müssten sie überlegen. Es ist so behaglich geworden auf einmal, hier am Ofen bei uns. Es ist wirklich wie früher, für einen Moment. Und der jüngste der Hunde setzt sich, wie er sich immer gesetzt hat, legt seine Schnauze flach auf den Boden und seinen Schwanz um sich herum. Und ganz allmählich lassen sich auch die Älteren nieder, einer nach dem anderen. Wir registrieren das, hören aber nicht auf zu reden, die Katzen, die Katzen, reden wir weiter, und wir glauben uns längst wie die Kinder, und die Hunde glauben uns auch. Und der jüngste, der auf einmal ganz schläfrig wirkt, nach der Unruhe der letzten Tage, blinzelt nach einer Fliege, die an ihm vorbeisummt. Er schnappt nach ihr, halb im Traum, beinahe gähnend, und lässt sie dann ziehen mit einem Seufzer, bei dem sein Brustkorb tief einsinkt und die Rippen verschwinden unter seinem Fell. Wie früher.

Aber wir hören die Kirchglocke zur halben Stunde, obwohl es kaum ein Glockenschlag ist, nur ein sachte zu uns herabschwingender Ton. Wir hören diesen Ton zum ersten Mal wieder seit Langem und sehen uns an, über die Köpfe der Kinder und Hunde hinweg. Wir haben nicht vergessen, dass es Zeit wird, keiner von uns.

Es ist so weit. Die Milch ist getrunken, die Kinder schauen uns an. Und plötzlich wissen wir, was zu tun ist, kein weiteres Wort, kein Nachdenken nötig. Wir schicken die Kinder in den Stall, in die Scheune. Wir sagen, sie sollen sich von den Katzen verabschieden, ihnen die Näpfe voll Wasser füllen und sie dahin stellen, wo es am wärmsten ist und nicht so schnell friert, falls der Winter noch bleibt. Und sie stehen auf und gehen, ohne zu zögern, Kinder sind leichter zu täuschen als Hunde. Oder sie wollen die Wahrheit nicht wissen und lassen uns lieber damit allein. Schließlich ist es unsere Schuld, und sie ist noch nicht zu Ende.

Es bleiben die Hunde.

Sie sind aufgestanden, aufgesprungen nach dem Weggang der Kinder. Auch der jüngste, unbekümmertste von ihnen stemmt sich gegen seine Schläfrigkeit und streckt die Vorderbeine durch, duckt sich aber im nächsten Moment. Er will nicht zu sehr auffallen und die bösen Gedanken im Raum auf sich ziehen – es sind auf einmal böse Gedanken im Raum. Sogar sein Gähnen kürzt er ab, schluckt es hinunter und taucht in die gespannte Stille der anderen. Und er hat recht, uns zu fürchten. Wir wissen etwas, was die Hunde nicht wissen. Und wir erheben uns von den Bänken, klopfen den Staub und die Steifheit aus unseren Kleidern und gehen es an wie auf ein Kommando, dem wir nur folgen müssen, kein weiteres Nachdenken nötig, kein Wort.

Wir teilen uns. Die Frauen versorgen das letzte Geschirr, tragen es hinüber zur Spüle mit Blick auf den Walnussbaum und seine schneegrauen Äste. Sie waschen es ab, trocknen es ab und verstauen es in Kisten, so alltäglich, so endgültig. Sie wissen, was zu tun ist, und wir wissen es auch. Wir wenden uns ab, gehen zur Tür und steigen über die Mäusefamilie hinweg, die friedlich aussieht, so wie sie daliegt, beisammen. Wir treten ins Hofinnere, die drei Hofseiten um uns, vor uns die Dämmerung – heller wird es nicht werden, heute nicht mehr. Wir gehen zum Schuppen, nehmen Hacken und

Spaten, gehen weiter die Schwefelmauern des Friedhofs entlang. Die Hunde folgen uns auf Schritt und Tritt, anstatt im Haus bei den Frauen zu bleiben oder über die Felder zu fliehen. Sie laufen ganz dicht bei Fuß, auch der jüngste, drängeln sich um unsere Beine, aber nicht tollend, überhaupt nicht verspielt, sondern um Tuchfühlung bemüht, wie um uns zu bitten, dass wir sie behalten. Und wir erreichen das kleine Tor in der Mauer, das kräht, als wir es aufstoßen, ein Hahnenschrei über den Ställen der Toten. Hier war lange kein Mensch mehr, an diesem Ende vom Schwefelreich, wo sich die Friedhofswege verlaufen im Gras.

Wir bleiben stehen. Und die Hunde auch, noch immer bei Fuß, noch immer so folgsam. Wie sie unsere Nähe suchen. Wie sie zu uns aufschauen. Dabei wissen sie es jetzt genau so und so ungenau wie wir. Wer weiß schon, wie es ist zu töten, zu sterben, wie es sein wird, wenn es geschieht. Doch sie laufen nicht weg, laufen nicht um ihr Leben. Es sind gute Hunde, unsere Hunde, das macht es so schwer.

Und wir heben die Hacken und Spaten und schlagen zu, schlagen ein auf das graue Gras, die von Schnee gelöschte Erde, die nicht nachgibt, die so hart ist, hart gefroren, dass die Stiele in unseren Händen vibrieren und das Eisen klingt, ein Trommelschlag in der Erde, ein Glockenton in der Luft. Wir mühen uns vor den Augen der Hunde, schaufeln ihnen ein Grab wie einen Grund, einen letzten, zur Flucht. Aber sie bleiben und warten und beobachten uns, jede Bewegung, jeden Spatenstich, jeden Schlag. Sie tragen uns ihren Tod nach wie der Kater seine gefangenen Mäuse. Wir wagen kaum noch, die Köpfe zu heben, so wehrlos sind wir gegen ihr Zutrauen, ihre Anhänglichkeit und die Wärme in ihren Augen.

Zum Teufel mit ihnen!

Wir graben und fluchen, zum Teufel, zum Teufel, nicht laut, nicht so, dass die Toten es hören. Es sind gepresste Flüche, tonlos, aber sichtbar in Gestalt unserer Atemfahnen, Fluchwolken vor uns.

Wir geraten in Zorn mit diesem harten Boden, der uns nicht einlässt, nie eingelassen hat, mit diesen Hunden, die uns zwingen zu tun, was wir nicht tun wollen. Doch unbeugsam ist ihre Ergebenheit, unweigerlich ihr Gehorsam.

Ein Auto kommt. Die Hunde spitzen die Ohren zuerst, dann horchen wir auf, halten inne. Es kommt immer näher, das Motorengeräusch von der Straße und in der Einfahrt das Knirschen von Reifen auf Kies. Wir schauen uns an, schauen zur Turmuhr, es ist noch nicht sieben, es ist nicht zu spät, doch dieser Wagen will zu uns, anders kann es nicht sein. Und die Hunde werden nicht bellen. Sie haben sich abgefunden mit den Fremden auf unserem Hof, dem Fremdwerden unseres Hofes, der Enteignung der Einsamkeit. Es ist nur zu früh, wieder zu früh. Wir sind noch nicht fertig.

Wir graben schneller, doch das Grab kommt nicht voran, wir kommen nicht tiefer. Die Hacken und Spaten rutschen ab, prallen zurück, als wäre die Erde versteinert, immer härter und heftiger schlagen wir zu. Dazwischen das Klappen der Autotüren, wir hören es überlaut, Schritte und Stimmen, auch sie überdeutlich, hinter der Mauer, und wir halten still, alle, still jetzt. Doch sie entfernen sich nicht und verschwinden ins Haus, sondern wandern weiter die Mauer entlang, gleich sind sie hier. Und wir laufen los mit unseren Hacken und Spaten, laufen zum Tor, schneller als die Schritte hinter der Mauer, schneller als die Hunde, die sich erst in Bewegung setzen, als das Tor noch einmal kräht. Aber da sind wir schon draußen und versperren das Gittertor mit zwei Hacken, verkanten sie zwischen Mauer und Rahmen, das hält!

Und schnell, so schnell, wie wir können, laufen wir weiter über die Wiesen und Felder, weg von der Straße, vom Hof, Richtung Wald, Richtung See, seltsam erleichtert. Und im Laufen und in der Leichtigkeit wird uns klar, dass es die Hunde sind, vor denen wir fliehen, dass sie von allem die größte Last waren, wie schwer, das spüren wir jetzt erst. Und uns ist zum Lachen zumute auf einmal, während sie anschlagen. Sie bellen uns an, uns nach, ihren Herren, als wären wir Eindringlinge, Diebe. Und es stimmt, unsere Freude ist diebisch. Wir entkommen, und sie können nichts tun in ihrem Zwinger aus Schwefel und Eisen, sie können nur bellen, ihr Warngebell, Wutgebell, das machtlos ist gegen die Entfernung, die sich zwischen uns auftut, gegen die Weite, den Morgen, das Licht.

Und uns ist so leicht, dass wir im Laufen lachen müssen. Wie lange haben wir nicht mehr gelacht. Die Hunde, der Hof und die Kirche, das alles liegt hinter uns, hinter den Wiesen, ein Geheul nur noch, ein Klagegesang in der Ferne, unwirklich wie die Erinnerung an etwas, von dem man nicht weiß, ob es nur ein Traum war.

Wie lange ist das plötzlich her.

Als wir den Wald erreichen, werden wir ruhiger. Der Wald hat einen anderen Ernst. Wir betreten ihn nicht, laufen weiter, am Waldrand entlang, doch zum ersten Mal spüren wir, dass wir laufen und weit über die Wiesen gelaufen sind. Die Hacken und Spaten, die wir tragen, bekommen wieder ihr Gewicht, wie unsere Stiefel, die dicken Jacken und Mäntel, das ganze Winterzeug. Aber gleich sind wir da, nur ein Stück noch. Wir können den Weiher schon sehen, das Helle dort zwischen den Stämmen, seine blanke, spiegelnde Fläche, die wir freigefegt haben für die Kinder zum Schlittschuhlaufen, zum Hockeyspielen mit Ästen als Schlägern und einem Stück Kohle als Puck. Und es ist auf einmal, als sähen wir die einsamste Fläche, den leersten Fleck auf der Welt.

Da ist die Jagdhütte, der Bootssteg. Das Boot ist versteigert und abgeholt worden, doch unser Angelloch ist noch da, zugefroren natürlich. Wie lange haben wir hier nicht mehr gesessen, geangelt und Feuer gemacht. Und wir betreten das Eis, tasten uns vor bis an den Rand des Angellochs, das daliegt wie eine gefrorene Pfütze, und hacken drauflos. Das Eis springt, zerspringt zu Scherben, spritzt auf und fliegt durch die Luft. Es schneit, es wird wieder weiß um uns, Eis und Schnee, ein neuer Winter, den wir erschaffen. Und wir graben und kommen voran, wir tun etwas, und es geht, es geht gut. Warum haben wir nicht gleich hier gegraben und die Hunde wie Katzen ertränkt, ihnen den Katzenabschied gegeben, sie in Säcke gesteckt, ein paar Steine dazu und runter damit ins dunkle Wasser. Und wir lächeln bei dem Gedanken, weil nichts davon geschehen wird, weil Hundeabschied und Katzenlebewohl hinter uns liegen, weit, weit zurück.

Das Loch im Eis ist jetzt tiefer denn je, aber wir graben weiter. Unsere Hacken und Spaten treffen mehr Wasser als Eis, schlagen Wellen, ziehen in weiten Bögen Tropfenspuren durch die Luft. Es regnet auf einmal, wir regnen, wir machen den Regen, der so lange gefehlt hat, und dass wir nass werden, unsere Hosen und Mäntel, kümmert uns nicht. Wir werden am Ende ein Feuer anzünden, am Feuer sitzen wie früher, uns trocknen und wärmen, Fische braten oder auch nicht, Kartoffeln rösten oder auch nicht, in die Flammen starren oder weiter aufs Wasser. Und das Feuer wird uns nicht ausgehen, denn wenn es hier etwas im Übermaß gibt, dann ist es Holz, trockenes Holz, totes Holz, gebrochen vom Winter, seinem Gewicht, seiner Dauer. Es findet sich überall zwischen den Ästen, in den Kletterbäumen der Kinder, es sammelt sich auf dem Waldboden, aufgehäuft wie die Totholzzäune ums Gut, um die Weiden, die Wiesen. Sie werden das Einzige sein, was wir hinterlassen, die Ernte unserer Zeit, nicht endenwollende Totholzzäune.

Doch wir warten noch mit dem Feuer.

Und natürlich die Jagdhütte. Auch sie bleibt, weil sie nichts wert ist, das Geld nicht wert, der Rede nicht wert, die einzige Art zu überleben. Wir holen den Schlüssel aus unserem Versteck unter der Regentonne, die überquillt von farblosem Laub, lehnen Hacken und Spaten gegen die Bretterwand und schließen auf. Drinnen riecht es nach Sägemehl und Kartoffelbrot. Nur der Angelschrank empfängt uns mit einem Hauch von Fischgeruch, einer zarten Blutspur in der Luft.

Wir packen das Angelzeug zusammen, nehmen die letzten Kanten Brot aus der Trommel und eilen hinunter ans Wasser. Rund um das Loch im Eis gehen wir in die Hocke, befeuchten die trockenen Brotreste und kneten sie so, dass Haken und Widerhaken darunter verschwinden. Unsere Finger zittern dabei, nicht vor Kälte, obwohl es kalt ist, sondern vor Fieber, Angelfieber. Nur eins noch, bevor wir die Schnüre mit den Senkbleien in den Weiher hinunterlassen, wir müssen noch losen, Streichhölzer ziehen, wer von uns Wache schiebt und den Wald im Blick behält, sonst haben wir keine Ruhe, haben den Rücken nicht frei. Und es tut uns leid, wirklich sehr leid, aber du ziehst den Kürzeren.

Das Los fällt auf dich.

Du musst noch einmal zurück in die Hütte, leider, und das Brett aus der Wand nehmen, aus der Wandverkleidung, du weißt schon, gleich neben dem Angelschrank. Du holst das Gewehr aus der Nische und wickelst es aus, aber Vorsicht! Es könnte geladen sein, wahrscheinlich ist es das, sehr wahrscheinlich sogar. Doch keine Sorge, du musst es nicht benutzen, es wurde so lange nicht benutzt, und daran wird sich nichts ändern. Es ist nur, weil die Hunde nicht da sind und man nie weiß bei dem Wald und dem Winter. Hier wurden schon Wölfe gesehen, nicht von uns, von anderen im Dorf, gesehen und gehört, Wolfsrudel, die sich mit der Kälte ausbreiten und die der Hunger immer weiter nach Westen treibt. Aber keine Angst, selbst wenn sie kommen, brauchst du nicht auf sie zu schießen. Gib einen Warnschuss ab in die Luft. Das reicht völlig. Das verscheucht sie. Und nach einer Stunde, sagen wir, wirst du von uns abgelöst oder, noch besser, nach dem ersten Fang. Wer den ersten Fisch fängt, übernimmt das Gewehr, und dann angelst du mit uns.

Wir lassen die Schnüre hinunter ins Wasser und warten darauf, dass unsere Hände aufhören zu zittern und es still wird über dem Weiher. Hier oben darf keine Bewegung mehr sein, nur unter dem Eis. Aber natürlich hören wir dich in unserem Rücken, deine Schritte auf dem Steg und weiter zur Hütte. Wir hören dich mit dem Brett hantieren, und es ist so still, so vollkommen still, dass wir glauben zu hören, wie du das Gewehr auswickelst, überprüfst und entsicherst, wie du die Hütte verlässt, die Tür schließt und dich wieder näherst, aber nicht ganz. Du machst Halt auf halbem Weg und beziehst Stellung in der Mitte des Sees, auf dem Eishockeyfeld, wie beim Anstoß. Da stehst du und hältst Wache.

Und mit dem Gefühl, dass es gut ist, wenden wir uns wieder dem Wasser zu. Wir wickeln Schlaufen um unsere Zeigefinger und wiegen die Senkbleie sachte im Weiher unter uns, spüren ihr Gewicht auf unseren Fingerkuppen und achten darauf, dass sie nicht aufliegen auf dem Grund, sondern schweben an der straff gespannten Schnur, die uns Fühlung verleiht mit der Tiefe. Und ein wenig beneiden wir die Fische für ihre Fähigkeit, zu verharren in dieser Kälte und Dunkelheit unter dem Eis, in der Gewissheit, dass das Wasser nie kälter werden wird als jetzt. Es ist ihr Instinkt, der ihnen die Zuversicht gibt, dass es an dieser Stelle, der dunkelsten, tiefsten, immer gleich kalt sein wird, ob Winter, ob Sommer, immer vier Grad. Es existiert auf dem Grund keine Jahreszeit, und das Leben da unten geht weiter, mit sehr wenig Licht, aber weiter. Wir bewundern sie jeden Tag mehr, diese Kunst der Fische zu überwintern, ihre Zeitlosigkeit. Und wir fangen und töten sie, wenn wir können.

Dann plötzlich hören wir dich wieder. Wir verstehen nicht gleich, was du sagst, aber wir hören dich in unserm Rücken hantieren. Und du sagst auch gar nichts, nicht zu uns, du flüsterst nur vor dich hin, einmal, zweimal: »Das gibt es nicht!«

Widerwillig drehen wir uns zu dir um, die Schnüre noch immer im Anschlag. Mit zusammengekniffenen Augen folgen wir deinem Blick. Doch wir können nichts erkennen, keine Wölfe, kein wildes Tier und auch keine Leute. Und wir wollen uns schon wieder abwenden, da sehen wir erst, was du siehst, oben auf den Kletterbäumen der Kinder, hoch oben – unsere Hunde. Und wir lassen die Hände sinken, unwillkürlich, lassen die Schnüre fast los. Wie sind sie hierhergekommen, wie sind sie da hochgekommen, wieso haben wir sie nicht kommen hören?

»He«, rufst du, »he!«

Doch sie rühren sich nicht, sondern hocken nur da auf den knotigen Ästen, die Pfoten durchgestreckt, ins Holz gekrallt, vollkommen reglos, vollkommen lautlos, wie Katzen, die warten. Wie Krähen, die wachen. Über uns. Über dich.

Du hast angelegt, das Gewehr auf sie gerichtet, den Finger am Abzug. Jeder von uns würde so handeln an deiner Stelle. Doch es sind unsere Hunde, sie bewachen uns, das haben sie immer getan, alles ist gut. Und wir flüstern noch: »Nicht schießen, nicht schießen!« Wir rufen dir zu: »Gib einen Warnschuss ab, das reicht völlig, das verscheucht sie, schieß in die Luft!«

Aber du krümmst den Finger, und wir sehen, wie du zielst, du zielst ganz genau, auf deinen Hund, deinen Liebling, den jüngsten. Und er starrt dich an, du starrst ihn an, kein Laut, keine Bewegung. Und dann drückst du ab. Der Schuss knallt, wir zucken zusammen, dabei ist der Knall gar nicht laut, mehr sein eigenes Echo, das der Wald zurückwirft, seltsam entkräftet und spät, viel zu spät. Dein Hund ist längst weg, längst auf und davon. Er fliegt, er kann fliegen, und während du wieder anlegst, wieder schießt, immer wieder, fliegen auch die anderen, fliegen alle unsere Hunde. Sie schwingen sich auf und verlieren sich nach und nach in den Lüften und dem leuchtenden Grau der Dämmerung.